DES BAISERS PARFUM TABAC

ŒUVRES DE TAYARI JONES

Un mariage américain, Plon « Feux croisés », 2019

Tayari Jones

DES BAISERS PARFUM TABAC

Traduit de l'anglais (États-Unis)
par Karine Lalechère

PRESSES DE LA CITÉ

Publié aux États-Unis sous le titre original SILVER SPARROW par Algonquin Books of Chapel Hill, une marque de Workman Publishing Company, en 2011.

Presses de la Cité, un département Place des Éditeurs
92, avenue de France 75013 Paris

ISBN 978-2-258-19368-0
Dépôt légal : septembre 2020

Presses de la Cité | un département **place des éditeurs**

place des éditeurs

À mes parents,
Barbara et Mack Jones,
qui, autant que je le sache,
ne sont mariés à personne d'autre

Une fille est une colonie

un territoire, une descendance
      un portrait craché
comme Athéna expulsée

      du crâne de son père :
fruit de l'arbre,
      rejet et frai ;

une homonyme, une projection –
      disciple et rebelle –
une indigène, une autre,

      un sujet, une étude,
une histoire, une bâtarde,
      un continent noir et étranger.

Natasha TRETHEWEY

Première partie

Dana Lynn Yarboro

1

Le secret

Mon père, James Witherspoon, est bigame. Il était marié depuis dix ans quand ses yeux se posèrent pour la première fois sur ma mère. C'était en 1968 et elle travaillait au stand des paquets-cadeaux chez Davison's, un grand magasin du centre-ville. Il lui demanda d'emballer le couteau de cuisine qu'il avait acheté à sa femme à l'occasion de leur anniversaire de mariage. Pour ma mère, c'était évident qu'il y avait un problème : on n'offre pas un couteau à sa femme si tout va bien. Je lui objectais que c'était peut-être une preuve de confiance. J'adore ma mère, mais on n'a pas tout à fait la même vision des choses. Tout ça pour dire que la situation familiale de mon père n'a jamais été un mystère pour nous. Je l'appelais James. Son autre fille, Chaurisse, celle qui avait grandi sous son toit, l'appelait papa, et c'est encore vrai aujourd'hui.

Quand on pense à la bigamie, si on y pense tout court, on imagine une coutume primitive cantonnée aux pages du *National Geographic*. À Atlanta, pourtant, il y avait un groupe prônant le retour en Afrique qui possédait une chaîne de boulangeries dans les quartiers noirs du West End. Pour certains, c'était une secte, pour d'autres, un mouvement culturel. Toujours est-il que, dans cette communauté, un homme pouvait prendre jusqu'à quatre épouses. Les boulangeries ont fermé, mais on croise encore les femmes, resplendissantes en blanc, marchant modestement six pas derrière leur époux. Même dans les églises baptistes, on garde toujours des sels à portée de main, au cas où l'épouse endeuillée découvrirait à l'enterrement une seconde veuve éplorée et sa progéniture. Les employés de pompes funèbres et les juges savent que ça arrive tout le temps et que ce n'est pas l'apanage des fanatiques religieux, des représentants de commerce, des sociopathes séduisants et des célibataires désespérées.

C'est dommage qu'il n'y ait pas de terme pour désigner quelqu'un dans la position de ma mère, Gwendolyn. Mon père est bigame. C'est ce qu'il est. Laverne est son épouse. Elle l'a trouvé la première et ma mère a toujours respecté ses droits de pionnière. Mais est-ce qu'elle ne pourrait pas prétendre elle aussi au titre d'épouse ? Elle détient des documents légaux et même un Polaroïd attestant qu'elle est passée devant le juge avec James Lee Witherspoon, juste de l'autre côté de la frontière, dans l'Alabama. Cela dit, je suis bien consciente que le mot « épouse » ne rend pas compte de la complexité de sa condition.

Il existe d'autres qualificatifs, et lorsqu'elle est éméchée, en colère ou triste, elle n'a pas peur de les utiliser : *concubine*, *putain*, *maîtresse*, *amante*. Ce ne sont pas les termes qui manquent et aucun ne lui fait justice. Il y a aussi des mots cruels pour une personne comme moi, l'enfant d'une personne comme elle, mais ils n'ont pas droit de cité dans notre foyer. « Tu es sa fille, un point c'est tout. » Si cette phrase a été vraie à un moment de ma vie, c'était au cours de mes quatre premiers mois, avant la naissance de Chaurisse, sa fille légitime. Ma mère s'énervait quand je prononçais ce mot, *légitime*. Heureusement qu'elle n'entendait pas celui que j'employais dans ma tête, car elle se serait enfermée dans sa chambre pour pleurer. Chaurisse est sa vraie fille, c'est comme ça que je vois les choses. En ce qui concerne les épouses, ce qui compte, c'est d'arriver la première ; pour les filles, c'est un peu plus compliqué.

Le choix des mots est important. Ma mère disait *surveillance*. S'il avait su, James aurait plutôt parlé d'*espionnage*. Pourtant on ne faisait de mal qu'à nous-mêmes, quand on suivait Chaurisse et Laverne sur les chemins sans ornières de leur vie. J'ai toujours pensé qu'un jour on nous demanderait de nous justifier, de faire appel aux mots pour notre défense. Et j'étais persuadée que la tâche incomberait à ma mère. Elle maîtrise l'art de la langue. Elle sait agencer les détails les plus épineux de manière que le résultat soit aussi lisse que la surface d'un lac. C'est une magicienne capable de vous persuader que le monde est une illusion vertigineuse. La vérité est une pièce de monnaie qu'elle fait sortir de derrière votre oreille.

Je n'ai sans doute pas eu une enfance idéale. Mais n'est-ce pas notre lot à tous ? Même ceux dont les parents n'ont pas de seconde famille, même ceux-là ont leur part de déconvenues. Ils passent beaucoup de temps à ruminer de vieux affronts, à remâcher d'anciennes querelles. Alors vous voyez bien que j'ai quelque chose en commun avec le reste du monde.

Ma mère n'a gâché ni mon enfance ni le mariage de qui que ce soit. C'est quelqu'un de bien. Elle m'a préparée. La connaissance, c'est essentiel. C'est pour ça qu'on n'est pas à plaindre. Oui, on a souffert, mais on était conscientes de bénéficier d'un avantage singulier en ce qui concernait le plus important : j'étais au courant pour Chaurisse, alors qu'elle ignorait tout de moi. Ma mère savait à propos de

Laverne, alors que celle-ci était persuadée de mener une vie ordinaire. Ni ma mère ni moi n'avons jamais perdu de vue cette donnée fondamentale.

Quand ai-je découvert que, bien que je sois fille unique, mon père n'était pas seulement le mien ? Je l'ignore. J'ai l'impression de le savoir depuis que je sais que j'ai un père. En revanche, je peux dater précisément le moment où j'ai réalisé que tout le monde n'avait pas un père à temps partiel.

Je devais avoir cinq ans et j'étais à la maternelle. Un jour, Mlle Russell nous demanda de dessiner notre famille. Pendant que les autres griffonnaient avec leurs craies grasses ou leurs crayons à mine tendre, je pris un stylo-bille bleu et je représentai James, Chaurisse et Laverne. À l'arrière-plan se tenait Raleigh, le meilleur ami de mon père et la seule personne de son autre vie que nous connaissions. Pour lui, j'avais utilisé la couleur dite « chair », car il avait vraiment la peau claire. C'était il y a des années et des années, mais je m'en souviens comme si c'était hier. J'avais mis un collier au cou de la femme. Donné un grand sourire à la fille, avec des dents bien carrées. Près de la marge gauche, je nous dessinai, ma mère et moi, seules. Je noircis au feutre les longs cheveux de ma mère et ses sourcils recourbés. Sur mon visage, je fis simplement deux grands yeux. Au-dessus, un soleil amical souriait à tous.

L'institutrice s'approcha de moi par-derrière.

« C'est magnifique. Et qui sont tous ces gens ? »

Flattée, je lui souris.

« Ma famille. Mon papa a deux femmes et deux filles.

— Je vois », fit-elle en inclinant la tête sur le côté.

Je n'y accordai pas plus d'importance que ça. Je savourais encore la façon dont elle avait dit *magnifique*. Depuis, chaque fois que j'entends ce mot, je me sens aimée. À la fin du mois, je rapportai tous mes dessins à la maison dans une pochette en carton. James ouvrit son portefeuille gonflé de billets de deux dollars. Il n'oubliait jamais d'en apporter pour me récompenser quand j'avais bien travaillé. J'avais gardé le portrait de famille, mon chef-d'œuvre, pour la fin, étant donné qu'il était magnifique.

Mon père prit la feuille sur la table et l'approcha de son visage comme s'il y cherchait un message codé. Derrière moi, ma mère m'enlaça et déposa un baiser sur le sommet de mon crâne.

« C'est bien, murmura-t-elle.

— Est-ce que tu as dit à ta maîtresse qui était sur le dessin ? » demanda-t-il.

Je hochai lentement la tête, consciente que j'aurais dû mentir, sans trop savoir pourquoi.

« James. On ne va pas en faire une montagne. C'est qu'une enfant.

— Gwen, c'est important. Et arrête de prendre cet air effrayé, je ne vais pas l'emmener derrière la remise. »

Il gloussa. Pas ma mère.

« Elle a fait un dessin, c'est tout. Les enfants font des dessins.

— Va dans la cuisine, Gwen. Laisse-moi parler à ma fille.

— Pourquoi est-ce que je ne pourrais pas rester ? C'est ma fille aussi.

— Tu es tout le temps avec elle. Tu me reproches assez de ne pas lui parler. Maintenant, laisse-nous. »

Ma mère me lâcha à contrecœur.

« C'est une petite fille, James. Elle ne comprend pas vraiment la situation.

— Fais-moi confiance. »

Elle quitta la pièce, mais elle ne lui faisait confiance que jusqu'à un certain point. Elle craignait qu'il ne prononce des mots qui me blesseraient à vie et me rogneraient les ailes. Je le voyais sur son visage. Quand elle était perturbée, sa mâchoire mastiquait un chewing-gum invisible. La nuit, je l'entendais grincer des dents dans son sommeil. Comme du gravier qui crisse sous les pneus.

« Dana, approche. »

James portait un uniforme de chauffeur bleu marine. Sa casquette devait se trouver dans la voiture, mais je voyais la marque de la bande sur son front.

« Plus près. »

J'hésitai, jetant un regard vers l'embrasure de la porte par laquelle ma mère avait disparu.

« Dana, tu n'as pas peur de moi, quand même ? Tu ne vas pas me dire que tu as peur de ton propre père ? »

Malgré la mélancolie dans sa voix, je crus à un défi.

« Non, monsieur, dis-je en avançant crânement d'un pas.

— Pas monsieur, Dana. Je ne suis pas ton patron. Quand tu dis ça, j'ai l'impression d'être un contremaître. »

Je haussai les épaules. Ma mère voulait que je l'appelle monsieur. D'un geste vif, il m'attrapa et m'assit sur ses genoux. Nous regardions tous les deux devant nous, si bien que je ne voyais pas son expression.

« Dana, tu ne peux pas faire ce genre de dessin. Je ne peux pas te laisser faire ça. Ce qui se passe entre ta maman et moi est une affaire de grandes personnes. Je t'aime. Tu es mon bébé et je t'aime, tout comme j'aime ta maman. Mais ce qui se passe dans cette maison doit rester un secret, d'accord ?

— J'ai même pas dessiné la maison. »

James soupira et me fit sauter sur ses genoux.

« Ce qui se passe dans ma vie, dans mon monde, ça ne te regarde pas. Tu ne peux pas dire à ta maîtresse que papa a deux femmes. Tu ne peux pas lui dire que mon nom est James Witherspoon. Atlanta est un grand village et tout le monde se connaît.

— Ton autre femme et ton autre fille, c'est un secret ? »

Il me reposa par terre pour me faire face.

« Non. C'est le contraire, Dana. C'est toi, le secret. »

Il me tapota le crâne et tira sur ma tresse. Avec un clin d'œil, il ouvrit son portefeuille dont il sortit trois billets de deux dollars. Il me les tendit et je les serrai dans ma menotte.

« Tu ne les mets pas dans ta poche ?

— Si, monsieur. »

Pour une fois, il ne me corrigea pas.

Il me prit par la main et me conduisit à la cuisine pour dîner. Je fermai les yeux pendant le court trajet car je détestais la tapisserie du couloir. Elle était beige, avec des motifs bordeaux. Quand elle commença à se décoller, on m'accusa d'avoir tiré sur les coins. J'eus beau nier, ma mère me dénonça à James lors de sa visite hebdomadaire. Il défit sa ceinture et me frappa sur les jambes et les fesses, ce qui parut satisfaire quelque chose en elle.

Dans la cuisine, elle posa les bols et les assiettes sur la table en verre sans un mot. Elle portait son tablier préféré, que James lui avait rapporté de La Nouvelle-Orléans. Sur le devant, il y avait une écrevisse brandissant une spatule, avec en légende : NE M'OBLIGEZ PAS À VOUS EMPOISONNER ! James prit sa place en bout de table et essuya les traces de gouttes d'eau sur sa fourchette.

« Je n'ai pas levé la main sur elle ; je n'ai même pas haussé le ton. Est-ce que je mens ?

— Non, monsieur. »

Il disait vrai, pourtant, je n'étais plus la même qu'avant de tirer mon dessin de sa pochette. En apparence, je n'avais pas changé, mais cette différence s'insinua en moi par tous les pores de ma peau et s'attacha à cette chose malléable au centre de mon être. *C'est toi, le secret.* Il avait dit ça avec le sourire, touchant le bout de mon nez.

Ma mère fit le tour de la table et me souleva sous les aisselles pour m'asseoir au sommet de la pile d'annuaires posés sur ma chaise. Elle m'embrassa sur la joue et me servit des croquettes de saumon, avec une cuillérée de haricots verts et du maïs.

« Ça va ? »

Je hochai la tête.

James avala son dîner et tartina de miel un petit pain lorsqu'elle lui dit qu'il n'y avait pas de dessert. Il but un grand verre de Coca-Cola.

« Ne t'empiffre pas. Tu vas devoir remanger dans pas longtemps.

— Je suis toujours heureux de manger ce que t'as préparé, Gwen. Je suis toujours heureux de m'asseoir à ta table. »

Je me persuadai que le problème venait de mes dents de lait tombées récemment et je décidai de glisser un bout de papier plié entre mes incisives afin de camoufler l'espace rose au milieu de mon sourire. À vrai dire, c'était James qui m'avait involontairement soufflé l'idée, lorsqu'il m'avait raconté qu'enfant il mettait du carton dans ses chaussures pour boucher les trous de ses semelles. Le papier se retrouva aussitôt trempé et ma salive fit baver les lignes bleues.

Ma mère me prit sur le fait. Elle entra dans ma chambre et s'étendit sur mon couvre-lit violet à carreaux. Elle aimait faire ça, s'allonger et me regarder m'amuser avec mes jouets ou colorier mes cahiers, comme si j'étais un feuilleton télé. Elle sentait bon, un parfum floral, et parfois aussi l'odeur des cigarettes de mon père.

« Qu'est-ce que tu fais, Pétunia ?

— M'appelle pas comme ça, répondis-je, en partie parce que je n'aimais pas le nom, et en partie pour voir si je pouvais parler avec du papier dans la bouche. Pétunia, c'est un nom de cochon.

— Mais non, c'est une fleur, rétorqua-t-elle. Une jolie fleur.

— C'est la fiancée de Cochonnet.

— C'est censé être une blague : un joli nom pour un cochon, tu comprends ?

— C'est pas drôle.

— Si. C'est parce que tu es de mauvaise humeur. D'où tu sors ce bout de papier ?

— J'essaie de réparer mes dents, expliquai-je, m'efforçant de remettre en place ma prothèse détrempée.

— Mais pourquoi ? »

C'était pourtant évident lorsque je regardais mon reflet à côté de celui de ma mère dans l'étroit miroir fixé au-dessus de ma commode. Bien sûr que James voulait que je reste un secret. Qui aurait pu aimer une fille avec un gouffre rose au milieu de la bouche ? Aucun des enfants de ma classe à la maternelle ne me ressemblait. Ma mère devait s'en rendre compte. Elle passait une demi-heure chaque soir à s'examiner la peau devant un miroir grossissant et à s'appliquer des lingettes de crème grasse Mary Kay. Lorsque je lui demandais ce qu'elle faisait, elle répondait : « J'améliore mon apparence. Les épouses peuvent se permettre de se laisser aller. Les concubines doivent rester vigilantes. »

Rétrospectivement, je pense que, ce jour-là dans ma chambre, elle devait avoir bu. Même si je ne me rappelle pas le moment avec exactitude, je sais que, juste en dehors du cadre, il y avait son verre d'asti spumante, doré et pétillant.

« J'améliore mon apparence, répondis-je, espérant lui arracher un sourire.

— Ton apparence est parfaite, Dana. Tu as cinq ans. Tu as une belle peau, des yeux brillants et de jolis cheveux.

— Mais pas de dents.

— Tu es une petite fille. Tu n'as pas besoin de dents.

— Si, dis-je simplement. Si, j'en ai besoin.

— Pourquoi ? Pour croquer des épis de maïs ? Tes dents repousseront. C'est pas le maïs qui manquera dans ta vie, je te promets.

— Je veux être comme l'autre fille. »

Ma mère qui était mollement étendue sur mon lit, telle une déesse sur son divan, se redressa vivement.

« Quelle autre fille ?

— L'autre fille de James.

— Tu peux dire son nom.

— Non, fis-je en secouant la tête.

— Si. Dis-le. Elle s'appelle Chaurisse.

— Arrête ! » dis-je, craignant que cette simple mention ne déclenche quelque maléfice, de même qu'il suffisait de dire « sang du Christ » en regardant une casserole d'eau pour que le contenu se transforme en liquide rouge et poisseux.

Ma mère s'agenouilla par terre pour se mettre à mon niveau. Elle appuya les mains sur mes épaules, un vague relent de cigarette dans ses cheveux en désordre. Je tendis la main pour les toucher.

« Elle s'appelle Chaurisse, répéta ma mère. C'est une petite fille, comme toi.

— S'il te plaît, arrête, suppliai-je. Il va arriver quelque chose de grave. »

Elle me serra contre son cœur.

« Qu'est-ce que ton papa t'a dit l'autre jour ? Raconte-moi.

— Rien, murmurai-je.

— Dana, tu ne peux pas me mentir, d'accord ? Je te dis tout et tu me dis tout. On ne s'en sortira que comme ça, ma chérie. On ne doit rien se cacher. »

Elle me secoua un peu. Pas assez pour m'effrayer, juste ce qu'il fallait pour obtenir mon attention.

« Il a dit que j'étais un secret. »

Elle m'étreignit très fort, croisant les bras dans mon dos et laissant ses cheveux pendre autour de moi comme un rideau magique. Je n'oublierai jamais le parfum de ses baisers.

« Le salaud. Je l'aime, mais je finirai par le tuer. »

Le lendemain matin, elle me dit de mettre la robe vert et jaune que je portais le jour de la photo de classe six semaines plus tôt, avant de perdre mes dents. Elle attacha des rubans soyeux dans mes cheveux et emprisonna mes pieds dans des souliers vernis rigides. Puis elle me fit monter dans la vieille Buick de ma marraine, prêtée pour l'occasion.

« Où on va ?

— On va voir quelque chose », répondit ma mère, quittant Gordon Road.

J'attendais qu'elle s'explique, pointant ma langue dans l'espace lisse laissé par mes jolies dents. Au lieu de quoi elle me demanda de réciter mes mots en *-on*.

« Dans mon corbillon, je mets un torchon, du savon, des bonbons », chantonnai-je. Le temps d'arriver à « tire-bouchon », nous nous garions devant une petite école à la façade rose ourlée de vert. Au bout de la rue se trouvait le parc John A. White. Pour tromper l'attente, je continuai d'exhiber mes connaissances. J'adorais ça. Je comptai jusqu'à cent, puis je chantai *Frère Jacques* en français.

Lorsque les enfants se dispersèrent dans la cour, ma mère leva le doigt pour m'interrompre.

« Baisse ta vitre et regarde. Tu vois la petite boulotte en jean et en tee-shirt rouge ? C'est Chaurisse. »

J'aperçus la fillette que décrivait ma mère en rang avec d'autres enfants. Elle était parfaitement ordinaire à l'époque. Ses cheveux étaient divisés en deux petites couettes au-dessus des tempes, et ceux plus courts à l'arrière étaient plaqués en une série de tresses serrées.

« Regarde-la bien. Elle n'a presque pas de cheveux. Elle va devenir une grosse dondon, comme sa maman. Elle ne connaît pas ses mots en *-on* et elle est incapable de chanter en français.

— Mais elle a toutes ses dents.

— Pour l'instant. Elle a ton âge, donc elles doivent commencer à bouger. En plus, il y a une chose que tu ne peux pas voir. Elle est née trop tôt et elle a la santé fragile. Le médecin a dû lui mettre des tubes en plastique dans les oreilles pour qu'elles ne s'infectent pas.

— James, il l'aime. Elle est pas un secret.

— James a des obligations envers sa maman, et ça, c'est mon problème, pas le tien, d'accord ? James t'aime autant que Chaurisse. S'il avait un peu de jugeote, il t'aimerait plus. Tu es plus intelligente, mieux élevée et tu as de jolis cheveux. Mais il t'aime autant, et c'est assez. »

Je hochai la tête, mon corps tout entier gagné par le soulagement. Mes muscles se relâchèrent. Mes pieds eux-mêmes se détendirent dans mes chaussures du dimanche.

« Est-ce que je suis un secret ?

— Non. Tu es inconnue. La petite fille là-dehors, elle ne sait même pas qu'elle a une sœur. Toi, tu sais tout.

— Dieu sait tout. Il tient le monde entier dans Ses mains[1].

— C'est vrai. Et nous aussi. »

1. « *He's got the whole world in his hands* » : allusion à un célèbre negro spiritual qui a donné lieu à de nombreuses reprises. *(Toutes les notes sont de la traductrice.)*

2

Un amour insidieux

Ce ne fut pas le coup de foudre. Pas en ce qui concerne ma mère, en tout cas. À la vue de mon père, elle ne sentit pas sa chimie interne s'altérer ni son cœur s'emballer. C'était de l'amour, attention, mais pas du genre fulgurant. Cet amour-là, elle en avait fait l'expérience lors de son premier mariage, qui avait duré dix-neuf mois. Avec mon père, c'était plutôt le genre insidieux, le genre que les principaux concernés ne voient pas venir. Le temps de comprendre ce qui se passe, ils forment déjà une famille. Ma mère affirmait que l'amour entre eux relevait de Dieu et n'était pas soumis aux lois de l'État de Géorgie.

On peut dire ce qu'on veut, un truc pareil, ça force le respect.

Faire des paquets-cadeaux n'était pas le travail de ses rêves, mais, pour être honnête, elle n'avait jamais rêvé d'un travail quelconque. Elle n'aspirait qu'au mariage et sa brève expérience de la vie conjugale l'avait déçue. Se fixer un nouvel objectif n'était pas si simple et elle ne savait par où commencer.

Pendant presque toute son enfance, elle avait espéré en vain un signe de sa mère. Elle n'avait que trois mois lorsque Flora, ma grand-mère, s'était enfuie. Pendant six jours, celle-ci s'était enveloppé les seins de feuilles de chou pour tarir le lait, puis un beau dimanche elle s'était levée et était partie avant la messe, sans rien d'autre que les vêtements qu'elle avait sur le dos et l'argent dans son porte-monnaie. « Pas de lettre, rien. Elle avait disparu. » Le ton sur lequel ma mère racontait cette histoire me faisait regretter qu'elle ne m'ait pas donné le nom de cette femme indomptable, plutôt que de m'appeler Dana Lynn, un clin d'œil sournois à son propre prénom : Gwendolyn.

Lorsque James franchit le seuil de Davison's, non contente d'être orpheline de mère, elle avait perdu son père, qui l'avait reniée après qu'elle avait quitté son mari, Clarence Yarboro. Mon grand-père travaillait pour les Yarboro, ce qui le mettait dans une position délicate, cependant ce n'était pas la raison principale de son désaveu. Tout ce qu'il voyait, c'était que la fille était comme la mère. Elle n'avait sans doute pas de bonnes raisons de quitter Clarence, elle serait la première à l'admettre aujourd'hui. Mais elle n'avait jamais eu de bonnes raisons de l'épouser non plus. Elle s'était mariée parce qu'il était beau et riche – le benjamin d'une famille de sémillants croque-morts –, et parce qu'il l'avait invitée au bal de fin d'année lorsqu'elle était en quatrième. À dix-neuf ans, elle était sa femme. À vingt et un, elle était divorcée, vivait dans une chambre meublée et tombait amoureuse d'un homme marié. Un an plus tard, je venais au monde.

Le jour de la rencontre de mes parents, Martin Luther King était mort depuis un mois et le monde semblait recouvert d'une couche de grisaille. Ma mère avait voulu lui rendre un dernier hommage à l'université Spelman, mais devant la file interminable elle s'était demandé ce qu'elle gagnerait à attendre. Finalement, elle était retournée au stand des paquets-cadeaux avec le sentiment d'avoir été flouée : pourquoi fallait-il qu'il meure avant qu'elle soit assez installée pour pouvoir jouer un rôle dans le miracle qu'avait été la vie de cet homme ? Et à qui pouvait-elle s'en prendre, sinon à elle-même ? Elle se sentait un peu coupable d'être là, à profiter de cette belle place, la première femme de couleur nommée à ce comptoir. Et l'année précédente, au rayon chapeaux, n'avait-elle pas posé une toque ravissante sur la tête d'une dame noire ? Donc, oui, elle était consciente que les choses avaient changé et elle en éprouvait de la gratitude, Dieu sait qu'elle se réjouissait de ces nouvelles possibilités. Mais elle ne s'était pas battue pour les obtenir. Et maintenant King n'était plus là. Elle aurait eu du mal à expliquer sa honte, même si elle avait eu quelqu'un à qui se confier. Son père ne lui adressait plus la parole et Clarence s'apprêtait à se remarier, alors qu'elle avait emménagé dans la chambre meublée d'Ashby Street depuis à peine un an. Ma mère allait au travail tous les matins, pimpante dans l'une des trois belles robes qu'elle avait achetées au magasin, grâce à la remise réservée aux employés et à une petite avance sur sa paie.

James s'approcha du comptoir un après-midi où elle se sentait particulièrement encline aux regrets, moins pour avoir fichu en l'air son mariage que pour s'être mariée un jour.

« Monsieur, vous désirez ? »

Il portait son uniforme de chauffeur, sa casquette sous le bras, comme un officier. Elle lui avait donné du monsieur, parce que c'était ainsi qu'on appelait tous les clients de sexe masculin, et elle veillait particulièrement à ce que les personnes de couleur entendent ce mot de respect, ici, chez Davison's. Après tout, c'était pour ça que Martin Luther King était mort.

Elle était mignonne et elle le savait. Elle n'était pas aussi belle que Dorothy Dandridge ou Lena Horne, mais elle avait du charme et on la remarquait. Elle avait ce qu'elle appelait un visage de jeune fille noire ordinaire, la peau ni trop claire ni trop foncée, d'une teinte qu'on ne pouvait qualifier que de marron. Selon elle, ses cils, dont elle battait comme d'autres se servent de leurs mains pour parler, étaient son meilleur atout. La plupart des gens auraient plutôt vanté sa longue chevelure soyeuse, qui lui tombait sous les omoplates. La seule chose utile que sa mère lui avait laissée. Tous les quinze jours, elle payait généreusement Willie Mae, la fille qui occupait la chambre voisine à la pension, pour les lisser au peigne chauffant et les boucler au fer. À cette époque, par souci d'honnêteté, elle mettait un point d'honneur à répondre qu'elle donnait un coup de pouce à la nature si on l'interrogeait sur ses cheveux.

Lorsque James posa le couteau électrique sur le comptoir, ma mère remarqua l'éclat de son alliance et elle songea à Willie Mae qui ne se gênait pas pour prendre du bon temps avec des hommes mariés, tant qu'ils juraient qu'ils n'étaient pas heureux en ménage. Tout en demandant à mon père quel genre de papier cadeau il voulait, elle décida qu'il ne plairait pas à son amie, car elle avait un faible pour les beaux gosses au teint clair, aux yeux pâles et aux cheveux ondulés.

« Mon ex t'aurait fait craquer, lui avait dit Gwen une fois, tandis que Willie Mae tirait sur le peigne grésillant.

— Il est toujours libre ? »

Ma mère gloussa. Elle tira sur sa cigarette et chassa la fumée avec une serviette humide.

« Il l'était tout le temps de notre mariage.

— Ma grande, je veux pas me mêler de ce qui me regarde pas, mais tu dois être une dame avec de grands principes pour quitter un homme bien sous tous rapports, juste parce qu'il courait un peu.

— Il n'y avait pas que ça. Et où est-ce que tu vois une dame ? Certainement pas ici. Demande à mon père. Selon lui, j'en suis plus une depuis que j'ai abandonné mon mari.

— Au moins, t'avais un mari à quitter. »

« C'est pour un anniversaire de mariage, dit l'homme au couteau électrique.

— Un anniversaire de mariage ?

— Oui, madame. »

Le « madame » la fit sourire.

« C'est pour qui, si je peux me permettre ?

— Ma femme. »

Ma mère rit et le regretta aussitôt. L'homme avait l'air mal à l'aise et il y avait des Blancs dans la queue derrière lui.

« P-pourquoi ?

— Excusez-moi, monsieur. C'est seulement que la plupart des hommes offrent à leur épouse quelque chose d'un peu plus romantique. Comme du parfum. »

Il examina le couteau.

« C'est un b-bon cadeau. Il a coûté vingt-trois dollars.

— Oui, monsieur. Je vais vous faire un joli paquet. Nous avons un ravissant papier à fleurs qui vient de rentrer.

— Attendez, dit-il, reprenant la boîte. J'ai ch-changé d'avis. »

Il repartit en direction de l'escalier roulant, sa casquette toujours sous le bras.

La personne suivante était une dame blanche qui avait acheté une grenouillère pour sa sœur enceinte.

« Ah, les hommes, soupira-t-elle. Allez savoir ce qu'ils ont dans la tête ! »

Ma mère comprenait ce qu'elle voulait dire, mais elle ne pouvait pas rire d'un Noir avec elle, même si la cliente se moquait de lui seulement parce qu'il était un homme.

James revint deux heures plus tard, juste avant la fermeture. Elle était en train de ranger le comptoir, jetant des bouts de ficelle, alignant les dévidoirs de ruban adhésif et comptant les boîtes à chemise. Il lui redonna le couteau.

« C'est un bon couteau, lui assura ma mère, déchirant une longueur de papier à fleurs sur le rouleau. Je ne voulais pas être désagréable. »

Il ne répondit pas, mais elle vit une veine battre à son cou, tandis qu'elle ajustait les coins et repliait le Scotch pour qu'il colle des deux côtés.

Elle lui tendit le cadeau, si joli avec son double nœud qu'elle se demanda si elle n'avait pas exagéré. Elle imaginait la femme défaire les rubans, imaginant un contenu aussi luxueux que l'emballage. Puis elle décida que ce n'était pas ses affaires.

« Et ça, dit-il dans un souffle, lui donnant un petit pot de parfum solide.

— Votre épouse sera ravie. Elle adorera le sortir de son sac devant ses amies. »

Elle se rendait compte qu'elle parlait trop, mais le regard insistant de ce drôle de type la mettait mal à l'aise et elle avait l'impression qu'elle devait combler le silence. Elle emballa le parfum dans un papier rouge insolent et utilisa une simple ficelle dorée.

« Regardez. Ça a de l'allure, non ? »

Elle le posa devant lui et il le repoussa vers elle.

« C'est p-p… »

Il s'interrompit, puis refit une tentative.

« C'est p-p… »

Il abandonna.

« Il y a un problème ? Vous voulez que je les mette dans le même paquet ? »

Un petit spasme secoua les épaules de l'homme et il lâcha : « C'est pour vous. »

Ma mère jeta un coup d'œil à sa main gauche, où brillait sa propre alliance. Elle avait divorcé depuis un an et Clarence était déjà fiancé à une autre, néanmoins elle continuait de la porter pour affirmer sa croyance en certaines valeurs.

Elle lisait *Life* chaque semaine. Elle savait donc que le reste du pays prêchait l'amour libre et les cheveux hirsutes. Mais elle n'éprouvait aucune considération pour ces jeunes gens débraillés. Elle s'identifiait plutôt à Rosa Parks et à Ella Baker, des figures irréprochables de la lutte pour les droits civiques. Digne et convenable, comme un collier de perles.

« Acceptez-le, s'il vous plaît », insista-t-il, poussant encore le petit paquet rouge vers elle.

Elle céda, parce que c'était un objet ravissant – elle avait déjà eu l'occasion d'admirer le boîtier doré, glissant un doigt à l'intérieur pour prendre un peu de parfum qu'elle tapotait sur ses tempes –, mais aussi parce qu'il avait fait l'effort de surmonter son bégaiement.

« Je vous remercie, monsieur.

— Ne m'appelez pas monsieur. Mon nom est James Witherspoon. Vous n'avez rien à craindre de moi. Je voulais juste vous donner un petit quelque chose. »

Ma mère passa les dix jours suivants à guetter l'escalier roulant, s'attendant à le voir réapparaître. Elle était d'accord avec Willie Mae, qui avait déclaré qu'un homme ne faisait jamais rien sans raison. Le parfum était plus cher que le couteau. S'il avait dépensé pour elle plus que pour sa femme, il reviendrait.

« Certains se gênent pas pour insister, alors qu'ils t'ont rien offert de plus qu'un chocolat à la menthe. L'argent permet d'acheter de la compagnie, et ils le savent. »

(Chère Willie Mae, que j'appelais tatie. Elle était aux côtés de ma mère le jour du mariage illégal de mes parents, quatre mois après ma naissance. Elle était ma marraine et elle me gâtait quand j'étais enfant. Elle mourut peu après les événements, abattue par son petit ami, un beau gosse du nom de William. Elle me manque énormément.)

Malgré tout, ma mère n'avait pas le sentiment que James Witherspoon avait essayé de l'acheter. Elle pensait qu'il l'aimait bien. C'était une idée agréable. Si un homme marié vous aime bien, ce n'est pas méchant. Et si, de votre côté, vous l'aimez bien, il n'y a pas de mal non plus, tant qu'il ne se passe rien.

Un mois s'écoula. Ma mère commençait à regretter de ne pas s'être montrée plus encourageante lorsqu'il lui avait offert le parfum dans son paquet rouge lupanar. Elle s'en voulait d'avoir fixé avec insistance l'alliance de James Witherspoon, un simple anneau d'or gravé de feuilles de vigne, et se trouvait idiote de porter la sienne : uniquement l'anneau, puisque son mari avait repris la pierre ; elle appartenait à sa mère et il n'était pas question qu'elle la garde. À présent, elle se demandait pourquoi elle l'avait encore au doigt.

Elle se demandait aussi pourquoi elle n'était pas capable d'accorder plus d'attention aux grands événements qui secouaient le monde. Il y avait la guerre au Vietnam. Elle connaissait des jeunes qui étaient morts là-bas. Et il y avait Martin Luther King, assassiné. Même si elle n'avait pas été mordue, Willie Mae se trouvait à Birmingham quand la police avait lâché des bergers allemands sur les manifestants. Et elle, que faisait-elle pendant ce temps ? Elle tâchait d'être une bonne épouse.

À la fin de l'été, lorsqu'il revint, elle était toujours au comptoir où il l'avait laissée trois mois plus tôt.

« Je passais dire bonjour.

— Vraiment ? fit ma mère, honteuse d'éprouver une telle gratitude pour si peu.

— Est-ce que vous accepteriez de prendre un café avec moi ? »

Elle hocha la tête.

« Je suis m-marié. Je suis m-marié. Je demande juste un c-café. C'est une longue histoire. Ma vie est une longue histoire.

— La mienne aussi. »

Elle accepta de le retrouver après sa journée de travail. Elle lissa ses tempes pour aplatir les frisottis dus à la transpiration. Il était temps que Willie Mae s'en occupe. En attendant, elle attacha ses cheveux gras en chignon sur la nuque. Elle passerait la soirée à dire : « Pardon, je ne ressemble à rien », et il lui assurerait qu'elle était très bien comme ça. Elle serait contente qu'il ne se sente pas obligé de prétendre qu'elle était belle, ce jour-là. Elle aimait la vérité qu'il y avait dans ces mots, une vérité qui n'était pas insultante. Elle était très bien comme ça ; elle ferait l'affaire ; c'était suffisant.

Ma mère l'attendait sur le trottoir dans Peachtree Road, à l'intersection de cinq rues, près de l'abri en plastique où d'habitude elle prenait le bus. Willie Mae, qui était secrétaire dans une compagnie d'assurances, devait déjà être à bord, assise à côté du chauffeur, parce qu'elle était originaire de l'Alabama et s'était rendue à pied au travail pendant toute l'année de la grève en soutien à Mme Parks.

Lorsque la limousine se gara devant elle, elle n'y prêta pas attention. Elle cherchait James des yeux par-dessus le toit de la Cadillac six portes, se demandant si elle ne ferait pas mieux de traverser pour qu'il puisse la voir. Elle était en train de vérifier l'heure quand il sortit côté conducteur, touchant sa casquette pour la saluer.

« Oh ! C'est vous ! dit-elle en riant. Je ne pensais pas... »

Il ouvrit la portière à l'arrière et sourit sans prononcer un mot. Ma mère lissa encore ses cheveux sales. Elle regarda au bout de la rue, cherchant son bus avec Willie Mae à l'avant, mais il n'y avait que les véhicules habituels : des Studebaker, des Packard et d'autres bus. Elle avança timidement ; le revêtement intérieur était d'un brun velouté très clair. Beurre de cacahuète. Elle s'assit délicatement et tira sur sa jupe pour qu'elle ne plisse pas sur ses hanches.

« Merci.

— Madame. »

Il s'installa au volant et démarra.

Ma mère étudiait l'arrière de son crâne, ses cheveux bien coupés sur la nuque. De la musique classique s'échappait des haut-parleurs grésillants. Le crissement des violons l'angoissait.

« Je vous emmène chez Paschal's ?

— Non, je ne peux pas aller là-bas. Si ça ne vous embête pas, je n'y tiens pas.

— Comme vous voulez. »

L'odeur du parfum qu'il lui avait offert emplissait la voiture. S'il s'en aperçut, il n'en souffla pas un mot.

« Parlez-moi de vous.

— Je ne sais pas. Je ne sais pas quoi dire, répondit ma mère.

— Vous pouvez dire tout ce que vous voulez. »

C'était curieusement apaisant de s'adresser à sa nuque. Elle imaginait que c'était comme de parler à un prêtre. Willie Mae allait à confesse chaque semaine. Ma mère avait souvent été tentée de l'accompagner, mais elle ne voulait pas faire semblant d'être catholique. Elle n'aimait pas mentir.

« Je suis née ici, à Atlanta. J'ai été mariée et je ne le suis plus. »

Comme il se taisait, elle poursuivit.

« J'ai vingt ans. Je vous ai dit mon nom ? Gwendolyn, mais tout le monde m'appelle Gwen. Je ne sais pas quoi ajouter. Je n'ai pas connu ma mère. Et je n'ai pas manifesté avec Martin Luther King. Je suis allée à Spelman pour m'incliner devant son cercueil, mais il y avait trop de monde et puis j'allais être en retard au travail. Je vis dans une pension de famille, parce que je n'ai pas beaucoup d'argent. »

Ma mère se tut. Il roulait toujours. À présent, elle voulait descendre. C'était l'avantage de parler à un prêtre. On disait ce qu'on avait à dire et on partait. Alors qu'elle était prisonnière de cette Cadillac, écœurée par l'odeur de son propre parfum.

« Je pense que je préférerais rentrer, maintenant.

— M-mais, on n'a pas encore bu de café, dit James sans se retourner.

— Je ne me sens pas très bien.

— Je sais que je suis marié. Et je ne vous demande pas de faire quoi que ce soit qui vous rabaisserait. Je veux seulement prendre un café avec vous. Je ne suis jamais allé… p-prendre un café ou dîner avec une femme.

— Sauf la vôtre, répliqua ma mère, regrettant aussitôt son sarcasme. Ça ne me regarde pas, excusez-moi.

— Même pas avec elle, répondit-il d'une voix remplie de tristesse. C'est une longue histoire.

— Ma vie est une longue histoire.

— La mienne aussi. »

Ils éclatèrent de rire, constatant que la conversation était revenue à son point de départ. Elle l'imaginait comme un cercle, un ballon d'enfant ou la terre.

Voilà. Tout a commencé par un café et l'histoire de leur vie. L'amour peut être progressif. Les situations épineuses aussi. Un café peut marquer le début d'une vie ou d'une journée. C'était la rencontre de deux personnes destinées à s'aimer. C'était écrit bien avant qu'ils fassent des choix qui compliqueraient leur existence. Cet amour a roulé vers ma mère comme si elle se tenait au pied d'une colline. Il n'y avait aucun calcul de sa part, seulement du cœur.

3

Notes sur la précocité

Malgré sa petite taille et ses verres aussi épais que des tranches de pain de mie, il y avait chez mon père une certaine droiture qui inspirait le respect. Et il n'a rien perdu de son aura, même après les événements. Une grande partie de cette estime venait de son état d'entrepreneur local : l'*Atlanta Journal* lui avait consacré un portrait et il avait eu deux articles dans le *Daily World*. Witherspoon Sedans possédait un petit parc de véhicules : trois voitures et deux chauffeurs, lui-même et Raleigh Arrington, son frère adoptif et meilleur ami. Je ne le connaissais qu'en uniforme. Je pourrais compter sur les doigts de la main les fois où je l'ai vu en civil. Il n'avait aucune raison d'avoir honte. Après tout, il était son propre patron. Si on porte un costume bleu et une casquette parce qu'on est au service d'un Blanc, c'est un déguisement. On ne vaut pas mieux qu'un singe affublé d'une veste rouge avec des galons dorés. En revanche, si on choisit soi-même son uniforme dans un catalogue, à la bonne taille, sans qu'il soit nécessaire de faire des retouches, alors là c'est une autre histoire.

Il ne portait pas sa tenue de chauffeur par hasard, ce jour-là, chez Davison's. Lorsqu'il était en costume, il semblait que l'homme et l'habit ne formaient plus qu'un. Ça lui donnait de l'assurance. Quand il se sentait sûr de lui, il bégayait moins. Et quand il bégayait moins, on remarquait à peine ses grosses lunettes. Il avait l'air plus grand.

James était un homme de bonne composition, maître de ses émotions. « Pour bien vivre, il faut éviter les hauts et les bas, me dit-il un jour. C'est les pics et les vallées qui perturbent les gens. » Il prétendait que son flegme était le fruit d'une forme de philosophie, mais la vérité, c'était que toute forme de passion le faisait bafouiller et le transformait en monstre de foire. C'était une véritable souffrance. Tous ceux qui ont eu l'occasion de le voir sous l'emprise du bégaiement pourraient en témoigner. Son visage et son cou enflaient, comme si les mots étaient emprisonnés là, aussi douloureux et mortels que des hématies malades. Enfin, dans une secousse, un spasme ou un soubresaut, la phrase s'échappait, libre et entière.

Mes parents ne se disputaient pas vraiment. Au pire, ils « avaient des mots », pour reprendre l'expression de ma mère. Les désaccords étaient rares à cause de la disposition « ni trop ni trop peu » de James, et parce qu'ils n'avaient pas de temps à perdre en chamailleries. Il ne dînait chez nous qu'un soir par semaine, et n'y passait la nuit qu'une ou deux fois l'an. Quand il s'asseyait à notre table, on le traitait en invité, ce qu'il était. On buvait du Coca-Cola, on récitait le bénédicité comme si c'était dimanche et on l'autorisait à fumer dans le salon. Ma tâche était de m'assurer qu'il avait toujours un cendrier en verre propre. Il disait que sa femme, Laverne, l'obligeait à fumer dehors, même quand il pleuvait.

La plupart des enfants se souviennent probablement des disputes de leurs parents avec l'estomac noué. En cinquième, j'avais lu un roman intitulé *Ce n'est pas la fin du monde*, au sujet du divorce. Ma prof me l'avait donné discrètement dans un sac en papier brun, après que ma mère lui avait expliqué que mon père et elle étaient séparés, mais envisageaient de se remettre ensemble : le mensonge parfait pour justifier sa présence intermittente dans notre vie. Le livre parlait d'une fille déchirée par les scènes entre ses parents. Je la remerciai poliment, même si je ne me retrouvais pas du tout dans l'héroïne traumatisée de cette Judy Blume. Quand mes parents se disputaient, c'était à mon sujet et, pendant la brève durée de leurs prises de bec, au moins, j'étais le centre d'attention.

Ma mère ne se plaignait jamais de sa propre situation. Si elle montait au créneau, c'était toujours « à propos de Dana Lynn ». Avant de refuser d'accéder à sa demande, mon père commençait par affirmer qu'il m'aimait. Et, pendant un temps, je trouvai ça presque suffisant.

« C'est une question de justice », protestait ma mère, ce qui m'indiquait que la conversation était en train de dégénérer en « mots ». En face, mon père rassemblait ses défenses, son cou se gonflant un peu.

Je ne suis pas particulièrement gracieuse. Sans être totalement empotée non plus, je ne suis pas le genre de fille dont on pense : « Ces hanches sont faites pour onduler » ou « Ces orteils sont faits pour pirouetter ». Il ne s'agit pas de fausse modestie, car, comme dirait ma mère, « l'autodénigrement n'est pas séduisant ». Et, comme elle ne le dirait pas : quand on est dans notre situation, on se doit d'être séduisante. Donc, si j'affirme que je ne suis pas une danseuse-née, j'énonce un fait. Ce qui n'empêcha pas ma mère de tanner mon père : « Je pense que Dana devrait suivre des cours de danse classique. Je suis sûre qu'elle en bénéficierait autant que ton autre fille. » Elle aimait ce mot, *bénéficier*, et je dois avouer que moi aussi.

Il s'avéra que le bénéfice fut tout relatif. Lorsque je m'imaginais en ballerine, je me voyais virevolter en tutu mauve, avec des rubans lacés autour des mollets. Au lieu de quoi je me retrouvai dans une salle surchauffée à l'étage de la YWCA, boudinée dans un justaucorps couleur pansement, martyrisant mes pieds nus pour les tordre dans des positions impossibles.

J'avais dix ans quand ma mère se lança dans une campagne pour que je suive un enseignement renforcé dans les matières scientifiques pendant les grandes vacances. J'y étais d'autant plus favorable que j'aimais la biologie et que, dans mon établissement, on ne faisait pas d'expériences en classe. Le dernier jour de l'année, mon institutrice distribua des prospectus pour l'académie des sciences du samedi, à l'école Kennedy. Ma mère me promit qu'elle réclamerait les trente dollars d'acompte à mon père le mercredi suivant après manger. Je me brossai les cheveux, enfilai une chemisette à manches courtes dans laquelle j'estimais avoir l'air intelligente et glissai un crayon derrière mon oreille.

Ce soir-là, le dîner fut servi à la table de la cuisine, comme d'habitude. Puis ma mère proposa à mon père de regarder un jeu télévisé dans le salon et lui offrit du xérès. Il sourit et la remercia en prenant le joli verre qu'elle lui tendait.

« James, je pense que Dana bénéficierait de cours de sciences supplémentaires cet été », annonça-t-elle.

James, qui était en train de boire, déglutit avec peine.

« C'est très important, les sciences, poursuivit-elle en se plaçant devant l'écran. Il y a toutes sortes de cours et d'ateliers ouverts aux enfants exceptionnels. Tu ne crois pas que Dana est exceptionnelle ?

— Je n'ai jamais dit le contraire.

— Tant mieux, car elle l'est. »

Je m'assis aux pieds de mon père avec mon crayon derrière l'oreille, m'efforçant de garder le dos exceptionnellement droit.

« Ça coûte cher.

— Elle a deux parents qui travaillent. »

Il ne répondit rien. Elle le rejoignit sur le canapé.

« L'académie des sciences du samedi réserve des bourses aux filles aînées », ajouta-t-elle avec douceur.

Je l'apprenais et la nouvelle me laissa interdite. Si elle pouvait m'inscrire gratuitement à l'école Kennedy, pourquoi embêter mon père avec ça ?

« James, poursuivit-elle d'une voix qui n'était agréable qu'en surface, je te trouve bien silencieux tout à coup. »

Assise par terre, je sentais les jambes de mon père tressauter dans mon dos. C'était une autre forme que pouvait prendre le bégaiement, les mots se débattant dans son corps.

« Tu sais que je t'aime, Dana », articula-t-il avec un effort.

Je lançai un regard à ma mère. « Je t'aime » signifiait que je n'irais pas.

« S'il te plaît », gazouillai-je.

Ma mère posa un doigt sur ses lèvres. Elle se chargeait de mon père.

« Pourquoi ? Parce qu'elle est jolie ? J'ai lu que les parents n'investissaient pas autant dans les études de leurs filles quand elles étaient belles. Dana est une intellectuelle, tu sais. »

Je hochai la tête, espérant que c'était un geste suffisamment anodin pour ne pas compter comme une participation à la conversation.

« Dana, va chercher la brochure pour la montrer à ton père. »

Je me levai. Je n'eus pas le temps d'atteindre la porte.

« Ch-Chaurisse est inscrite à l'académie du samedi.

— Je vois », dit ma mère.

J'étais convaincue qu'elle le savait depuis le début. Si Chaurisse y allait, je n'irais pas. C'est un principe de base quand on est un enfant secret. Je songeai au prospectus affiché sur le miroir dans ma chambre. Les élèves sur la photo tenaient des éprouvettes au-dessus de becs Bunsen.

« Ma foi, je suis sûre que Chaurisse s'amusera bien cet été », ajouta-t-elle.

L'émission de variétés présentée par Carol Burnett passait à la télé et, pour quelqu'un qui ne nous connaissait pas, on devait avoir l'air d'une famille parfaitement ordinaire.

« Tu sais que je n'ai pas besoin de ton autorisation, James. Ce n'est pas une menace, c'est un fait.

— S'il t-t-t… », bafouilla-t-il.

J'avais de la peine pour lui, même dans un moment pareil.

« Dana a besoin de mettre toutes les chances de son côté, elle aussi.

— G-gwen, p-pourquoi est-ce que tu fais ça ? J'essaie d'être un homme bien. Je fais tout ce que je peux.

— Il existe différents programmes pour les enfants doués en sciences. J'ai fait des recherches.

— Ils ont des becs Bunsen ? » intervins-je.

Encore une fois, elle me fit taire d'un geste discret. Je m'agenouillai devant mon père, assise sur mes talons.

« Je n'ai pas les moyens de payer plus. Je tire déjà le diable par la queue. Je t'aime, ma chérie », ajouta-t-il en se tournant vers moi.

J'étais prête à lui dire que ce n'était pas grave et que je pouvais m'en passer, tellement il avait l'air sincère et triste. Mais ma mère porta de nouveau un doigt à ses lèvres et je me tus.

« J'ai l'impression que tu as de l'argent quand ça t'arrange, James, dit-elle sans hausser ni baisser le ton. Si tu n'as pas de quoi payer des cours à Dana, alors je l'enverrai à l'académie du samedi, où elle peut s'inscrire gratuitement. C'est aussi simple que ça.

— Chaurisse y v-va déjà. Tu le sais bien. P-pourquoi est-ce que tu fais toujours ça ? Tu sais que je fais de mon mieux.

— Est-ce que tu fais de ton mieux pour Dana ? C'est la vraie question. Je ne te demande pas de m'acheter un renard, même si j'ai vu ta femme avec le sien, qui lui va à ravir, cela dit en passant.

— T-tu as vu Laverne ?

— Je ne suis pas aveugle. Je ne choisis pas les gens que je croise au supermarché. Comme tu le dis toujours : Atlanta est un grand village.

— Je t'int-t…

— Personne ne s'intéresse à ta "famille". J'ai seulement mentionné cette fourrure pour que tu comprennes que ce n'est pas une question de rivalité. Il s'agit de l'avenir de Dana Lynn.

— F-f-f…

— Est-ce qu'elle peut au moins aller au planétarium Fernbank ? J'ai une brochure et je peux payer la moitié des frais. »

James bataillait toujours pour faire sortir les mots coincés dans sa gorge. Avec une brusque saccade de la jambe droite qui manqua de peu mon épaule, il lança :

« Fous la paix à ma famille ! »

Il était épuisé par l'effort. Ses paroles avaient beau être brutales et directes, son dos affaissé montrait qu'il était battu.

« Calme-toi, dit ma mère en lui massant la nuque. Ne jure pas devant Dana. Tu ne voudrais pas qu'elle soit attirée par des hommes violents plus tard ? »

Je ne pouvais pas le regarder. Le planétarium n'avait rien à voir avec les becs Bunsen.

« Remercie ton père, Dana.

— Merci, marmonnai-je, lui tournant le dos.

— Dana, me gronda ma mère. Est-ce que c'est une façon d'exprimer ta reconnaissance ? »

Je lui fis face.

« Merci. J'ai vraiment envie de suivre des cours de sciences.

— Tant mieux, tant mieux.

— N'empêche… c'est pas juste », ne pus-je m'empêcher d'ajouter.

Je levai les yeux vers lui. Tout ce que j'espérais, c'était un câlin. Je n'en demandais pas plus. Je savais qu'il ne m'autoriserait jamais à aller à l'académie du samedi, même si je promettais de ne pas m'approcher de Chaurisse. Je voulais qu'il me prenne dans ses bras et me dise qu'il regrettait que je doive toujours passer en second, qu'il regrettait que ma mère ne puisse pas porter de renard et que je sois obligée de cacher le vrai nom de mon père. Mais il ne dit rien. Son cou ne frémit même pas. Ce qui signifiait qu'il n'y avait rien de coincé à l'intérieur. Il n'avait pas de regrets à m'offrir.

Ma mère se piquait d'être experte en psychologie masculine, tout ça parce qu'elle avait été élevée par son père. Elle prétendait entendre tout ce que les hommes n'exprimaient pas. Certains soirs, après m'avoir embrassée, elle ajoutait : « Ton père te souhaite de beaux rêves. » Une fois, je lui demandai pourquoi il ne me le disait pas lui-même, dans ce cas. « C'est ton père, mais avant tout, c'est un homme. Et un homme, c'est qu'un homme, il faut faire avec. »

Après l'incident des cours de sciences, alors que James nous avait laissées pour rentrer chez lui à Lynhurst Drive, ma mère prit une gorgée dans le verre de xérès qu'il avait abandonné et déclara : « Il reviendra. Et je parie qu'il aura une fourrure avec lui. » Elle avait presque raison.

Sa prédiction se confirma moins d'un mois plus tard. Je profitais de ce que ma mère s'était endormie sur le canapé pour regarder *Saturday Night Live*. J'avais baissé le son, car je savais qu'elle m'enverrait au lit si elle se réveillait, et je collais la joue contre les haut-parleurs revêtus de feutre de la télé, pour sentir les blagues à défaut de les entendre. Sur la table basse, les glaçons craquaient dans le verre de ma mère.

James ne frappa pas ; il ouvrit la grille, puis la porte en bois avec sa clé. Ma mère se réveilla en sursaut.

« James ?

— Qui ça pourrait être d'autre ? T'as un homme dans ta vie dont tu ne m'as pas parlé ? dit-il en riant, se dirigeant vers le salon. Dana ! ajouta-t-il, appelant vers la porte fermée de ma chambre.

— Je suis aussi dans le salon.

— Tant mieux si je réveille personne. »

James ne portait pas son uniforme. Ce soir, il était vêtu d'un jean et d'une chemise bleue repassée avec soin. Il tenait un grand carton blanc. Il prit ma mère par la taille et l'embrassa.

« J'aime les femmes qui savent apprécier un cocktail. Qu'est-ce que t'as bu ?

— J'allais te poser la même question.

— Un Cuba libre.

— Je n'en reviens pas que tu sois encore dehors à une heure pareille. »

Ma mère souriait. Nous faisions toutes les deux comme si nous n'avions pas remarqué la boîte blanche.

« Est-ce que je peux pas passer à n'importe quelle heure parce que la femme que j'aime me manque ? Est-ce que je peux pas apporter un cadeau à ma petite fille chérie ? »

Je me redressai.

« C'est pour moi ?

— Tu le sais bien.

— James, tu n'as pas pu aller acheter un cadeau en pleine nuit.

— Qui a parlé d'acheter ? J'ai joué aux cartes et j'ai gagné. »

Il souleva le couvercle d'un geste théâtral, révélant un blouson taille douze ans, trop grand pour l'instant, mais qui m'irait bientôt.

« Ne me dis pas que tu l'as gagné aux cartes, dit ma mère en caressant la fourrure soyeuse.

— Si. Mon pote Charlie Ray a joué comme un pied. Il a tout perdu et il a fini par mettre ça sur la table.

— James, tu dois le rapporter. Ce blouson appartient à quelqu'un.

— Tout à fait. Il m'appartient à moi. Et dès qu'elle viendra me faire un câlin, il sera à Dana. Viens ma petite chérie, essaie-le et m-montre à ton p-papa comme tu es jolie. »

J'hésitai un instant à cause de son bégaiement, mais son sourire me rassura.

Le blouson était à ses pieds et il m'ouvrait les bras. Avec le sentiment d'être dans un film, je l'enlaçai et l'embrassai bruyamment sur la joue. Il dégageait une odeur sucrée d'alcool et de Coca-Cola. Depuis, j'ai un faible pour les hommes dont l'haleine sent le rhum.

Parfois, je m'interroge sur les événements, la manière dont ils se produisent, l'ordre dans lequel ils se succèdent. Je ne suis pas quelqu'un qui pense que rien n'arrive sans raison. Ou disons plutôt que je ne pense pas que rien n'arrive sans une bonne raison. Pourtant, quand je songe à la première fois où j'ai croisé ma sœur Chaurisse sans ma mère, à l'Atlanta Civic Center, en 1983, je me dis qu'on ne peut quand même pas tout attribuer au hasard. Je crois à la probabilité des choses. Il n'est rien de caché qui ne doive être découvert, dit la Bible. On récolte ce qu'on a semé. Ce n'est qu'un juste retour des choses. Il existe des centaines d'expressions de ce genre, qui toutes contiennent une part de vrai. Et c'est ce qui est censé nous libérer, non ?

La fête de la Science d'Atlanta se tenait le jour de mes quatorze ans et demi. C'était mon anniversaire rien qu'à moi, que je fêtais chaque année. Mon véritable anniversaire, le 9 mai, était plutôt le jour de ma mère. Elle en faisait des tonnes, me forçait à m'habiller comme une reine de carnaval pour aller manger au Mansion, un restaurant chic de Ponce de Leon Avenue. Les serveurs apportaient des plats que j'étais incapable d'identifier et elle disait : « C'est bon, non ? Joyeux anniversaire ! Tu grandis. » Ses efforts pour faire de cette date une journée mémorable soulignaient surtout notre isolement. James et elle se méfiaient des rencontres fortuites, craignaient toujours de tomber sur quelqu'un qui connaîtrait quelqu'un qui pourrait nous démasquer. Si Atlanta est un grand village, le sud-ouest d'Atlanta est un hameau.

Le jour de mes quatorze ans et demi, je mis mon réveil à 5 h 37, l'heure exacte de ma naissance. Puis je brassai des cartes. J'avais entendu qu'on pouvait se servir d'un jeu ordinaire pour prédire l'avenir. Je tirai six cœurs. J'espérais que ça signifiait que j'allais rencontrer l'amour. Ma mère éclata de rire et fredonna une chanson de Sam Cooke qui disait qu'une fille de seize ans était trop jeune pour tomber amoureuse. Peut-être que j'étais trop jeune pour connaître l'amour, lui répondis-je, mais au moins je savais ce qu'était l'exclusivité. Ça lui en boucha un coin. Ce mot, je l'avais appris à l'école. Pas en cours, mais dans le bureau de la conseillère d'éducation. Mlle Rhodes. J'avais été convoquée parce qu'on m'avait surprise en train d'embrasser trois garçons différents en six semaines. « L'exclusivité a ses avantages, jeune fille. »

Je souffrais au lycée. N'importe quelle conseillère digne de ce nom aurait deviné que l'attitude hostile que j'adoptais systématiquement dans son bureau cachait quelque chose de lourd et douloureux. Au fond de moi, j'étais une fille bien élevée et intelligente qui désirait par-dessus tout étudier la biologie. Durant ma dernière année de collège, j'avais révisé comme une folle pour le concours d'admission dans la filière d'excellence en sciences et mathématiques. Tous les soirs je bûchais pour mémoriser les noms des gaz rares et les bizarreries des isotopes. Je travaillais dur, mais j'étais malade d'angoisse car je savais qu'être acceptée au lycée Benjamin E. Mays ne suffirait pas. Chaurisse n'aurait qu'à dire qu'elle voulait y aller pour que je sois obligée d'y renoncer.

James et Laverne habitaient Lynhurst Drive, à huit cents mètres de Mays, un nouvel établissement destiné à être l'école d'élite des quartiers noirs d'Atlanta. Grâce à son adresse, Chaurisse avait une place assurée si elle le souhaitait, même si elle n'était pas acceptée dans la filière d'excellence. Continental Colony n'était qu'à cinq kilomètres, mais je dépendais du secteur de Therrell, où il n'y avait aucune classe spéciale. Après avoir reçu ma lettre d'admission en juin, je dus attendre un mois pour être sûre que Chaurisse était prise à Northside, un établissement qui dispensait un enseignement en arts du spectacle. Apparemment, elle se débrouillait à la flûte.

Il serait trop simple de dire que je rejetais le lycée parce qu'il risquait de me rejeter, mais, aujourd'hui encore, quand je prends l'I-285, j'ai un nœud dans le ventre chaque fois que je passe devant Mays, à droite de la voie rapide. L'établissement n'a plus grand-chose de moderne aujourd'hui, pourtant, il me paraît toujours aussi imposant derrière son rideau de kudzu et de pins. Je me souviens avec acuité du sentiment d'être une intruse. Je vivais dans l'angoisse que Chaurisse change d'avis au sujet de Northside et du piccolo, et exige ma place.

Au bout de quinze jours, je décidai qu'avoir un petit ami, un vrai, m'attacherait à mon lycée. C'était la raison de tous ces baisers qui m'envoyèrent à plusieurs reprises dans le bureau de la conseillère.

Si j'avais embrassé autant de garçons en un si bref laps de temps, c'était parce que je les avais tous surpris glissant des messages, lançant des regards ou parlant à une autre fille, quelques jours à peine après avoir flirté avec moi. Je trouvais ça intolérable. Alors je larguais le coupable et je passais au suivant. J'étais prête à donner une chance à tous ceux qui me témoignaient de l'intérêt – j'estimais que je ne pouvais pas me permettre de faire la fine bouche –, mais j'étais toujours déçue.

On ne pouvait même pas se fier aux intellos. Un mois avant mes quatorze ans et demi, j'étais sortie avec Perry Hammonds, un grand échalas dont le high-top[1] avait sérieusement besoin d'être rafraîchi. J'avais jeté mon dévolu sur lui parce qu'il aimait les sciences, comme moi, et parce qu'il était trop bizarre pour que d'autres filles s'intéressent à lui. Au moins, pensais-je, celui-là ne risquait pas de me tromper. Il était en première et n'avait jamais eu de copine. (L'idée de l'exclusivité historique n'était pas pour me déplaire.) Je le laissai donc m'embrasser un après-midi qu'on travaillait ensemble sur nos expériences

1. Coupe haute, plate sur le dessus et rasée sur les côtés.

de biologie en dehors des heures de cours. Ce que je n'avais pas compris, c'était qu'il ne suffisait pas d'être fidèle. Encore fallait-il vouloir l'être. Perry ne sortit avec personne d'autre pendant notre courte relation, mais, un jour où j'entrais dans la salle de travaux pratiques pour vérifier où en était la germination de mon projet, je trouvai Perry en pâmoison devant une prof remplaçante. Je savais que c'était sérieux, parce qu'il avait rasé les côtés de son high-top. La peau nue était lisse, pâle et scarifiée de petites coupures.

Peut-être ma réaction était-elle excessive. Peut-être était-ce ce que mon père voulait dire lorsqu'il me mettait en garde contre les émotions et les extrêmes. En tout cas, cette trahison me restait en travers de la gorge. Un jour qu'il faisait une course pour la remplaçante, une adulte qui ne l'embrasserait jamais dans la salle de musique, je versai de la Javel dans ses aquariums d'artémies à l'aide d'un compte-gouttes. Je n'en mis pas assez pour tuer tous ces petits crustacés dégoûtants, mais suffisamment pour perturber les résultats de son expérience. Ma mère avait raison. J'étais une enfant précoce. Une femme amère à quatorze ans.

Il y a quand même un peu de justice en ce bas monde. Le projet de Perry ne fut pas retenu pour la fête de la Science. En revanche, mon étude, « Les effets des pluies acides sur la germination de certaines graines sélectionnées », fut choisie pour représenter la classe de troisième[1] option sciences et mathématiques du lycée Benjamin E. Mays. Perry broyait du noir dans la salle de TP, tandis que la directrice de la filière d'excellence emballait mon travail dans du papier bulle. « Je ne comprends pas », se

1. Dans beaucoup d'établissements secondaires américains, le collège va de la 6e à la 4e et le lycée de la 3e à la terminale.

lamentait Perry, pensant à ses artémies et peut-être aussi un peu à moi, qui avais cessé de lui adresser la parole du jour au lendemain. Je ne dis rien. Rétrospectivement, je pense que j'aurais peut-être dû m'expliquer, que ça m'aurait procuré une certaine satisfaction. Mais je vivais dans un monde où on ne pouvait jamais assumer ses désirs au grand jour.

La soutenance de mon projet ne fut pas très exigeante. Une seule chose semblait préoccuper le jury qui s'entêtait à me poser des questions pièges sur le mélange des produits chimiques : c'était de savoir si j'avais bien effectué le travail sans l'aide de personne. On ne me demanda pas ce que je pensais des pluies acides et si je croyais qu'elles allaient détruire le monde.

Agacée, je répondais en rejetant mes cheveux en arrière. Au lycée, les filles se bousculaient autour de moi dans les toilettes pour louer ma somptueuse crinière, mais les deux hommes du comité se dandinaient sur leur chaise, tandis que je faisais passer mes boucles d'une épaule à l'autre. En dépit des avertissements de ma mère, j'avais mis de l'eye-liner liquide bleu électrique sur le bord rose de ma paupière inférieure, juste au-dessus des cils. Ça cuisait atrocement, mais je me contentais de m'humecter les lèvres en essayant de prendre un air blasé, ignorant la brûlure qui faisait pleurer mes yeux iridescents.

« Comment se fait-il qu'une jolie fille comme vous s'intéresse à la science ? demanda l'un des jurés, un homme corpulent avec une perruque.

— Michael, c'est totalement déplacé, intervint sa collègue.

— Michael, c'est une faute, renchérit le troisième juré.

— Les pluies acides m'inquiètent, déclarai-je. Elles vont détruire le monde. »

J'enfilai mon blouson en lapin sous la mine sombre du comité.

« Jolie veste, fit remarquer la femme.

— Mon père l'a gagnée au poker », répondis-je en me frottant les yeux avec le dos de la main.

J'avais compris que je ne remporterais aucun prix. Il n'y avait qu'à voir les regards qu'ils échangeaient. Je sortis de la salle et me mis en quête de ma tutrice dans le couloir, mais elle n'était nulle part en vue. Le Civic Center grouillait d'enfants surexcités à l'idée du concours. Tous les élèves de Mays avaient des chemises ciel et or. C'était obligatoire pour participer. Je portais la mienne sous mon blouson boutonné, la ceinture fermée, en dépit de la chaleur qui régnait à l'intérieur du bâtiment.

Je sentis une main sur mon épaule. C'était la femme du jury.

« Vous avez réalisé un bon projet. Mais il faut vraiment faire attention à votre attitude. »

Je haussai mes sourcils dessinés au pinceau.

« Ne vous vexez pas. Je vous dis ça pour votre bien. De femme à femme. »

Je ne répondis pas. Elle tapota mon blouson comme si c'était un animal familier, avant de s'éloigner.

Je sortis et me plantai sur le trottoir, imitant le geste de fumer avec un crayon. C'était une habitude idiote, un petit tic que je tenais de James. Quelle que soit son activité, il s'interrompait toujours pour faire une pause cigarette. Même si ma mère l'autorisait à fumer à l'intérieur, il allait parfois allumer une de ses Kool sur la terrasse et je l'accompagnais, le regardant abriter l'allumette avec sa main. Quand il faisait ça, on avait l'impression qu'il n'existait rien d'autre au monde et que tout se passait à quelques centimètres de son visage.

C'était le mois de novembre et il faisait déjà un froid de canard. Si je devais me baser sur le jour de mes quatorze ans et demi, ça n'augurait rien de bon pour l'avenir. Profitant de ce que j'étais cachée derrière une colonne blanche, je décidai d'aller jusqu'au bout et j'écrasai le petit crayon sous mon mocassin. C'est alors que j'entendis, mêlé au rugissement des voitures qui filaient le long de Piedmont Avenue, un bêlement. Je jetai un coup d'œil de l'autre côté du pilier. Surprise : Chaurisse Witherspoon en personne pleurait à fendre l'âme devant les portes vitrées.

Sa présence au Civic Center n'avait rien d'étonnant en soi. Toutes les écoles publiques envoyaient des élèves à la fête de la Science. « On ne choisit pas les gens qu'on croise », comme aurait dit ma mère. Ce ne fut donc pas de la voir là qui me tourneboula. Non, ce qui fit trembler la commissure de mes lèvres, ce fut son blouson de fourrure, identique au mien.

Frissonnant derrière la colonne, je me creusai la cervelle pour inventer une histoire qui me permettrait de croire que mon père ne m'avait pas menti lorsqu'il m'avait offert la veste. Pourquoi faire tant d'efforts pour me duper ? Ce n'était pas comme si je n'avais pas su toute ma vie que je n'étais pas sa fille principale. S'il m'avait simplement dit qu'il avait acheté ce blouson dans un magasin, j'aurais pu me préparer à ce genre d'éventualité. Est-ce qu'il avait vraiment besoin de débarquer chez nous en pleine nuit pour me raconter qu'il l'avait vu sur la table de poker, étalé sur une pile de jetons, et qu'il avait pensé à moi et à moi seule ?

C'est bizarre comme trois ou quatre notes de colère jouées simultanément peuvent créer l'accord de rage parfait. Je songeai au baiser que mon père avait déposé sur ma joue, à son haleine chargée de rhum. Je songeai à la conseillère d'éducation et à son petit laïus sur l'exclusivité.

Et de quoi se mêlait cette juge qui se permettait de me donner son avis sur mon attitude ? Je jetai un autre coup d'œil à Chaurisse. Le blouson ne lui allait pas. Il était à ma taille, pas à la sienne. Elle ne pouvait même pas le boutonner sur son ventre rond.

J'émergeai de derrière le pilier, encore étourdie de colère. Je voulais seulement la voir. J'allais m'emplir les yeux de cette vision avant de franchir la porte. C'était tout ce que j'avais en tête. C'est peut-être difficile à croire, pourtant c'est la vérité. Je ne souhaitais pas lui parler, pas la toucher, simplement la regarder.

Aujourd'hui, je sais que c'est comme ça qu'on perd la tête et qu'on en vient à commettre des actes qu'on regrette. Il n'y a qu'à voir à la femme qui a failli tuer Al Green. Je suis sûre qu'elle avait préparé son gruau de maïs pour le petit déjeuner. Mais il avait fait quelque chose qui l'avait énervée. Quand elle avait pris la casserole, elle voulait simplement l'effrayer. Et avant qu'elle ait eu le temps de comprendre ce qui se passait, il était ébouillanté. Ce genre d'acte a un nom. « Crime passionnel. » Ça veut dire que ce n'est pas votre faute.

Devant le Civic Center, Chaurisse sautillait sur place en regardant anxieusement vers Piedmont Avenue. Elle se retourna et me lança un salut que je lui rendis, tout en étudiant son blouson. Il était en tout point semblable au mien, jusqu'aux boutons de cristal qui ornaient les poignets. C'était ma sœur. Si j'avais bien compris mes cours de biologie, nous devions avoir cinquante pour cent de gènes identiques. Je l'examinai, cherchant quelque chose de commun entre nous. James était présent partout sur son visage, de ses lèvres fines à son menton masculin. Je ressemblais tellement à ma mère qu'on aurait pu penser que James avait contraint son patrimoine génétique à ne laisser aucune trace. À force, je finis par trouver un détail prouvant notre parenté : des petites taches de pigmentation dans le blanc des yeux. J'avais la même imperfection.

Mon regard devait être un peu trop insistant, car elle éprouva le besoin de se justifier.

« J'ai oublié tous mes graphiques à la maison. Je suis trop nulle.

— Qu'est-ce que ça peut faire ? C'est que la fête de la Science, dis-je en haussant les épaules.

— J'ai travaillé dur sur mon projet. »

Une Lincoln noire aux vitres teintées se gara le long du trottoir. Je tripotai le crayon écrasé que j'avais glissé dans ma poche, tandis que Chaurisse joignait les mains. Il y eut un petit coup de klaxon rassurant. Mon pouls s'accéléra. J'eus soudain très chaud en dépit du froid hivernal. Je sentais mon crâne fourmiller sous mes cheveux. Je suppose qu'au fond de moi j'avais toujours su que James finirait par découvrir que ma mère et moi avions désobéi à l'ordre de « foutre la paix à sa famille ». Mais qui aurait pu imaginer que ça arriverait de cette manière, totalement par hasard ? Mon cœur battait à tout rompre. En même temps, j'étais contente que ça se passe ainsi. Chacun face à la trahison de l'autre. J'aurais simplement préféré que ma mère soit là.

J'avais l'intention de braver mon père avec courage. Je ne prononcerais pas une parole ; je me tiendrais à côté de ma sœur, toutes les deux dans nos blousons jumeaux, laissant la scène parler d'elle-même. Les mots s'agrégeraient peut-être dans sa trachée et il mourrait étouffé sous nos yeux. Ma rage était telle que je n'avais pas conscience de ma peur, mais mon corps savait, lui, et quand la portière de la Lincoln s'ouvrit, mon visage se détourna tout seul.

« Maman ! Tu les as trouvés ? » entendis-je Chaurisse crier.

Je me retournai juste à temps pour voir ma sœur applaudir comme une otarie.

Laverne ne ressemblait pas à ma mère. Elle était ronde et elle avait cette apparence négligée qu'ont les professionnelles de la beauté lorsqu'elles ne sont pas en service. Ses cheveux teints en roux étaient attachés par un simple élastique. Elle portait un tee-shirt qui avait dû être noir dans une autre vie, rentré dans un mignon pyjama en satin. Elle agitait un dossier orange au-dessus de sa tête, l'air détendu, presque ridicule. Elle se contentait de faire ce qu'elle avait à faire, sans réfléchir.

« C'est la bonne pochette ? demanda-t-elle. Qu'est-ce qu'elle vaut pour toi ? J'allais la vendre aux puces.

— Maman, me mets pas la honte, dit Chaurisse en inclinant vaguement la tête dans ma direction.

— Bonjour, me lança-t-elle. Sympa, ton blouson. Vous êtes assorties, les filles. »

J'acquiesçai. Si Laverne n'était pas aussi jolie ni tape-à-l'œil que ma mère, elle avait l'air plus maternelle. Ses mains semblaient faites pour préparer des sandwichs. Non pas que ma mère s'occupât mal de moi. Elle avait sorti mes vêtements tous les soirs jusqu'à mon entrée au collège, mais elle n'avait jamais eu l'air très à l'aise quand elle le faisait. Elle donnait toujours l'impression de me rendre un service. Laverne était le genre de mère qu'on n'avait pas besoin de remercier.

« Mon père me l'a offert, dis-je.

— Pareil ! s'écria Chaurisse, caressant ma manche dont les poils se dressèrent sous l'effet de l'électricité statique.

— Il l'a gagné au poker, ajoutai-je avec un mouvement de recul, m'adressant à Laverne sur un ton presque interrogatif.

— Pardon ? » fit-elle, gardant la bouche entrouverte.

Je ne pris pas la peine de répéter. Je savais qu'elle avait entendu et je voyais bien que j'avais fait mouche. Elle fronça les sourcils, l'air soudain moins ronde et satisfaite. Dans mon esprit, elle ressemblait à un bébé qui venait d'être nourri, plein de lait, repu.

« Allez, ma chérie, bonne chance, dit-elle à Chaurisse. J'ai des courses à faire.

— Merci », dit celle-ci avant de repartir en trottinant vers le bâtiment.

Je restai dehors jusqu'à ce que Laverne remonte dans la Lincoln. Je ne distinguais pas son visage à travers les vitres teintées, mais je l'imaginais qui nous regardait, mon blouson et moi. Elle savait que ce moment était important ; je l'avais vu à sa bouche avant qu'elle s'engouffre dans la voiture. Puis je me détournai ; je ne voulais pas qu'elle mémorise mon visage tout de suite. Ce n'était que le début. Certaines choses étaient inévitables. Il aurait fallu être idiote pour ne pas s'en rendre compte.

4

Un geste noble

Ma mère demanda en mariage deux hommes dans sa vie. Le premier était Clarence, le fils de l'entrepreneur de pompes funèbres. En 1966, le soir du bal Sadie Hawkins, Clarence l'invita à l'hôtel Paschal's. « Si c'est assez bien pour Martin Luther King, c'est assez bien pour nous. » Il avait dit ça en riant, ce qui ne plut pas trop à ma mère. Même si tout le monde savait que le restaurant attirait le pasteur King, Andy Young et tous les intellectuels de l'université Morehouse à cause de son légendaire poulet frit, Clarence faisait référence à ce qui se passait à l'étage, dans les chambres étroites, derrière les tentures opaques.

« C'était pour rire, Gwen.

— Je réfléchis, répondit-elle.

— Ça fait quand même deux ans qu'on se fréquente.

— Je sais.

— C'est une soirée spéciale. »

Ma mère le regarda. Il fallait reconnaître qu'il était séduisant dans son costume marine. Toujours marine : le noir, c'était réservé au travail, quand il apprenait le métier en observant son père. En revanche, elle n'était pas très satisfaite de sa propre tenue. Sa robe jaune pâle à manches gigot et taille Empire paraissait plus élégante sur la pochette du patron qu'elle ne l'était en réalité. Mais elle avait passé trop de temps à la reproduire et à renforcer les boutonnières. Elle n'allait pas la jeter parce que l'encolure était froncée et la coupe peu flatteuse.

Détournant le regard, elle vit un œillet rouge qui était tombé sur le siège.

« Tu as perdu ta fleur. »

Elle retira l'épingle du revers de sa veste et remit l'œillet. À la radio, Smokey Robinson se plaignait qu'un « avant-goût du paradis était pire que rien du tout ».

Clarence s'empara de son poignet, sans brutalité, sans la menacer, mais fermement.

« J'ai déjà payé la chambre.

— Quoi ?

— Je voulais t'emmener dans un bel endroit.

— T'es pas gêné, surtout ce soir. Tu as vu la date ? Je croyais que c'était à moi de faire le premier pas !

— C'est pas parce que le jour de Sadie Hawkins les femmes peuvent inviter les hommes au bal que ça signifie qu'ils doivent rester là à se tourner les pouces. »

Il sourit. Il avait de belles dents, aussi blanches que des stèles de marbre.

« Alors si aujourd'hui c'est à moi de décider, fiançons-nous. Après, on pourra aller chez Paschal's, répliqua ma mère.

— Hein ?

— Est-ce que tu veux m'épouser ? »

Clarence lui lâcha le poignet, lui rendant littéralement sa main. Il frotta son menton et ses favoris soyeux. Il regarda par la vitre. Nerveuse, ma mère se demanda si elle ne s'était pas surestimée. Elle avait beaucoup à perdre, et il n'y avait pas que son cœur et son orgueil dans la balance. Son père travaillait pour celui de Clarence et leur relation avait amélioré son statut. De plus, si elle ne l'épousait pas, qui voudrait d'elle ? Elle était déjà en terminale.

« T'as pas envie d'être avec moi ? murmura-t-elle.

— Si, bien sûr, répondit-il enfin. C'est juste que je n'avais pas imaginé ça comme ça. Mais OK, fiançons-nous. On peut considérer qu'on est fiancés, là ? »

Ma mère hocha la tête, tellement soulagée qu'elle se sentait vidée de toute son énergie.

Il démarra la voiture et prit la direction de Paschal's.

Quelques années plus tard, Clarence était sorti de sa vie, mais elle portait toujours sa robe jaune, pas tant parce qu'elle avait fini par s'y faire que parce que la taille Empire s'accommodait mieux de sa nouvelle silhouette. Elle redoutait d'avouer à James qu'elle avait quatre semaines de retard. Tout le monde sait qu'il n'y a rien de plus difficile à dire. Ce n'est déjà pas évident si c'est son propre mari, alors quand c'est celui d'une autre… Annoncer la nouvelle et voir s'il va partir ou rester : c'est tout ce qu'il y a à faire.

Elle avait tellement peur de prononcer les mots qu'elle les griffonna sur un bout de papier comme un mendiant sourd-muet. La phrase réveilla si brutalement le bégaiement de James qu'il se retrouva incapable de lui répondre quoi que ce soit. Ma mère lui rappela à quel point il désirait un enfant. Laverne partageait son lit depuis une bonne décennie et elle n'avait jamais pu lui offrir ce qu'il voulait entre tout. Il n'avait fallu que quelques mois à ma mère. Ce bébé était décidé à venir au monde, conçu malgré toutes leurs précautions. Elle lui dit que j'étais le destin.

« Tu vas me donner un fils », déclara-t-il enfin.

Après ça, il passa un moment assis sur la balancelle devant la pension. Elle le voyait qui cogitait. Il réfléchissait un peu, puis la regardait, pas son visage, mais son ventre. C'était moi qu'il voyait. Ma mère admettait qu'elle s'était sentie un peu jalouse. Tout ce qui l'intéressait, c'était qu'il allait être père, qu'il allait avoir un petit James. Laverne et lui avaient eu un fils au tout début de leur mariage. Le bébé était sorti par les pieds et n'avait pas vécu assez longtemps pour pousser son premier cri. James se balançait, songeant que sa seconde chance était enfin arrivée.

Tandis qu'il se réjouissait à la perspective d'être papa, impatient de pouvoir annoncer la nouvelle à son frère, ma mère posa la question cruciale. Elle la posa sur le ton enjoué qu'elle aurait employé pour l'inviter à aller prendre un *ice cream soda*. « James, marions-nous. Fais de moi une honnête femme. »

Lui qui un instant plus tôt était plein de vivacité avait à présent l'aspect d'un cadavre auquel on avait injecté du formol. Enfin, il s'arracha à sa torpeur. « Je ne quitterai pas Laverne. »

Elle savait qu'il était sérieux parce qu'il avait appelé sa femme par son nom. Quand elle avait quitté Clarence, elle avait compris que son père avait fait une croix sur elle, car il lui avait dit : « Tu ne vaux pas mieux que Flora. »

Ma mère fit alors comme s'il s'était mépris sur le sens de ses paroles, comme si elle n'avait pas proposé qu'ils partent ensemble et vivent comme des gens normaux, m'offrant la possibilité d'avoir une enfance ordinaire.

« Qui a parlé de quitter qui que ce soit ? Épouse-moi aussi. Allons à Birmingham et marions-nous dans l'Alabama. »

Elle savait parfaitement que ce mariage ne serait pas légal, mais ce serait mieux que rien. Un mariage même illicite m'épargnerait le statut de bâtarde. C'était tout ce qu'elle voyait. Ce fut Willie Mae qui lui fit remarquer qu'en obligeant James à l'épouser, à devenir bigame, hors-la-loi, elle se donnait une arme, un moyen de pression. Sur le moment, elle n'avait pas d'arrière-pensée. Elle ne songeait qu'à l'amour et à moi.

Il la regarda, ses yeux refusant de monter plus haut que le cou de ma mère, et tenta de dire quelque chose. Son bégaiement était un véritable handicap, à l'époque. Il se cabrait et semblait sur le point d'avoir une attaque.

« Pour une fois dans ma vie, j'aimerais bien épouser une femme qui n'est pas déjà enceinte. »

Elle éclata de rire. C'était plus fort qu'elle. Après tout ce qu'ils avaient partagé, il voulait jouer les prudes, comme si on le privait de son mariage en blanc.

« Dans ce cas, il faudrait que t'arrêtes de coucher avec des femmes à qui t'es pas marié. »

La conversation s'était tenue sous la véranda de la pension fermée par une moustiquaire. Elle aurait dû l'emmener dans un endroit plus privé, mais où ?

Lorsqu'il s'éloigna, toutes les autres filles étaient aux fenêtres. Elle les voyait soulever les coins des stores pour mieux suivre la scène.

Aujourd'hui, ma mère raconte que son départ lui fit l'effet d'une gifle. Je ne la contredis pas, même si l'abandon n'a rien à voir avec la brûlure intense et brève d'une gifle. C'est un coup de poing à l'estomac qui meurtrit la peau et vide le corps de tout l'air qu'il contient.

Willie Mae sortit et s'assit sur la balancelle à côté d'elle. Seule et enceinte, ma mère se savait en mauvaise posture. Et elle était consciente de l'injustice de la situation, car c'était elle qui se retrouvait coincée. James était rentré chez lui le cœur lourd, à n'en pas douter, car ce n'était pas un monstre. Mais il avait une femme et son repas du soir qui l'attendaient.

Lorsqu'elle s'était mariée, sa belle-mère lui avait offert un coffret de papier à lettres en guise de cadeau de mariage. C'était un luxueux papier chiffon gravé à ses nouvelles initiales. Le cadeau était double et ma mère le comprit immédiatement. Le monogramme était un authentique message de bienvenue : dorénavant, elle était une Yarboro. (Lorsqu'elle partit, elle rendit le diamant vieux de cinquante ans, mais pas son nom de mariage.) Mais le papier à lettres signifiait également qu'elle avait désormais un rang à tenir et que les femmes de son rang écrivaient des billets de remerciements. Elle savait ce genre de choses, car elle se débrouillait bien en économie domestique au lycée. Elle avait aussi appris à évaluer le prix de la vaisselle pendant un dîner.

Elle avait donc écrit des lettres de remerciements pour les cadeaux de mariage : épais linge de table, cuillères plaquées argent et poêles en fonte qui étaient à peine culottées lorsqu'elle partit. Mais elle n'utilisa pas le luxueux coffret de la papeterie Crane. Dans un geste de rébellion, elle acheta du papier à motif fleuri chez Woolworth. Après le divorce, le papier à initiales suivit ma mère à Ashby Street.

Assise seule dans sa chambre, elle prit la boîte rangée sur l'étagère de sa penderie.

Son père vivait à sept ou huit kilomètres d'Ashby Street, dans Edgewood Avenue, sous le regard vigilant des bigotes qui le plaignaient, parce qu'il avait été abandonné par sa Flora et parce qu'il avait consacré une partie de sa vie à élever une fille qui s'était révélée aussi ingrate que sa mère.

N'ayant pas reçu de réponse le premier du mois suivant, elle soupçonna les dévotes paroissiennes d'avoir détruit sa lettre. Toute son enfance, elle s'était sentie mal à l'aise avec ces belles-mères de substitution consciencieuses et froides. À douze ans, elle les avait accusées d'intercepter les lettres et les télégrammes d'anniversaire de Flora. Bien sûr, elles avaient nié, et elle avait fini par comprendre que sa mère l'avait tout simplement abandonnée. Ces femmes étaient rigides, mais pas cruelles.

La lettre que ma mère avait écrite sur son papier à lettres de mariage aurait tenu sur une carte. Elle s'y reprit néanmoins à quatre fois. (Les feuilles gâchées par ses faux départs sont toujours dans la boîte, avec le papier blanc.)

Cher papa,
J'attends un bébé et j'aimerais rentrer à la maison.
Affectueusement,
Gwendolyn B. Yarboro

La réponse arriva enfin, neuf jours plus tard. La logeuse la remit à ma mère. C'était une bigote, elle aussi, diaconesse à l'église baptiste de Mount Moriah. Elle n'était pas dénuée de cœur, mais elle avait des principes et elle lui fit clairement savoir qu'elle ne pouvait pas garder de célibataire enceinte chez elle. Ma mère pouvait rester tant que son état ne serait pas visible. Et c'était pareil au travail.

« J'espère que ça vient de quelqu'un qui a décidé d'agir honorablement », lui dit la logeuse.

Mon grand-père avait répondu sur du papier ligné, le bord supérieur un peu collant, là où il avait été arraché d'un bloc-notes.

Ce n'est pas ta maison. Ta maison est l'endroit où tu es.

Lorsque James réapparut, ma mère était une autre femme. Ce n'était pas seulement son corps gonflé par ma présence qui avait changé. Son âme aussi était dilatée et douloureuse. Elle allait devoir quitter la pension quinze jours plus tard. Willie Mae lui avait donné toutes ses économies : des rouleaux de pièces de monnaie et des billets pliés en quatre. De l'argent qu'elle avait gagné à la sueur de son front. Le pécule de ma mère était maigre, car elle avait tendance à presque tout dépenser chez Davison's, ouvrant l'enveloppe de son salaire sur place pour payer les articles qu'on lui avait réservés. Elle se voyait déjà à la rue, sans même une valise où mettre toutes les jolies robes achetées au magasin.

Lorsque James sonna, Willie Mae le fit monter. C'était contre le règlement, mais ma mère allait de toute manière être expulsée d'un jour à l'autre. Elle était couchée, toujours vêtue de ses habits de travail. Seuls ses pieds étaient nus. Sans Willie Mae qui passait chaque soir et l'obligeait à enfiler une chemise de nuit, elle aurait dormi ainsi, la taille comprimée par sa ceinture.

James entra à la suite de Willie Mae, tenant son chapeau à la main comme pour rendre un dernier hommage à un défunt. Dieu seul sait ce qu'elle lui avait dit dans l'escalier, mais il avait l'air de quelqu'un qu'on avait traîné derrière la grange pour lui flanquer une raclée.

Sur ses talons apparut Raleigh, tout aussi endimanché. C'était la première fois que ma mère le voyait et pendant un quart de seconde elle crut qu'il s'agissait d'un Blanc. Elle se demanda dans quel guêpier elle s'était fourrée.

« C'est Raleigh. On a été élevés ensemble. »

En l'examinant de près, elle se rendit compte que c'était bien un homme de couleur. Elle vit aussi que c'était quelqu'un de généreux. Un homme qui avait le cœur bon. Voire tendre. Pendant un instant, allongée dans son tailleur en crêpe de laine avec ses collants, elle regarda Raleigh et regretta de ne pas l'avoir rencontré avant James.

Mon père s'agenouilla à côté du lit. L'argent de Willie Mae se trouvait dans une boîte à cigares, coincé entre ma mère et le mur. Le parfum de Willie Mae, Charlie, créait un drôle de mélange avec l'odeur du caramel qui fondait dans la bouche de Raleigh. James sentait le coton propre, l'après-rasage et les cigarettes au menthol. Et il y avait l'odeur de transpiration de ma mère, qui était la même que celle de l'argent.

« Gwen, écoute, j'ai pensé à une solution. »

Elle ne se retourna pas. Elle voulait entendre ce qu'il avait à dire sans devoir se soucier de ce que son visage trahissait.

« Raleigh. Viens ici. »

Celui-ci s'approcha du lit et replia son long corps étroit pour s'agenouiller à côté de James.

Ce fut l'odeur de caramel qui poussa ma mère à tourner la tête vers eux. Elle les imaginait très bien enfants, inséparables, espiègles et parfois effrayés. Elle l'ignorait à l'époque, mais ma grand-mère, Mlle Bunny, traitait les garçons comme s'ils n'étaient qu'un, les battant et les félicitant ensemble, quel que fût celui qui avait fait une bêtise ou une bonne action.

« Willie Mae ? appela ma mère, voulant une alliée, car le lien entre les deux hommes était vivant, une cinquième personne dans la chambre.

— Je descends, dit-elle. Au cas où la logeuse essaierait de monter. Il vaut mieux pas qu'elle te surprenne avec ces messieurs.

— Ça fait rien. Reste. »

Mais elle était déjà sortie.

Son amie partie, la pièce lui parut remplie d'hommes.

« Est-ce que tu peux t'asseoir ? » demanda James.

Ma mère s'adossa aux oreillers et les regarda avec curiosité.

« Enchanté, dit Raleigh. J'ai beaucoup entendu parler de vous. En bien. »

Ne sachant que répondre, elle se contenta de hocher la tête.

« On a pensé à une solution, Raleigh et moi, répéta James. On a v-v... »

Il donna un petit coup de coude à son compagnon, qui continua la phrase à sa place.

« On a vendu la Lincoln et on en a tiré un bon prix. On a un chèque ici, à votre nom. Il est sur mon compte, mais c'est de la part de James. On a dû faire ça à cause de la compta. On va tout prendre en charge. »

Tout prendre en charge ! Pendant un instant, elle s'imagina être son ex-belle-mère, à qui on demandait seulement d'être belle et de savoir s'exprimer correctement. Être prise en charge, ça signifiait ne plus avoir peur de manquer d'amour, de manquer d'argent. C'était comme lui offrir l'occasion d'être quelqu'un d'autre.

Elle regarda James qui hocha la tête.

« On v-veut agir honorablement. »

Raleigh tendit le chèque à ma mère. Il était vert, couleur d'écume de mer, le genre qu'on reçoit gratuitement quand on ouvre son compte. Son nom était inscrit en lettres distinctes sur la ligne supérieure, et la signature élégante mais sans fioritures de Raleigh figurait en bas. La somme était à compléter.

Lorsqu'elle me raconta l'histoire, le souvenir avait ranci, comme de la viande oubliée au congélateur. Elle ne se rappelait pas l'excitation qu'elle avait certainement ressentie en découvrant que ses prières avaient été exaucées, que, pour une fois, les voies du Seigneur n'étaient pas impénétrables, mais directes et limpides. « Parfois, il vaut mieux que les vœux restent vains », me dit-elle en 1986. Les années avaient passé, et elle se souvenait seulement que l'haleine de mon père sentait le tabac et que ses baisers étaient aigres. Elle se souvenait que les genoux de Raleigh avaient craqué lorsqu'il s'était levé. Forte de sa connaissance de l'avenir, elle voulait me faire croire qu'elle éprouvait déjà de l'appréhension, mais je savais qu'elle mentait. Je lui enviais ce moment. Qui ne rêve pas d'être secouru ? Qui ne rêve pas d'un geste noble ?

À l'hôpital, Raleigh signa mon certificat de naissance pour m'épargner l'indignité d'être une bâtarde. Quatre mois plus tard, ma mère, mon père, Raleigh et Willie Mae se rendirent à Birmingham, dans l'Alabama, où ils se tinrent devant le juge d'un tribunal de comté. La facilité avec laquelle on pouvait se marier sidéra ma mère. Personne ne leur demanda s'ils étaient déjà mariés ailleurs. Raleigh et Willie Mae signèrent le document. J'assistai à la cérémonie dans ma robe de baptême blanche, la traîne de dentelle drapée sur le bras de ma tante. Ma mère garde une photographie de l'événement sur sa table de chevet. Essayez de m'imaginer, minuscule et pure, la preuve vivante que ce qui se passait cet après-midi-là était à la fois authentique et sacré.

5

Rêves de cœur

À quinze ans et demi, j'étais obsédée par mon cœur. J'en rêvais plusieurs fois par semaine. Parfois, il revêtait l'aspect d'une poire talée et gluante dans la coupe formée par ma poitrine. D'autres fois, il était anatomiquement correct et se contractait régulièrement, mais le problème venait des valves ; un sang épais suintait à chaque battement. Ça, c'étaient les cauchemars. Et il y avait également des rêves agréables, aussi radieux que l'été. Dans l'un d'eux, mon cœur était un gâteau rouge vif fourré de crème, que ma mère servait sur de belles assiettes d'argent poli. Dans un autre, ni bon ni mauvais, c'était un verre à pied enveloppé dans un mouchoir que j'écrasai sous mon talon sans hésitation.

J'avais un petit ami secret, Marcus McCready, et toute ma vie tournait autour de lui. Il avait dix-huit ans et, du point de vue de la loi, ce que nous faisions était interdit. Je cherchai le mot *détournement* dans le dictionnaire, mais je n'y trouvai rien d'utile. Il m'appelait « ma Lolita », soufflant une haleine qui sentait le Southern Comfort et le ginger ale. « Qui a fixé la majorité sexuelle, de toute façon ? » lui demandai-je, consciente qu'il n'y avait pas de réponse et que, de toute façon, ce n'était pas la question. Si j'avais appris quelque chose de mes parents, c'était que la loi ne comprenait rien à ce qui se jouait entre les hommes et les femmes.

À mes yeux, on ne pouvait que l'aimer. Il était beau, un rien insolent, mais je savais que c'était surtout pour la galerie. La pose, le déhanché nonchalant, le coup de menton arrogant : c'était pour dissimuler qu'il avait honte de son âge. Il était entré à l'école avec un an de retard à cause d'une toux coquelucheuse quand il était petit et, par-dessus le marché, son anniversaire tombait en début d'année. Il était donc un peu plus vieux que le reste de sa classe. Ça ne signifiait pas qu'il était lent. Il était juste né au mauvais moment, ce qui pouvait arriver à n'importe qui.

Les McCready étaient une bonne famille. Sa mère enseignait la musique en primaire et son père était comptable fiscaliste. Il tenait les livres de James. Je l'avais découvert par hasard et l'idée d'être aussi proche de la vraie vie de mon père me procurait un petit frisson. Lorsque les parents de Marcus avaient renouvelé leurs vœux de mariage au centre culturel Callanwolde, il leur avait fait un tarif réduit pour la limousine. Son père appelait le mien Jim.

On se voyait en cachette, Marcus et moi. Lorsque je le croisais dans les couloirs du lycée, il détournait les yeux. Au bout d'un mois, j'appris à regarder ailleurs la première. Ce n'était pas personnel. C'était seulement qu'il avait eu des problèmes l'année précédente à Woodword, et qu'il n'était pas censé traîner avec des élèves plus jeunes. J'adoptai facilement le rôle de petite amie officieuse. Quand on a déjà une vie clandestine, un secret de plus, un de moins, qu'est-ce que ça change ? Je modifiai même mon apparence pour souligner le contraste. Au quotidien, je me coiffais à la princesse Leia, avec deux macarons sur les oreilles, et je cessai de me maquiller les yeux. Je réclamai à ma mère des chaussures à bride noires, comme Olivia Newton-John dans *Grease*. Le modèle ne se faisant plus, je me rabattis sur des mocassins que je portais avec des chaussettes blanches, m'émerveillant devant mes chastes chevilles.

« Tu es sûre que ça va ? me demanda un jour ma mère. Tu as le droit de te faire belle, tu sais. Est-ce que c'est une phase ? »

Elle me prit par les épaules et scruta mon visage, cherchant des réponses. Nous étions censées tout nous dire. Elle me toucha le front, puis les oreilles.

« Où sont tes boucles ?

— Dans mon coffret à bijoux.

— Tu ne les mets plus », dit-elle tristement.

C'était faux. Je les mettais quand j'étais avec Marcus.

Il serait injuste de prétendre que Marcus me changea, qu'il pervertit une petite fille sage qui rêvait d'être pédiatre. C'était ce qu'on chuchotait dans mon dos, mais ça ne signifie pas que c'était vrai. Je dirais plutôt qu'il me révéla de nouvelles possibilités. J'avais fait sa connaissance au supermarché. Ma mère et moi étions là pour faire le plein de provisions : la météo avait annoncé dix centimètres de neige, provoquant un mouvement de panique. Ma mère était rentrée tard et nous avions foncé au magasin pour voir s'il restait quelque chose dans les rayons. Pendant qu'elle raflait toutes les boîtes de soupe qui avaient échappé à la razzia, elle m'envoya chercher de la mousse de jambon. Le supermarché grouillait de clients affolés qui remplissaient leurs chariots de produits non périssables, se jetant même sur les huîtres en conserve. La mousse de jambon avait été dévalisée, mais je repérai quelques boîtes de saucisses de Francfort tout au fond de l'étagère.

Alors que je m'éloignais chargée de mon butin, je sentis qu'on me tirait par la ceinture. Je me retournai et me trouvai nez à nez avec Marcus. Je le connaissais de vue : personne à Mays n'ignorait qui était Marcus McCready III.

Me tenant toujours par la taille, il se pencha vers moi et posa son menton de présentateur télé sur mon épaule. Il sentait le zeste d'orange et quelque chose d'épicé, le clou de girofle peut-être. « Hé, tu sais que t'es charmante, toi ? Si t'étais pas mineure, je tenterais bien ma chance. » Sa main remonta sur mes reins. Je me figeai et laissai son autre main glisser dans mes cheveux. « T'es même carrément canon. Avec tout ce qu'il faut là où il faut. » Maintenant, mon cœur était une clochette sur un collier de chat.

Je verrouillai mes genoux. Je savais que je risquais de tomber dans les pommes : en cours de gym, il y avait des filles qui utilisaient ce truc pour ne pas avoir à se changer devant les autres. Mais c'était ça ou mes jambes se dérobaient sous moi. J'éprouvais du désir à l'état brut, sans réserve et absolu. Le mot n'était pas nouveau pour moi : j'avais lu Judith Krantz. Sauf que les romans à l'eau rose ne m'avaient pas préparée aux doigts de Marcus dans mes cheveux ni à son souffle épicé. Je penchai la tête vers lui et il dit : « T'aimes ça. »

Soudain, il me lâcha et lança d'une voix guillerette : « Bonjour, madame Grant. »

Je me tournai. Une femme à la peau claire poussait un chariot rempli à ras bord. « Bonjour, Marcus », répondit-elle. Je clignai des yeux comme si on venait d'allumer. Je fixai mes pieds, ne sachant ce que les gens avaient vu, trop honteuse pour affronter leur regard.

« File-moi ton numéro, dit Marcus. Je pourrais aller en taule, mais je m'en fous. T'es trop craquante. »

Je n'avais pas de papier, uniquement un stylo dans mon faux Vuitton. Marcus arracha le coin d'une étiquette sur une boîte de thon et j'écrivis mon numéro en chiffres minuscules, juste assez gros pour être lisibles. Il en fit une boulette qu'il glissa dans sa poche. Je restai seule au milieu de l'allée, sentant mon corps se dilater et se contracter sous ma peau. Ma mère surgit soudain, poussant son chariot.

« Ah ! te voilà. »

Je lui donnai les saucisses et mes genoux retrouvèrent leur mobilité. Je souris comme si tout allait bien, comme si j'étais la même fille que dix minutes plus tôt. En réalité, j'étais différente, en feu et consacrée.

6

Pensez-y

Grâce à Marcus, je me trouvai une meilleure amie. Ronalda Harris. Elle était souvent aux fêtes chez lui, pas parce qu'elle faisait partie de sa bande, mais parce qu'il n'y avait jamais assez de filles par rapport au nombre de garçons. Ronalda était sa voisine, et comme moi n'avait pas de réputation à protéger. Parfois, pendant les soirées, Marcus disait que j'étais sa petite amie et m'embrassait devant tout le monde. Je m'asseyais sur ses genoux et buvais dans son gobelet. D'autres fois, je n'avais droit qu'à des clins d'œil discrets et à des sourires par-dessus la tête de ses copains.

Quand il n'avait pas le temps de discuter avec moi, je traînais avec Ronalda. Elle était tellement différente des filles du lycée qu'elle aurait aussi bien pu être une correspondante, venue d'un autre pays pour un échange. Elle avait eu un petit accident avec un produit défrisant qui l'avait rendue presque chauve. En attendant que ses cheveux repoussent, elle portait d'énormes boucles d'oreilles et du fard à paupières à paillettes pour bien montrer qu'elle était une fille. En plus, elle avait un drôle d'accent ; ce n'était pas tant sa prononciation que la manière dont elle découpait ses phrases. Pour souligner un mot, elle le répétait trois fois. « L'interro était dure, dure, dure. » Elle disait « Je serai là pour midi » au lieu de « à midi », comme si elle était de Louisiane. Elle n'avait rien d'une beauté, mais son petit copain était beaucoup plus âgé que nous. Il était dans l'armée et venait parfois la chercher au volant d'une Cutlass Supreme bleu marine. Je montai une fois à l'arrière, émerveillée par le carré de tissu jaune chatoyant au plafond, fixé par une dizaine de clips ornés de plumes. Ronalda me fascinait. Marcus la trouvait bizarre. « Plouc », disait-il, et aussi « racaille ».

« Racaille », Ronalda voulait bien. En revanche, « plouc », pas question. « Comment est-ce qu'un mec né en Géorgie peut traiter qui que ce soit de plouc ? » Elle était originaire d'Indianapolis, une vraie ville, dans le Nord. « Assez au nord pour que ce soit pas la fin du monde dès qu'il tombe trois flocons. Marcus et les autres, c'est peut-être des bourges, mais ils sont plus ploucs que moi. Des ploucs bourges. »

Elle m'expliqua ça lorsque je vins chez elle pour l'aider à réviser ses maths. Dans son lycée à Indianapolis, les élèves qui n'étaient pas acceptés dans le cursus préparatoire à l'université se retrouvaient dans une voie de garage. C'était son cas, si bien qu'elle n'avait pas le niveau pour suivre les cours de Mays. Elle avait essayé de se débrouiller pendant la moitié de l'année, seule dans son coin, attentive, pendant que les autres filles se faisaient passer des messages ou rédigeaient la liste de leurs demoiselles d'honneur pour leur mariage, censé se tenir au mois de juin suivant leur vingt et unième anniversaire. La semaine précédant les examens de mi-trimestre, elle s'était même retournée pour dire « Te gêne pas, surtout » à quelqu'un derrière elle qui faisait du bruit en déballant un bonbon à la menthe. Mais elle avait beau faire, il lui manquait les bases pour percer les mystères de la trigonométrie. Son père avait réussi à la faire admettre en section scientifique grâce à ses relations, et maintenant elle était terrifiée à l'idée d'échouer et d'être renvoyée à Indianapolis.

Je l'aimais bien, néanmoins ce n'était pas pour cette raison que je lui proposai mon aide, ou pas seulement, en tout cas. Les nouveaux qui arrivent en début d'année suscitent toujours la curiosité, mais ce n'est rien à côté de ceux qui débarquent deux mois après la rentrée. La présence de Ronalda cachait une histoire. Et les histoires cachées, c'était mon rayon.

Son père avait une grande maison de plain-pied. Elle n'était pas tout à fait aussi bien que celle des McCready, qui avaient un garage alors que lui n'avait qu'un auvent pour abriter la voiture, mais c'était malgré tout une villa confortable avec quatre chambres et deux salles de bains.

« J'aime bien travailler sur la table de la salle à manger, me dit-elle, posant son cahier sur un ovale de verre fumé supporté par un pied central noir. Mais fais gaffe. Ma belle-mère devient dingue, dingue, dingue si on la raye. »

Je l'aidai à réviser pendant deux heures. Elle avait beau assimiler vite, elle avait encore beaucoup à rattraper. Je revis avec elle les sinus, les cosinus et les tangentes, mais en cours on en était déjà aux démonstrations complexes. À la fin de la séance, je fis mes exercices et la laissai recopier les réponses de son écriture nerveuse.

« Tu dois être rentrée à quelle heure ? demanda-t-elle.

— Peu importe, tant que je suis à la maison avant ma mère. Elle termine à 19 heures.

— Tu veux voir le sous-sol ? »

En bas de l'escalier, elle me fit traverser la buanderie. Je m'arrêtai un instant pour en apprécier le luxe. Chez nous, il fallait porter le linge à la laverie automatique et attendre quatre-vingt-dix minutes, tandis que les vêtements tournaient dans les machines. James avait offert de nous aider à acheter un lave-linge et un séchoir superposables, malheureusement, il nous manquait la bouche d'aération adéquate.

Le sous-sol lambrissé de bois sombre était aussi grand que le rez-de-chaussée, mais l'atmosphère y était totalement différente. Le rez-de-chaussée était le domaine de sa belle-mère, un espace dédié à la lumière où le soleil pénétrait à flots, illuminant les miroirs et le cristal. Des plats en porcelaine bleu pâle côtoyaient des verres cobalt. Le sous-sol, en revanche, était un territoire masculin, avec une table de ping-pong, un bar équipé d'un évier et la télévision câblée. L'atmosphère était fraîche et humide, presque terreuse, avec des relents d'encens à la fraise. Ronalda alluma le chauffage qui se trouvait contre le mur du fond, à côté de l'ensemble TV-hifi. Il était peint en vert, imitant une cheminée. Il bourdonnait et de fausses bûches rougeoyaient dans l'âtre.

« C'est cool, hein ?

— Carrément.

— Il faut juste que je vide le déshumidificateur. C'est mon job. »

Elle ouvrit ce qui ressemblait à un petit placard en métal et en sortit un bac d'eau qu'elle versa dans le lave-linge.

« Mon père passe beaucoup de temps ici. »

La pièce était décorée pour montrer au monde à quel point M. Harris était heureux d'être un homme noir. Aux murs étaient affichés des croquis de personnages dont je voyais les photos à l'école pendant la Semaine de l'histoire noire : Malcolm X, W. E. B. Du Bois et d'autres encore que je n'étais pas sûre de reconnaître. Il me semblait que l'un d'eux avait inventé les feux de circulation. Parmi ces portraits, il y avait la photo d'un nouveau-né. Il s'agissait de Nkrumah, le petit frère de Ronalda. Sur un autre mur, Hank Aaron frappait son 735e *home-run*. La seule femme de cette galerie était à demi nue. Mon regard était aimanté par l'affiche. Je n'arrivais pas à décider si je la trouvais belle ou non. Sa peau brune était luisante d'huile. Entre ses seins pointus, elle portait une ceinture à munitions en bandoulière, et une autre autour de la taille, dissimulant son sexe. Sa volumineuse afro était également ornée de cartouches.

L'image me perturbait. Le simple fait qu'elle soit exposée nue signifiait qu'elle était censée être sexy, mais je n'avais jamais vu de pin-up aussi noire et crépue. Je m'imaginais à mi-chemin entre cette femme et l'idole de Marcus, Jayne Kennedy. Comme Jayne, j'avais les cheveux lisses et, comme le fantasme du père de Ronalda, j'avais la peau couleur cuivre brûlé. À la base du poster, sous ses longues bottes en cuir, il y avait une légende : « Pensez-y. »

« Je ne comprends pas, penser à quoi ?

— Tous les hommes aiment regarder des photos de femmes nues, dit Ronalda. Mon copain, Jerome, tu devrais voir tous les posters qu'il a. »

Je hochai la tête d'un air entendu, mais cette image avait fait naître une tristesse vague dans mon ventre. Je me demandais comment James décorait son domaine à lui. Le retour en Afrique, ce n'était pas son truc, donc j'étais à peu près sûre qu'il n'affichait pas de photos de femmes crépues. Ses créatures de rêve s'exhibaient peut-être sur des capots de limousines. Ou elles étaient à l'intérieur de voitures, leurs seins reposant sur le volant, ne portant rien d'autre qu'une casquette de chauffeur dont s'échappait une cascade de cheveux brillants. J'y pensai.

« Tu veux faire le tour du propriétaire ? »

J'acquiesçai.

« C'est le bureau de mon père », dit-elle en ouvrant une porte sur une pièce remplie de livres et d'illustrations d'hommes à la mine grave. Elle m'en indiqua un, la peau très noire, le front haut.

« C'est Kwame Nkrumah. C'est de lui que mon petit frère tient son nom.

— Qui c'est ?

— Un président africain. Mon père est super branché Afrique. Les présidents surtout. »

Elle s'assit dans un fauteuil de bureau en cuir qu'elle fit pivoter en chantonnant « Afrique, Afrique, Afrique ».

« Et ta mère ? Ta vraie mère, je veux dire. Elle est pareille ? »

Un coin de sa bouche remonta et elle se pinça les lèvres.

« Ma mère est morte. J'ai pas envie d'en parler. »

Elle avait moins l'air triste que fâchée, comme si elle m'en voulait de l'avoir mentionnée.

« Désolée. On continue la visite ? »

Elle ouvrit une autre porte. La pièce était de la même taille que la précédente, mais elle était presque vide. Une seule étagère de la bibliothèque était occupée par des livres. Le bureau n'était pas encombré de papiers. Dans un coin, je remarquai une ceinture électrique. Ma mère en avait une aussi. On l'allumait et les vibrations étaient censées faire fondre la graisse.

« C'est le bureau de ma belle-mère. On peut s'installer ici.

— Tu l'appelles comment ?

— Ma belle-mère ?

— Oui.

— Jocelyn. Elle ne descend jamais au sous-sol. »

Ronalda tira l'un des tiroirs du bureau, révélant huit bouteilles de *wine cooler*[1] à la fraise.

« Ma planque. T'en veux ? »

---

1. Mélange de vin et de soda.

Elle me tendit une bouteille. Je dévissai le bouchon avant de la lui rendre. Elle m'en passa une autre. On en but deux chacune, aussi vite que les bulles nous le permettaient. Le breuvage avait un goût à la fois sucré et médicinal. La troisième, on la dégusta à petites gorgées distinguées.

« C'était bon, déclara Ronalda.

— Carrément. »

On était toutes les deux assises sur le bureau en bois vu qu'il n'y avait même pas une chaise dans la pièce. L'odeur de notre parfum se mêlait à celle de l'alcool et de la transpiration. Cette atmosphère renfermée me ravissait.

« Je peux ? » demanda Ronalda, indiquant les cheveux qui couvraient mes omoplates.

Je hochai la tête et elle avança une main légère pour les caresser, comme si elle craignait de leur faire mal.

Les siens commençaient enfin à repousser. À présent, ils étaient assez longs pour être lissés et qu'on y mette des bigoudis. Pas assez pour être attachés, mais au moins on ne la traitait plus de boule de billard.

« Tes cheveux sont trop beaux.

— Je les tiens de ma mère. Je lui ressemble, répondis-je pour ne pas avoir l'air vaniteuse.

— Moi aussi. Je suis son portrait craché.

— T'as une photo d'elle ? »

Elle secoua la tête.

« J'ai rien pris avec moi. Juste un sac en papier avec des vêtements de rechange et un paquet de serviettes hygiéniques, mais si tu regardes mon visage, tu vois ma mère. Sauf que moi, je suis quelqu'un de bien. »

Je n'insistai pas en dépit de ma curiosité. Marcus m'avait raconté des bribes de son histoire. Sa mère était copine avec Jocelyn Harris. Selon elle, Ronalda vivait comme une enfant sauvage dans l'Indiana. Sans supervision adulte. Rien.

« Et ta mère à toi, elle est comment ? »

Je ne savais pas quoi répondre. Gwen était difficile à décrire. À cet instant, elle devait être en train de prendre la tension de ses patients et d'écouter leur cœur. D'ici deux heures, elle serait à la maison, préparant le dîner comme n'importe quelle maman. Je faillis lui dire que ma mère ressemblait à un super-héros avec une identité secrète, mais ce n'était pas tout à fait vrai. La personnalité secrète de ma mère était quasiment identique à celle de son personnage public. Il fallait être très attentif pour remarquer le passage de l'une à l'autre.

« Ma mère s'appelle Gwen. »

Je bus encore. Je sentais quelque chose comprimer mon front et en dessous une agréable sensation de vide.

« Est-ce qu'elle aime bien Marcus ?

— Elle ne peut pas aimer quelqu'un qu'elle ne connaît pas, répondis-je en riant.

— Ma belle-mère, elle aime pas Jerome. Elle le trouve trop vieux pour moi, parce qu'il est dans l'armée. Elle m'a dit très exactement : "Ce n'est pas parce qu'on a un corps de femme qu'on a la maturité qui va avec." Je l'ai regardée comme si elle était folle à lier, et là elle a eu le culot de me sortir qu'elle était vierge quand elle avait épousé mon père. Et elle m'a balancé ça avec son petit sourire à la con. »

Je voyais très bien de quel petit sourire elle parlait. On le trouvait sur le visage des filles qui étaient nées pour être des épouses. Ce sourire de vierge était déjà exaspérant chez les filles de seconde, mais chez les femmes adultes, c'était insupportable. L'avantage d'avoir une mère comme la mienne, c'était qu'elle ne prenait jamais d'air supérieur avec moi.

« Son mot préféré, c'est *inconvenant*. À l'écouter, la seule activité convenable en ce qui me concerne, c'est le baby-sitting.

— Elle te paie ?

— Oui, de l'argent de poche. Parfois, ça me gêne. Je voudrais juste être quelqu'un de la famille, mais je veux pas qu'on profite de moi non plus. La semaine prochaine, elle emmène ses nièces voir *The Wiz*. Elle m'a demandé si je voulais venir. J'ai commencé par accepter, et là elle m'a dit qu'elle allait devoir acheter un billet supplémentaire et que je risquais de me retrouver toute seule au balcon. Alors j'ai dit que finalement j'y tenais pas plus que ça, que j'aimais pas les comédies musicales. En vrai, j'en ai jamais vu. »

Elle avait l'air si triste que j'eus envie de la toucher. Ne sachant pas où poser la main, je finis par caresser ma propre épaule.

« Je veux bien aller voir un spectacle avec toi, si ça te dit.

— C'est pas la question. Je voulais seulement être invitée quelque part.

— Je sors avec ma mère, mais on ne fait rien de spécial. »

C'était une idée qui lui paraissait inconcevable. Comme si je lui disais que j'avais de l'argent, mais pas du genre qu'on pouvait dépenser.

« Je te promets. »

Ronalda toucha encore mes cheveux.

« Tu as apporté une brosse ? »

Je m'agenouillai sur le carrelage entre ses jambes, tandis qu'elle me démêlait les cheveux, assise sur le bureau. J'avais l'habitude. Tout le monde voulait jouer à la coiffeuse avec moi. Au cours préparatoire, le tout premier jour, l'institutrice m'avait emmenée dans la salle de repos et avait défait ma queue-de-cheval. Ronalda me demanda si j'avais le cuir chevelu sensible. Je murmurai que non, le visage contre sa cuisse.

« T'allais me dire quelque chose. »

Le contact des soies sur mon crâne était ferme et agréable. Elle devait être en train de détendre mes boucles, mais je ne lui demandai pas d'arrêter.

« Allez. Parle-moi de ta mère. »

— Je suis illégitime, m'entendis-je répondre, comme si la brosse m'arrachait la vérité du cerveau.

— Bienvenue au club.

— Non, c'est pire. Je suis un secret.

— Oh. Ton père est marié à une autre ?

— Oui, murmurai-je.

— C'est pas grave. Y a plein de gens dans cette situation. »

Je lâchai une expiration que j'ignorais retenir. C'était donc ça, avoir une amie, quelqu'un qui savait qui vous étiez et ne vous critiquait pas pour autant. Je tournai la tête vers elle, mais, si elle était consciente de l'importance de ce qui venait de se passer, son visage ne trahit rien.

« Ton père était déjà avec ta belle-mère quand tu es née ?

— Non, répondit-elle. Mes parents sortaient ensemble quand ils vivaient tous les deux à Indianapolis. Il l'a mise enceinte la veille de son départ pour la fac de Notre-Dame.

— Au moins, il t'a reconnue officiellement. Je me demande parfois ce qui se passerait si ma mère mourait. Je ne suis pas sûre que mon père me prendrait chez lui. »

La brosse s'immobilisa dans mes cheveux. Malgré le sol froid sous moi, je sentais la chaleur de la cuisse de Ronalda à travers son jean. Je voulais un autre *cooler* à la fraise, mais j'avais l'impression de ne plus savoir parler.

« Pleure pas. J'ai un secret, moi aussi. Ma mère n'est pas morte. C'est ce que je dis aux gens, mais en vrai elle est vivante. Elle est juste négligente. »

Elle avait prononcé le mot avec une hésitation, comme si elle lisait un document légal.

« C'est la proviseure qui a prévenu les services sociaux. Ma mère s'était barrée depuis deux semaines. Un jour, je me suis cassé une jambe en portant des talons, et il n'y avait personne pour venir me chercher. Ça n'a pas traîné. Avant que j'aie le temps de dire ouf, mon père débarquait pour me ramener à Atlanta. Il a conduit toute la nuit et ça neigeait fort, fort, fort.

— Elle était où, ta mère ?

— Aucune idée. Avant qu'elle parte, je lui ai demandé quand elle reviendrait. Elle a dit demain, puis j'ai vu qu'elle fourrait les affaires de mon petit frère dans un sac, alors j'ai compris qu'elle mentait.

« Lui, elle l'adorait. Avant sa naissance, elle buvait, buvait, buvait ! Même quand elle était enceinte de moi, elle a continué à boire du whisky. J'ai du bol de pas être née miro ou attardée. Mais Corey, elle était raide dingue de lui. Fini l'alcool, finies les baffes. Elle nous a même fait du chocolat chaud deux ou trois fois le dimanche. Avant, je pensais que c'était parce qu'elle n'aimait pas les enfants. Puis je l'ai vue avec lui et j'ai réalisé que c'étaient pas les enfants. C'était moi.

— Elle t'aime. C'est ta mère. Les mères aiment leurs enfants.

— Peut-être. Après tout, elle remplissait le frigo et j'avais un toit sur la tête. Mais elle n'avait aucune tendresse pour moi. Mon frangin, en revanche, elle le dévorait de baisers. C'est pour ça qu'elle l'a pris quand elle est partie.

— Tu te trompes. Les parents aiment tous leurs enfants pareil.

— T'as un frère ? »

Je répondis que non.

« Un frère, c'est le pire. Si ta mère a un fils, elle te montrera comment elle est capable d'aimer. Et une fois que t'as vu ça, c'est mort. Tu te sentiras seule jusqu'à la fin de tes jours. »

Je ne dis rien. J'ignorais comment ma mère réagirait si un garçon faisait irruption dans notre vie, en revanche, je savais que mon père avait toujours voulu un fils. James se trouvait chez nous quand Laverne avait perdu les eaux six semaines plus tôt que prévu. Raleigh avait accouru pour le prévenir et mon père s'était levé de table sans terminer sa part de gâteau. Ma mère m'avait raconté qu'elle était tombée à genoux à côté de mon couffin et avait prié pour que ce ne soit pas un garçon. « Une fille en bonne santé, c'est ce que j'ai demandé au Seigneur. Que ça ne crée pas un trop grand déséquilibre. »

« Mon père a un autre enfant, une fille. Avec sa femme.

— Estime-toi heureuse. Et prie pour qu'ils n'en aient pas d'autres. Je te souhaite pas de vivre ce que j'ai vécu. »

Je m'efforçai de me convaincre qu'elle avait raison, que j'avais de la chance. Mais quand on passe en second, on passe en second, peu importe la raison.

« On se boit un autre *cooler* ? » proposai-je à Ronalda.

Elle ouvrit le tiroir et en tira les deux dernières bouteilles, ce qui faisait quatre chacune en tout, au moins une et demie de trop. On les vida quand même, laissant le breuvage tiède mousser dans nos bouches. On titubait en sortant du bureau de sa belle-mère. Dans la salle de jeux, Ronalda passa en revue les disques de son père et choisit un sketch de Richard Pryor, juste pour l'entendre jurer.

« Comment tu te sens ? demanda-t-elle, s'étirant sur le tapis devant la fausse cheminée.

— J'ai envie de vomir.

— C'est un secret, hein ? Tout ce que je t'ai dit sur ma mère, c'est un secret.

— Pareil pour moi. »

7

Chiche

Ma mère travaillait dur. Ce n'était la faute de personne. Même les femmes mariées doivent remplir leur part pour nourrir la famille. Lorsque j'étais petite, elle avait fait une courte formation pour devenir agent de voyages, se figurant qu'elle pourrait travailler de la maison en se servant du téléphone. Puis, dans les années 1970, elle avait retrouvé la raison et s'était inscrite à un cours du soir dans un établissement public d'Atlanta pour obtenir son diplôme d'aide-soignante. La plupart du temps, elle avait de la chance avec ses horaires – de 19 heures à 3 heures du matin –, mais il arrivait qu'elle travaille de 23 heures à 7 heures, et les jours fériés elle enchaînait les gardes. Ces matins-là, elle baignait ses pieds dans une casserole d'eau salée et frottait les marques rouges du stéthoscope autour de son cou pendant que je prenais mon petit déjeuner.

C'était un bon métier, avec des avantages, et pas seulement en ce qui concernait la couverture sociale, les yeux et les dents. Ma mère côtoyait des médecins au quotidien. Tandis qu'elle exécutait leurs basses besognes, elle les interrogeait au sujet de leurs filles. Quelles leçons prenaient-elles, où achetaient-elles leurs vêtements, où voulaient-elles aller à l'université ? De temps en temps, elle bavardait avec leurs épouses, leur soutirant des informations plus personnelles, notamment sur la contraception et l'éducation sexuelle à l'école (testant sa théorie selon laquelle les riches donnaient la pilule à leurs filles à douze ans). Pendant ses pauses, elle recopiait soigneusement tout sur un calepin qu'elle gardait dans son casier. Dans les années 1980, elle travailla pendant six semaines avec une interne fiancée à un autre médecin. Cette femme prétendait tout devoir à Mount Holyoke, une université du Massachusetts. Ma mère le nota en appuyant bien fort dans son carnet, soulignant le nom de l'État. Entre parenthèses, elle ajouta : *Kennedy, etc.* Une médecin mariée à un médecin. Elle disait que c'était le tiercé gagnant, même s'ils n'étaient que deux.

Toutes ces précieuses informations valaient bien des horaires parfois pénibles. À l'époque où je commençai à fréquenter Marcus, elle travaillait de 8 heures à 16 heures au cabinet d'un pédiatre, puis faisait la tournée de ses patients privés jusqu'à minuit. C'était un arrangement provisoire jusqu'à Noël. À 18 h 15, lorsqu'elle ressortait, fraîche et pimpante en blanc, je lui promettais que je passerais la soirée à m'entraîner pour le SAT, le test d'évaluation requis par la plupart des universités, sur le nouveau Commodore 64 qu'elle avait acheté avec son « propre argent ». Ça m'énervait quand elle disait ça. J'avais l'impression d'entendre une gamine se vanter de la manière dont elle avait dépensé son salaire de baby-sitter. Elle voulait dire que ce cadeau venait d'elle seule, sans contribution de mon père. Elle l'avait payé au prix de ses jambes enflées et de ses doigts engourdis. Même si je ne me servais pas de l'ordinateur, j'appréciais le geste, l'intention. Je n'avais rien contre le Commodore ni contre les QCM, mais le seul moment où je pouvais voir Marcus, c'était lorsque ma mère était au travail, entre 19 h 30 et minuit.

Un soir, Marcus et moi devions aller au cinéma à Acres Mill avec des amis à lui. J'avais pris le temps de me coiffer et de me maquiller, parce que je savais qu'il voulait me montrer. J'adorais m'exhiber à son bras en public.

Je jetai un coup d'œil par la fenêtre de ma chambre, m'attendant à trouver la Jetta deux portes de Marcus. À la place, je découvris la belle Lincoln de mon père, la plus récente, qui n'était pas noire mais bleu marine quand on la regardait de près. Un peu nerveuse, je me rendis au salon sur la pointe des pieds et vis par la baie vitrée James descendre du côté passager. Raleigh conduisait. C'était rare que je me retrouve seule avec mon père. Si ma mère n'était pas là, il venait avec Raleigh, comme si j'étais la fille d'un autre et qu'il fallait bien montrer que sa présence n'avait rien d'inconvenant.

Ils s'approchèrent de la porte. La sonnette retentit. Je savais que c'était Raleigh qui avait appuyé parce que James utilisait toujours sa clé.

« Qui est là ? chantonnai-je.

— Raleigh. Et James. »

Je poussai le verrou et ôtai la chaîne. Sur le seuil, ils avaient tout d'un duo de comédie. Mon père était plus petit que Raleigh, et plus cool d'apparence. Il portait sa casquette légèrement tournée sur le côté, style Detroit. Je savais donc qu'ils avaient pris quelques verres au Carousel. Pas assez pour tituber, juste ce qu'il fallait pour être éméché. Derrière lui, Raleigh avait le visage rouge. Quand il buvait, il aimait tout le monde à trois kilomètres à la ronde. En revanche, l'alcool ne faisait qu'accentuer l'humeur initiale de James. Ignorant dans quel état d'esprit il était arrivé au Carousel, je n'avais aucune idée de ce qui se passait dans sa tête lorsqu'il en était sorti.

Je me tenais dans l'encadrement de la porte, croisant les doigts pour qu'ils soient simplement venus poser quelque chose.

« Salut.

— Qu'est-ce qu'il y a ? demanda Raleigh en riant. On peut pas entrer ? Pourquoi est-ce que tu bloques le passage ? »

Il flanqua un coup de coude à mon père, qui resta de marbre.

« Entrez », dis-je en m'écartant, espérant avoir l'air aussi détendue que ma mère.

Elle avait le chic pour donner l'impression qu'ils étaient à la fois des invités extraordinaires et de vieux amis. Elle accueillait mon père d'un rapide baiser sur les lèvres lorsqu'il franchissait le seuil. Puis elle se hissait sur la pointe des pieds et enlaçait le cou maigre de Raleigh. En général, je la laissais se charger des civilités. Quand j'étais seule comme aujourd'hui, j'étais démunie. Je me sentais aussi inutile qu'une chaussure dépareillée.

« Vous voulez boire quelque chose ?

— Qu'est-ce que tu as ? » demanda James.

J'ouvris grand le réfrigérateur. Ma mère venait d'aller au supermarché et j'étais fière des bacs bien remplis, des douze œufs à l'abri dans leur casier et des bouteilles de jus de fruits en verre.

« On a du Coca Light. »

James fit la grimace.

« De l'eau de concombre ? »

C'était le breuvage de ma mère. Une épouse de médecin lui avait dit qu'on en servait dans les spas.

« De l'eau tout court, avec des glaçons, ça ira très bien, dit Raleigh.

— Installez-vous, je vous apporte ça. »

James se dirigea vers le salon. Raleigh regarda derrière lui.

« Maman n'est pas là », confirmai-je.

Il hocha la tête d'un air déçu et suivit mon père.

Ils préféraient tous les deux la compagnie de ma mère et je ne pouvais pas le leur reprocher. Elle était leur point d'ancrage. Elle était notre point d'ancrage à tous les trois, en réalité.

En été, tous les quatre, nous organisions de petites soirées sur notre terrasse. Ayant remarqué que les voisins ne se plaignaient jamais de la musique quand la voiture lustrée de James était garée devant l'immeuble, ma mère montait le son de la stéréo dans le salon, pour qu'Harold Melvin and the Blue Notes nous parviennent à travers la porte-moustiquaire poussiéreuse, se mêlant à la fumée des cigarettes de James qui faisait fuir les insectes. Elle essayait d'abord de danser avec lui, sachant qu'il refuserait. Elle tournoyait, secouait ses jolies épaules et sa splendide chevelure, l'appelant, jusqu'à ce qu'il dise à Raleigh : « S'il te plaît, danse avec cette charmante personne pour moi. »

Mon rôle était de veiller à ce que personne ne manque de glaçons et de préparer les gin-tonics. À l'aide d'un petit couteau, je découpais des serpentins de citron vert. Quand je laissais tomber le zeste dans le verre de mon père, il m'embrassait les doigts.

Tout le temps que Gwen dansait avec Raleigh, elle ne quittait pas James des yeux. Quand il la tenait par la taille, elle renversait le torse en arrière en riant, comme entraînée par ses cheveux, avant de se redresser promptement. J'avais peut-être hérité de sa chevelure, mais pas de l'art de la faire bouger. Lorsque la musique s'arrêtait, Raleigh la lâchait et laissait ses bras retomber. Je guettais ce moment, prête à placer aussitôt un verre d'eau glacée dans sa main vacante.

Ma mère quittait l'étroite piste de danse délimitée par la grille rouillée et le salon de jardin en métal pour s'asseoir sur les genoux de James, les bras autour de son cou. En général, Raleigh s'asseyait à même le béton, à l'endroit où il était, s'adossant à la grille, sans se soucier des taches de rouille sur sa chemise. Je le rejoignais et je posais la tête sur sa poitrine. Ma mère, prenant une bonne rasade du gin-tonic de mon père, regardait par-dessus le bord du verre et déclarait : « Raleigh, t'es peut-être blanc en surface, mais dès qu'il y a de la musique, t'es cent pour cent noir américain. »

Alors Raleigh devenait aussi rouge que les ongles des orteils de ma mère et je me demandais ce que ça faisait de vivre dans une peau mensongère.

On terminait toujours par *What You Won't Do for Love*, de Bobby Caldwell. Quand il chantait : « Pour toi, je fais des choses que je ne ferais pour personne », ma mère fermait les yeux et James effleurait ses paupières. Ces soirs d'été, mes parents étaient seuls dans leur bulle, inhalant le même air. Assise par terre, je respirais normalement, mais je sentais Raleigh à côté de moi, tellement immobile que rien ne semblait entrer ni sortir de ses poumons.

Le jour où mon père vint me parler de la vie, ma mère n'était pas là. Raleigh s'assit donc sur le canapé en vinyle avec son verre d'eau, tripotant l'appareil photo 35 mm qu'il portait au cou, accroché à une lanière rouge. C'était avant qu'il s'y mette sérieusement, quand James l'encourageait parce que c'était un petit plus pour l'entreprise : ils pouvaient ainsi offrir aux jeunes mariés une double prestation, voiture et photos en prime.

« Est-ce que tu veux autre chose ? demandai-je à James, espérant qu'il allait boire son verre et partir avant l'arrivée de Marcus.

— Non, ça va. Et toi, Raleigh ?

— J'aurais besoin d'un pied pour mon appareil.

— Désolée, pas de pied aujourd'hui.

— Assieds-toi, dit mon père. Je voudrais te parler. Ça ne te dérange pas si Raleigh reste là pendant qu'on discute ?

— Il y a un problème ? »

Je ne sais pas si le laïus qui suivit fut déclenché par le petit cercle de peau nue en dessous de mes clavicules ou si James était venu ici dans l'intention de m'expliquer les avantages de la chasteté, mais il me demanda encore de m'asseoir. J'obéis, les yeux sur la pendule, respirant un peu fort.

« Monsieur ?

— Ne m'appelle pas monsieur. J'ai l'impression d'être un contremaître quand tu dis ça.

— Moi, tu peux m'appeler monsieur quand tu veux, rigola Raleigh.

— Tu vas quelque part ce soir ? »

Je savais qu'il était inutile de mentir. Le maquillage, j'aurais pu l'expliquer, pas le haut avec l'ouverture découpée à la naissance des seins.

« Si on veut, dis-je d'un air blasé.

— Avec qui ?

— Des copains. Ils ont une voiture.

— Et ta mère est au courant ?

— Oui.

— Est-ce que tu me mens, Dana ?

— Non, monsieur, dis-je en insistant sur le dernier mot.

— Jim-Bo, intervint Raleigh. Tranquille. On a bu deux ou trois verres, reprit-il en se tournant vers moi. Sers-nous donc de l'eau de concombre. Je sais pas trop ce que c'est, mais j'imagine qu'il n'y a pas d'alcool dedans ?

— Non, c'est principalement de l'eau.

— Parfait, c'est ce qu'il nous faut. »

Je me levai vivement de ma chaise, surtout pour échapper à mon père qui me regardait comme s'il venait de découvrir que j'étais devenue une adolescente. J'avais des seins depuis cinq ans maintenant, et mes règles depuis quatre. J'avais surmonté la gêne que m'inspirait au début mon nouveau corps, lorsque je portais des pulls jusqu'à la fin du printemps, uniquement pour dissimuler mes bretelles de soutien-gorge. À quinze ans, je jetais avec désinvolture ma boîte de tampons sur le comptoir du drugstore, avec mes paquets de chewing-gum et mon dissolvant. Mais ce soir-là, sous le regard de mon père, je me sentis de nouveau intimidée et obscène.

« Rassieds-toi. On n'a pas besoin d'eau de concombre. On a besoin de parler. Raleigh, tu es av-veugle ? On a b-besoin de parler. »

J'obéis, feignant de tousser et me tapotant la poitrine pour couvrir ma peau nue avec ma paume.

« Tu sors avec un garçon, ne me prends pas pour un imbécile. »

La colère perçait dans sa voix. Je me tournai vers Raleigh, qui s'empara d'un magazine sur la table basse et fit mine de se concentrer sur sa lecture.

« On sort pas vraiment ensemble.

— Il y a quelque chose en tout cas. Depuis quand est-ce que tu te maquilles autant ? »

La réponse était : depuis que Ronalda et moi avions compris comment faucher discrètement les testeurs de la marque Fashion Fair, chez Rich's. Le fard à paupières était fixé au présentoir, en revanche, il suffisait d'un peu d'entraînement pour prendre le rouge à lèvres et le blush.

« Regarde-moi ce haut », poursuivit James.

Je ne dis rien, m'exhortant au calme, me répétant qu'il ne tarderait pas à bégayer et que la conversation qu'il voulait avoir n'aurait en fait jamais lieu.

« Où est-ce que t-tu l'as acheté ? Il est t-tellement serré que tu vas le f-faire éclater.

— Je comptais mettre un blouson.

— Elle grandit, c'est tout, intervint Raleigh. Les deux filles grandissent. »

D'un mouvement d'épaule, James se débarrassa de la main que Raleigh avait posée là.

« Facile à d-dire. C'est pas tes filles. »

Je regardai James. Je pense qu'il n'avait jamais parlé de nous ainsi. Soudain, Chaurisse et moi étions des sœurs normales qui faisions tourner notre père en bourrique. Comme les filles du Dr Huxtable dans *The Cosby Show*.

« Dana, reprit James, je crois que ta maman et toi avez déjà discuté de ça. »

Il m'examina, attendant une confirmation. Je hochai vaguement la tête, souriant toujours comme une gourde.

« Tu es une gentille fille. Je sais que tu es une gentille fille. Et tu sais que je t'aime. Et ton oncle Raleigh, il t'aime aussi. Pas vrai, Raleigh ?

— Bien sûr, Jimmy, dit-il, braquant son objectif sur moi et appuyant sur le déclencheur.

— Moi aussi, je t'aime. Papa. »

M'enhardissant, je répétai la phrase entière.

« Moi aussi, je t'aime, papa. »

Le mot avait le goût du lait sur le point de tourner, pourtant, je voulais le dire encore et encore.

Raleigh appuya une fois de plus sur le déclencheur et ce fut un feu d'artifice. Le flash violet m'éblouit. À la place des petits points devant mes yeux, j'imaginai les cœurs autour de la tête de Popeye quand il regardait Olive. Mon père m'aimait. Il l'avait dit là, maintenant, pas pour faire plaisir à ma mère, mais parce qu'il voulait que ce soit dit.

Il humecta son pouce et tendit la main vers ma joue. Une part de moi savait que son doigt humide voulait simplement essuyer mon blush chocolat-framboise. Mon cerveau le comprenait, pas mon corps. Mes épaules se haussèrent pour protéger mon visage.

Les choses auraient pu en rester là, mais je ne pus m'empêcher de reculer, comme chaque fois que Marcus levait la main, même si c'était juste vers l'interrupteur pour qu'on ait un peu plus d'intimité. « Arrête d'avoir peur, m'avait-il dit la veille encore, me voyant me baisser alors qu'il éteignait le plafonnier de la voiture. » Je lui avais assuré que je n'avais pas peur. Je ne voulais pas revenir là-dessus. Ce n'était pas comme si c'était fréquent, et, les rares fois où c'était arrivé, c'était parce qu'on avait bu.

Ce sursaut devant James me mit aussi mal à l'aise que mon haut trop sexy. Ce n'était pas normal de se braquer ainsi dès qu'on faisait mine de me toucher. Marcus m'avait dit que les autres filles n'étaient pas comme ça, ce qui n'avait réussi qu'à aggraver la situation. Ce tressaillement était devenu pire qu'un réflexe ; c'était un bégaiement du corps.

Je laissai tomber mon menton sur ma poitrine.

« Je vais me changer. Je ne comptais pas sortir comme ça, de toute manière. »

Je me levai, jetant un coup d'œil discret à la pendule pour ne pas trahir ma nervosité.

« Rassieds-toi. Rassieds-toi, s'il te plaît. À quelle heure est-ce qu'il vient te chercher ? Je veux le rencontrer.

— Personne ne vient me chercher. On se retrouve tous chez un copain. C'est pas un rendez-vous amoureux. Je ne sors pas avec un garçon en particulier.

— Alors tu te balades les nénés à l'air pour voir qui tu pourras attraper ?

— Hé, Jimmy, lança Raleigh. Ce n'est pas juste, tu devrais pas lui parler comme ça.

— Je suis juste. Je dirais la même chose à Chaurisse. Je suis juste. Impartial. *Fifty-fifty* pour tout.

— Ce n'est pas ce que je voulais dire.

— Mêle-toi de tes oignons et laisse-moi parler à ma fille. C'est mon devoir. »

Je tripotai mes boucles d'oreilles. La mère de ma mère les lui avait données à sa naissance, et elle me les avait données à son tour. Un jour, je les donnerais à ma fille. Je lui avais demandé ce que je ferais si je n'en avais pas, si je n'avais qu'un fils ou pas d'enfant du tout. « Dans ce cas, tu pourras les garder et les porter dans ton cercueil », m'avait-elle répondu.

James humecta encore son pouce et l'approcha de mon front. Encore une fois, j'eus un mouvement de recul.

« Dana ? fit Raleigh. Qu'est-ce qu'il y a ?

— Rien. Rien. Un réflexe idiot. Rien. »

Je répétai ce dernier mot plusieurs fois, incapable de m'arrêter.

« Dana, répéta-t-il.

— Tu as peur de moi ? demanda James.

— Non, pas du tout.

— Si, reprit-il d'une voix douce. Tu as peur de moi. Pourtant, j'ai été un bon père. Tu n'as aucune raison d'avoir peur.

— Je n'ai pas peur », dis-je d'une voix suppliante.

Je savais qu'on appelait ça un sentiment de déjà-vu. « Je n'ai pas peur », avais-je dit à Marcus dans la pénombre de la chambre de ses parents, serrant mes poings tremblants et les cachant sous mes cuisses. « Je n'ai pas peur. »

C'était deux semaines plus tôt. J'avais pris le bus 66 pour aller chez Marcus. En passant devant la maison de mon père avec ses briques orange clair, j'avais ouvert la bouche et avalé de l'air. Le numéro était écrit en lettres, « sept cent trente-neuf », au lieu de simples chiffres comme chez la plupart des gens. « Le Renard Rose de Chaurisse », clamait l'enseigne dans le jardin. Après l'école primaire West Manor, j'avais tiré sur le cordon pour descendre. Les parents de Marcus, que je n'avais jamais rencontrés, étaient à un tournoi de bridge. La maison était remplie d'ados, certains venant d'autres lycées. J'entrai dans la chambre, cherchant Marcus, mais ne trouvai qu'Angie, une fille délurée qui portait des hauts sexy même en cours. Étendue sur le lit, elle parlait au téléphone, fixant le poster de Jayne Kennedy qui se trouvait au plafond. Quand je m'allongeais là, je fermais toujours les yeux pour ne pas voir la superbe créature étalée au-dessus de moi.

Retournant au salon, je tombai sur Ronalda qui me demanda ce qui n'allait pas.

« Angie est dans la chambre de Marcus. »

Elle passa un doigt sous son œil pour essuyer d'éventuelles traces d'eye-liner.

« Tu vas partir ?

— J'en sais rien. »

Elle poussa un soupir blasé.

« Ma mère, elle dit : “Ta fierté ou ton homme, faut choisir.” »

Les garçons qui s'occupaient du barbecue dans le jardin rentrèrent à cet instant.

« La braise est chaude », dit Marcus.

Il planait autour de lui une odeur de danger, une odeur de liquide à briquet.

« Salut, Marcus », lançai-je avec un petit signe de la main.

Je devais avoir l'air un peu trop enthousiaste, car il se raidit.

« T'excite pas, dit-il. Je suis pas ton petit ami. »

Tout le monde rit, sauf Ronalda.

Cette fois, je devais avoir l'air blessée, car il s'approcha de moi par-derrière, toucha ma taille et murmura « Bonjour » dans mes cheveux. Exactement comme mon père avec ma mère, sauf que Marcus le faisait en public.

« T'es belle », ajouta-t-il en se plaquant contre mes fesses.

Je voulais me dissoudre en lui, mais le rire de ses amis flottait encore dans l'air.

« C'était pour déconner, chuchota Marcus dans mes cheveux. Je te charriais. Pourquoi il faut que tu prennes toujours tout au sérieux ?

— Je suis pas en colère.

— C'était pas drôle », lança Ronalda du canapé.

À présent, tout le monde se moquait de Marcus, pourtant, elle n'avait même pas essayé de les faire rire.

« Sale pute chauve », marmonna-t-il.

Si elle l'entendit, elle n'en laissa rien paraître.

Ce n'était pas comme à la télé. Ce n'était pas *Autopsie d'un crime*. Il ne s'agissait pas de violence à proprement parler. Parfois, ce n'était qu'une bousculade un peu brutale. Oui, il y avait des gifles, mais avec les gifles, le choc venait surtout du bruit. Ça me faisait peur, c'est tout. Et je n'aurais pas dû douter de lui. Angie et lui se connaissaient depuis toujours. Ils fréquentaient la même église. Leurs maisons étaient construites selon le même plan. Ils prenaient leur bain ensemble quand ils étaient petits. Je devais apprendre à faire confiance aux gens.

Ma mère disait : « Si un homme te frappe une fois, quitte-le. » Pourtant, mon père lui avait donné une claque sur la mâchoire quand j'avais six mois. Elle avait quitté la pièce en chancelant et il s'était assis devant mon berceau en sanglotant. Elle jurait que ça avait été la première et la dernière fois. Donc ça pouvait arriver à tout le monde. Mais on ne parlait pas de ces choses-là.

J'allai me servir de l'eau de concombre à la cuisine. James et Raleigh me suivirent comme une paire de gardes du corps. D'après l'horloge du micro-ondes, Marcus avait déjà dix minutes de retard. Pour une fois, son manque de ponctualité m'arrangeait. Avec un peu de chance, il ne viendrait pas du tout. Il avait une vie bien remplie, beaucoup d'amis et d'obligations. C'était comme ça. L'amour ne ressemble pas toujours à ce qu'on imagine.

« Alors, c'est qui, ce petit ami ? » insista mon père. « Elle est trop jeune pour sortir à une heure pareille, n'est-ce pas ? » ajouta-t-il en s'adressant à Raleigh.

Celui-ci leva son appareil photo et le braqua sur son visage. Lorsque James répéta sa question, j'entendis le déclencheur. Raleigh tourna l'objectif vers moi et je me redressai malgré moi.

« T'as vu comment elle est habillée, Raleigh ? Arrête. Ça va pas la tête ? »

Il baissa l'appareil.

« D'abord, j'ai jamais dit que j'avais un petit ami. »

Le mensonge me rappela ce que Marcus m'avait lancé le soir du barbecue. « Je ne suis pas ton petit ami. » Le souvenir me donnait des fourmis dans le bras gauche. Ce n'était pas juste. Il n'aurait pas dû me parler de cette façon en public. Mais je savais que mon père ne s'intéressait qu'à ce que Marcus me faisait et à ce que je faisais avec lui, ou à ce qu'on faisait ensemble. Il se tenait devant moi, avec son poing qui palpitait comme un cœur humain. Il voulait frapper quelque chose. Je fis un pas en arrière.

« Quoi ?

— Rien. »

James regagna le salon et se laissa tomber sur le canapé en soupirant.

« Où est ta mère ? Pourquoi est-ce que Gwen ne m'a jamais parlé de ce garçon ? »

Je ne répondis pas. Seul le craquement des doigts de Raleigh troublait le silence. Lui aussi avait envie de faire quelque chose avec ses mains. Je sentais qu'il brûlait de braquer son objectif sur James, qui courbait le dos comme un ours endeuillé.

« Je croyais que ta mère t'avait mieux élevée que ça.

— Je t'interdis de parler de maman.

— Il n'a rien dit sur Gwen, intervint Raleigh. Calme-toi, Dana.

— Ma mère est au travail. Tout le monde ne peut pas s'offrir le luxe d'avoir un salon de coiffure dans sa maison. Tout le monde ne peut pas s'offrir un manteau en renard. Il y a des gens qui doivent travailler. »

C'était le genre de choses qu'elle disait en fin de soirée, lorsqu'on était seules et qu'elle avait bu. J'avais pris le même ton qu'elle quand elle passait *Bridge Over Troubled Water* de Simon et Garfunkel et chantait « Vogue, fille d'argent », jusqu'à ce que sa voix soit rauque et éraillée. C'était la voix qu'elle avait juste avant de pleurer.

« C'est une bonne mère, ajoutai-je.

— On le sait, murmura Raleigh.

— Ne détourne pas la conversation. Qui est ce garçon ? Il a quel âge ? »

Il arpentait le salon d'un pas lourd qui faisait trembler les cadres au mur. Les doigts de Raleigh pianotaient toujours sur l'appareil et je jetai un coup d'œil à l'horloge, me demandant si Marcus allait venir et si je voulais qu'il vienne. Mon père me regarda.

« C-c-co... »

J'attendais.

Il réessaya.

« J-j-je v-veux savoir… »

Il pinça ses lèvres et respira par le nez. De grandes inspirations qui faisaient gonfler sa poitrine sous sa chemise de coton.

« Le nom. Je v-vais le t-t… »

Je me penchai en avant. Qu'est-ce qu'il comptait faire ? Le tabasser ? Le tuer ? Je ne pus retenir un petit sourire.

Les mots sortirent avec un moulinet de bras. Je me baissai pour l'éviter.

« Je vais le tuer. Je vais le tuer. Comment il s'appelle ?

— Marcus McCready. »

Aussitôt, son visage changea.

« Je connais son père.

— Le type de la compta, compléta Raleigh.

— Bon sang ! fit James en se rasseyant sur le canapé. Quel âge il a ? Il est encore au lycée ?

— Il n'a jamais redoublé. C'est parce qu'il est du début de l'année.

— Il n'a pas eu des problèmes ? fit Raleigh.

— Est-ce qu'il compte aller à la fac ? me demanda James sur un ton indiquant qu'il connaissait la réponse.

— Il va prendre une année sabbatique. Il va travailler et mettre de l'argent de côté.

— Dana, dit Raleigh en tapotant le bras de mon père. Marcus n'est pas le genre de garçon qu'on a envie de voir tourner autour de sa fille… »

Il regarda mon haut.

« Et je ne parle même pas du reste.

— C'est un bon à rien, ma chérie. Un pervers. Il a été renvoyé d'une école privée.

— Quelque chose dans ce genre », ajouta Raleigh.

À présent, c'étaient mes poings qui s'ouvraient et se fermaient comme un cœur.

« Il vient me chercher.

— Je vais le tuer, répéta mon père, mais sa voix n'était plus aussi déterminée et ses mains hésitaient.

— Tu le feras pas.

— Je vais le tuer.

— Tu vas lui dire quoi ? Que t'es un voisin vigilant ?

— Je ne te permets pas !

— Est-ce qu'il conduit une Jetta rouge ? demanda Raleigh, regardant par la fenêtre.

— Oui, répondit James. C'est sa voiture. J'ai aidé son père à la choisir. »

Marcus klaxonna. Le bruit était surprenant. Les gens n'avaient pas encore l'habitude des voitures étrangères.

« Il te sonne et tu obéis ? s'étonna mon père.

— Et après ? dis-je en haussant les épaules.

— Je t'interdis de sortir d'ici. Je ne rigole pas, Dana. »

Je tendis la main vers la patte de lapin violette qui me servait de porte-clés.

« Repose ça immédiatement. »

Marcus klaxonna encore. Deux fois. Mes doigts se refermèrent sur les clés.

« C'est un garçon bien. »

Mon père fit deux pas derrière moi alors que je me dirigeais vers la porte.

« Attention, il risque de te voir », lançai-je.

Il se figea. Je m'immobilisai sur le seuil plus longtemps que nécessaire, attendant qu'il bondisse comme un super-héros. Je tirai sur l'ourlet de mon haut. Je lissai mes cheveux et me regardai dans le miroir ovale de l'entrée. C'était ce que faisait ma mère avant de sortir. Je pressai mes lèvres et passai mon petit doigt sous mes yeux pour effacer d'éventuelles bavures d'eye-liner.

« J'y vais. Tourne la clé en partant.

— Dana. Ne franchis pas cette porte.

— Bye. »

J'ouvris et sortis sans refermer, espérant entendre les pas de mon père derrière moi. J'arrivai au bout de l'allée de ciment fendillé où attendait la Jetta sans qu'on m'arrête. Il y avait quatre personnes entassées à l'arrière, mais le siège à côté de Marcus était libre. Il m'était réservé. J'étais sa copine et ce soir il voulait qu'on le sache. Je me retournai et aperçus la silhouette de mon père dans l'entrebâillement de la porte. Je ne distinguais pas son expression mais lui devait voir la mienne. J'étais sûre qu'il voyait le feu sur mon visage, le défi dans mon regard.

Sauve-moi, James. Chiche !

8

Feuille de vigne

Au début de mon année de première, sans cérémonie, sans dispute annonciatrice, Marcus donna sa chevalière à une fille qui avait quatre noms : Ruth Nicole Elizabeth Grant. Elle avait les cheveux aussi longs que les miens mais pas autant de volume. Sa peau ressemblait à une porcelaine précieuse, pâle, si fine qu'on voyait le réseau de veines lavande sous ses paupières. J'aurais reconnu cette bague entre mille : un grenat encadré de deux diamants de 0,125 carat. J'étais en cours d'anglais lorsque mon regard tomba sur le collier déjà impressionnant de Ruth Nicole Elizabeth, alourdi par le poids de la chevalière en or. Cette découverte me mit dans un tel état que je suppliai Ronalda de sécher l'heure suivante pour rester avec moi, le temps de récupérer dans la fraîcheur rassurante de son sous-sol. À peine arrivée, je me postai à la fenêtre dans le bureau de sa belle-mère pour surveiller la maison de Marcus entre les lattes du store.

« Te prends pas la tête, dit Ronalda. Viens plutôt à la fac à Spelman avec moi. C'est pas les mecs qui manquent, là-bas.

— Non.

— Tu vas attendre qu'il revienne vers toi ?

— Il va m'expliquer. L'amour, c'est compliqué.

— D'accord, fit simplement Ronalda d'une voix compatissante. Ma mère disait aussi : "On aime qui on aime et on n'y peut rien." »

Le lendemain, je décidai d'aller voir Marcus sur le parking du lycée. On pouvait être sûr de le trouver là à la sortie des cours, même s'il était censé travailler avec son père de 9 heures à 17 heures. Je filai dès la sonnerie pour éviter la ruée. Je voulais lui parler avant que les garçons de seconde se massent autour de lui pour lui serrer la main comme s'il était le président. Son majeur semblait nu sans l'énorme bague. Il m'avait autorisée à l'essayer une fois, mais malgré mes promesses de ne pas aller au lycée avec, il ne m'avait jamais laissée la porter. Il prétendait que c'était trop risqué. « Une preuve », disait-il. Ce n'était pas grave si nos amis savaient. En revanche, à l'école, devant les adultes, il devait être prudent. Ça m'avait semblé logique, à l'époque. Sauf que Ruth Nicole Elizabeth était encore plus jeune que moi. Si j'étais mineure, alors elle, c'était un bébé.

J'expliquai ça à Marcus qui me dit de baisser le ton et de me calmer. Est-ce que je voulais qu'il soit arrêté ? Je ne devais pas m'inquiéter. La famille de Ruth Nicole Elizabeth connaissait la sienne. Il me frotta le bras et me parla avec une telle douceur que tous les mots qui sortaient de sa bouche avaient le goût de l'amour.

« Pourquoi tu te mets dans un état pareil pour une bague ? Ça veut rien dire. »

Je savais que j'aurais dû être furieuse et rompre sur-le-champ.

« Tu dois décider si un demi-Nègre vaut mieux que pas de Nègre du tout, me dit Ronalda, citant encore une des maximes maternelles.

— L'appelle pas comme ça.

— Tu l'as vraiment dans la peau. »

Elle alla fouiller dans les tiroirs de son père et revint avec un sachet d'herbe. Ce n'était pas de la super qualité, plus de graines que de feuilles, mais elle en prit un peu pour rouler un joint qu'on partagea dans le bureau de sa belle-mère, après avoir coincé une serviette sous la porte. Ronalda tirait dessus comme une malade, pour qu'il lui monte à la tête rapidement. Il n'y avait personne à la maison, mais elle était parano à l'idée qu'on nous surprenne.

« Si je me fais choper, c'est fini. Ils me renvoient direct dans l'Indiana.

— Comment est-ce qu'ils pourraient te le reprocher ? Après tout, tu l'as trouvée dans les affaires de ton père.

— C'est sa baraque, il fait ce qu'il veut. »

Je pris le joint grésillant et aspirai ; il était humide de salive.

« D'ac. Je me dépêche. »

Elle me le reprit et aspira une longue bouffée.

« Je te fais une soufflette. »

J'approchai mon visage et elle souffla la fumée dans ma bouche.

« Pourtant, c'est pas l'envie de rentrer qui me manque.

— Pour une visite, tu veux dire ?

— Non, ça me dérangerait pas d'y retourner pour de bon. J'ai du mal à m'intégrer ici.

— N'importe quoi.

— Ça va, t'excite pas. Je dis juste que ça me gênerait pas de rentrer à la maison. Mais je veux pas être renvoyée là-bas.

— Ça revient au même. Si tu pars, tu pars.

— Non. »

Elle prit le reste du joint entre ses ongles et le ralluma. Elle me le glissa entre les lèvres.

« À ton tour. »

J'inspirai, essayant de prendre assez de fumée pour deux. Lorsqu'elle approcherait sa bouche de la mienne pour la soufflette, je lui enverrais les mots : *S'il te plaît, reste.*

« Arrête de tousser. Tu vas être trop défoncée si tu fais ça.

— Je le fais pas exprès », répondis-je, hoquetant, la gorge brûlante et les yeux humides.

Lorsque Halloween arriva, Marcus ressortait avec moi, mais uniquement tard le soir et quand il n'y avait personne. Un arrangement temporaire, promit-il. À présent qu'il travaillait, il avait de l'argent. Parfois, on allait au Varsity ou chez J. R. Crickets, et il payait tout, laissant un gros pourboire à la serveuse pour qu'elle ne nous demande pas nos papiers. Ronalda et moi passions nos après-midi ensemble, à faire nos devoirs, à fumer et à regarder des films sur le câble. Ce n'était pas une vie désagréable. À 18 heures, je montais dans le 66, affamée et encore un peu cassée. C'était pour ça que je préférais l'herbe à l'alcool. Boire me rendait émotive, alors que fumer mettait de la distance entre mes problèmes et moi. Ce n'était pas que j'oubliais mes embêtements, c'était juste qu'ils m'embêtaient moins.

Un après-midi, Ronalda me donna un petit sac en papier rempli de cacahuètes et de bonbons gélifiés. J'avais hâte de m'enfermer dans ma chambre pour me jeter dessus. Lorsque j'arrivai à la maison, la Lincoln était là. Pas la nouvelle, avec les fenêtres électriques, mais celle de 1982 que Raleigh conduisait. Je ne m'attendais pas à voir mon oncle un lundi. En général, il passait le jeudi après-midi, quand James travaillait à l'aéroport. Ce jour-là, ma mère préparait un déjeuner froid à Raleigh avant de sortir les deux paquets de cartes avec lesquels ils jouaient au tonk. J'ignore si mon père était au courant de ces parties hebdomadaires, en tout cas je n'ai jamais entendu personne y faire allusion en ma présence.

J'ouvris avec ma clé, espérant que je n'avais pas l'air trop défoncée, mais je ne pus cacher ma confusion lorsque je découvris mes deux parents assis sur le canapé. Au-dessus d'eux souriait un collage de photos de moi. Je n'y avais jamais prêté attention jusqu'à ce que Ronalda me fasse une réflexion. À présent, elles me paraissaient débiles, ces photos où je souriais toujours pareil, année après année. D'une photo à l'autre, j'étais un peu plus âgée, mais c'était la seule différence. C'était mon visage spécial photo, le même depuis le cours préparatoire.

« Salut, lançai-je. Ça va ?

— Dana, il faut que je te parle, dit ma mère.

— D'accord. Je me débarbouille et je reviens.

— Tu m'as l'air assez propre comme ça », intervint James.

Je passai ma langue sur mes lèvres. Je savais que des relents d'herbe s'étaient insinués dans mes vêtements et dans mes cheveux. J'avais l'impression que même ma lèvre supérieure sentait la came.

« OK », dis-je en restant prudemment près de la porte.

Je me demandais à quoi je ressemblais. J'avais vu à la télé que les parents pouvaient deviner si leurs enfants se droguaient rien qu'en regardant leurs pupilles, je fixai donc le tapis. Le sac de bonbons crissait dans ma main.

« Alors ?

— Où est-ce que tu étais, Dana ? » demanda ma mère.

James croisait les bras devant la veste de son uniforme. Près de six mois s'étaient écoulés depuis que j'avais mis mon père au défi de me sauver de Marcus et j'avais été assez naïve pour croire que j'avais gagné. Bien sûr, six mois, c'est une éternité à l'échelle d'une adolescente de seize ans. Du point de vue de James, c'était le temps nécessaire pour élaborer une stratégie. Son visage rond écrasé sous la casquette et en partie dissimulé par ses lunettes rayonnait de satisfaction.

« J'étais sortie.

— Voilà, Gwen. C'est ce que je disais. »

Quand j'étais petite, j'aurais été trop heureuse de découvrir qu'ils avaient parlé de moi, mais là, j'étais juste agacée. Pour qui se prenait-il ? Il ne savait rien de moi. À voir son air moralisateur, j'étais sûre qu'il n'avait pas soufflé mot à ma mère de la fois où il m'avait laissée sortir à moitié nue en pleine nuit parce qu'il avait trop peur de montrer son visage. J'étais prête à parier qu'il avait prétendu l'avoir appris par ses relations, tous ces gens haut placés qu'il connaissait en ville.

Je m'approchai du canapé. Je voulais qu'ils sentent l'odeur à présent. Je m'assis au milieu. La banquette était largement assez grande pour trois, mais ils ne se poussèrent ni l'un ni l'autre lorsque je me glissai dans l'espace entre eux.

Ma mère renifla mes cheveux.

« Est-ce que tu as fumé du cannabis ? »

Le mot *cannabis* me fit glousser. Je savais que ce n'était pas drôle, et pourtant, ça l'était.

« Alors, en plus, Marcus McCready t'a entraînée dans la drogue ? » demanda mon père.

Je ris encore, car Marcus n'aurait même pas tiré une taffe. Il était en liberté conditionnelle et ne tenait pas à avoir d'ennuis. Le tableau était grotesque. Mes parents qui m'attendaient à 18 heures dans le salon, comme s'il était 3 heures du matin, comme s'ils étaient des parents normaux, comme si j'étais une fille normale.

« Gwen, si tu ne peux pas la contrôler…

— Si elle ne peut pas me contrôler quoi ?

— Ce n'est pas de contrôle qu'elle a besoin, coupa ma mère.

— J'ai besoin de légitimité, décrétai-je.

— Mais tu es légitime, protesta ma mère.

— Qu'est-ce qu'il y a là-dedans ? demanda mon père, tendant la main.

— Ça te regarde pas, répliquai-je en serrant le sac entre mes genoux. C'est un cadeau.

— Ne me parle pas sur ce ton. Donne-le-moi.

— Qu'est-ce que c'est, Dana ? s'écria ma mère, horrifiée. Ma chérie, dis-moi ce que c'est.

— C'est à moi. »

J'avais l'impression de voir la scène se dérouler sous mes yeux, que ce n'était pas réellement moi et que ce n'était pas réellement mes parents. Je me tournai vers James.

« Tu m'aimais bien, avant. Quand j'étais petite, tu m'aimais bien.

— Qu'est-ce que tu racontes ? Je t'aime toujours. Je veux seulement savoir ce qu'il y a dans ce sac.

— Dis-lui de me laisser tranquille, repris-je, m'adressant à ma mère cette fois. Il n'y a rien dans ce sac. Dis-lui de me faire confiance. S'il te plaît. Qu'il me laisse tranquille. »

Ma mère regarda le sac.

« Qu'est-ce qui t'arrive, Dana ? Où est passée ma petite fille ? Quand je pense qu'il n'y a pas si longtemps on faisait tout ensemble.

— C'est pas juste.

— James, si tu rentrais chez toi ? J'ai besoin de parler à Dana en privé.

— Tu ne peux pas me renvoyer, protesta-t-il. Tu ne peux pas me renvoyer comme si je n'avais rien à faire ici. C'est ma fille. Vous êtes ma famille. Je dois voir ce qu'il y a dans ce sac.

— Il n'y a rien dans le sac.

— Il y a clairement quelque chose dedans. Montre-le-moi.

— Maman, dis-lui d'arrêter. »

Les yeux de ma mère passaient de l'un à l'autre. Elle regarda longuement le sac, tentant de deviner ce qu'il contenait. Elle prit une grande inspiration, inhalant certainement l'odeur de l'herbe, de ma colère et de ma sueur. Elle savait que j'avais fait des bêtises ; je n'avais pas de justification, pas d'histoire plausible, mais je voulais qu'elle prenne ma défense. Aimer, est-ce que ce n'est pas défendre quelqu'un même quand on sait qu'il a tort ? Je ne voulais pas qu'elle se batte pour ce qui était juste, je voulais qu'elle se batte pour moi.

« Maman.

— Dana...

— Maman ?

— Dana, mon poussin, montre-lui simplement ce qu'il y a dans le sac. Si ce n'est rien, montre-lui que ce n'est rien. Qu'est-ce qui se passe, Dana ? Qu'est-ce que tu fais ? Tu sens le cannabis quand tu rentres. Tu sors avec un délinquant. Ne gâche pas ta vie, ma chérie. Montre à ton père ce qu'il y a là-dedans. »

Sans quitter ma mère des yeux, j'ouvris le sac et le retournai. Une cascade de bonbons multicolores et de cacahuètes se déversa sur le sol. Ronalda était allée exprès au centre commercial de Lenox Square. Il y en avait de toutes les couleurs, des roses tachetés de brun, des violets, des orange. Les parfums avaient des noms exotiques comme *piña colada* et feuille de vigne. Les voir sur l'affreuse moquette marron me donna envie de pleurer.

« Bien joué ! » lançai-je, ne sachant pas trop à qui je m'adressais.

Je me demandai si l'herbe me rendait émotive, tout compte fait. C'était idiot de se mettre dans un tel état pour un sac de bonbons.

Mes parents regardèrent le sol puis se regardèrent. Ma mère tripotait ses bagues et mon père rejeta la tête en arrière, s'efforçant d'expulser les mots coincés dans sa gorge.

« Je vous avais dit qu'il n'y avait rien. Vous ne m'avez pas crue.

— Qui te les a donnés ? M-m-marcus McCready ? »

De quel droit exigeait-il de tout savoir de ma vie ? Quand il avait eu l'occasion d'être un père protecteur, il s'était défilé. On ne se précipite pas à la rescousse six mois après la bataille. On ne sauve pas quelqu'un lorsque ça nous arrange.

« Ce garçon n'a pas une bonne influence sur toi, intervint ma mère. Tout ce que tu vas y gagner, c'est une mauvaise réputation.

— Et encore, si t-tout ce que tu y gagnes, c'est une mauvaise réputation, tu pourras t'estimer heureuse.

— Est-ce que tu parles à Chaurisse comme ça ? Je l'ai croisée. Une vraie pouffe. Je te vois pas lui faire la morale. »

Ma mère me foudroya du regard. Nous l'avions suivie au magasin JCPenney la semaine précédente. Ce jour-là elle était boudinée dans un dos nu beaucoup trop petit pour elle.

« Ne parle pas de ma f-fille, s'indigna James. Tu ne sais rien d'elle.

— Ça suffit. C'est en train de dégénérer. Dana, va dans ta chambre. Tu ne verras plus ton copain. C'est réglé. Et toi, James, rentre chez toi te calmer. »

Nous lui obéîmes. Mon père reprit sa voiture et klaxonna deux fois en partant, comme si c'était un jour parfaitement ordinaire. Ma mère s'affairait dans la cuisine. Allongée sur mon lit, fixant les taches d'humidité au plafond, j'entendais le bruit de la vaisselle qui s'entrechoquait dans le placard. Elle m'appela, mais je ne répondis pas.

« Dana, je sais que tu ne dors pas. Viens. »

Je la trouvai dans le salon, sur le canapé où James était assis un peu plus tôt.

« Dis-moi ce que tu penses.

— Tu le sais très bien.

— Non. J'ignore ce que tu as dans la tête. Tu ne m'avais même pas parlé de ce garçon.

— Est-ce que je n'ai pas le droit d'avoir un peu d'intimité ? D'avoir une vie à moi ?

— Ne sois pas ridicule, Dana. C'est maintenant que tu as le plus besoin de ta mère. Tu as seize ans. Un faux pas et c'est ton avenir que tu risques de gâcher. Parle-moi, Dana. Dis-moi ce qui te tracasse.

— Tu l'as cru alors qu'il n'habite même pas ici.

— Parle-moi de ce garçon.

— Il s'appelle Marcus et James ne l'aime pas parce que son père fait sa compta. »

Le visage de ma mère se fronça, me révélant que James avait omis ce détail.

« Ton père dit que c'est un voyou.

— Il habite à Lynn Circle, à côté de chez Ronalda.

— Il paraît qu'il a vingt ans et qu'il a déjà eu des soucis avec des mineures.

— Marcus n'est pas comme ça. Et il a seulement dix-neuf ans. »

Ma mère posa sur moi un regard las.

« Dana, c'est important que tu me dises la vérité. Est-ce que vous couchez ensemble ?

— Non. On attend d'être mariés.

— J'ai du mal à croire que vous vous contentez de jouer aux cartes. »

J'avais désespérément besoin qu'elle me fasse confiance.

« Tu peux m'emmener chez le médecin. Si on m'examine, on verra bien que je n'ai rien fait.

— C'est un garçon bien, Dana ?

— Oui. Il est gentil avec moi. Je suis heureuse avec lui. Il ne me trompe pas. Il y a plein de filles qui lui tournent autour, mais je suis la seule avec qui il sort. Il m'aime. Il n'a pas mauvais caractère. Il n'a jamais levé la main sur moi. »

J'entendais ma voix, que les mensonges faisaient monter dans les aigus.

« Il te frappe ? Est-ce qu'il te frappe, Dana ? Oh, ma chérie, viens ici. »

Elle ouvrit ses bras. Je ne bougeai pas.

« J'ai dit qu'il me frappait pas.

— Dana, je suis ta mère. Tu ne peux pas me mentir.

— Tu ne peux pas lire dans mes pensées.

— Chérie, je t'ai faite.

— Il ne me frappe pas.

— Si. »

Elle était capable de percer mes pensées les plus secrètes et je trouvais ça insupportable. L'intuition maternelle, selon elle, mais ce n'était pas seulement ça. Il y avait une véritable connexion entre nous. Aujourd'hui, même si les fils sont rouillés et le courant fluctuant, il y a toujours quelque chose.

« Et après ? James t'a bien frappée une fois. Quand j'étais bébé. Je t'ai entendue en parler avec Willie Mae.

— C'est arrivé une seule fois, il y a très longtemps, et il subissait une grosse pression.

— Marcus est sous pression lui aussi. Il veut aller à la fac et il doit préparer son dossier.

— D'accord, ton père m'a frappée une fois, mais j'avais un bébé. Je ne pouvais pas le quitter aussi facilement. En plus, James n'est pas un homme violent. Dana, tu n'as pas d'enfant, pas d'obligation. Pourquoi rester avec un garçon qui te maltraite ?

— Tu ne veux pas que je vive ma vie.

— Assez. Tu ne verras plus ce garçon. Point final. Je vais aller au lycée et prévenir la direction qu'il harcèle ma fille. James m'a dit qu'il avait déjà été accusé de détournement de mineure.

— La majorité sexuelle est à seize ans !

— Tu viens de les avoir. Je l'enverrai en prison s'il le faut. Ne m'oblige pas à le faire.

— Maman, tu prends le parti de James. Mais lui, tout ce qui l'intéresse, c'est qu'on ne s'approche pas de sa vraie famille. Tu ne vois pas que c'est pour ça qu'il en fait tout un plat ?

— Peu importent les raisons de James. Ce qui prime pour moi, c'est ta sécurité. Je ne te laisserai pas gâcher ton avenir tant que tu habiteras sous ce toit. Tu ne reverras pas ce garçon. Si j'ai le moindre doute, il va en prison.

— Maman, ne fais pas ça.

— C'est terminé. Cette relation est terminée. Elle est toxique. »

À force de sangloter, je finis par m'endormir. Quel ado n'a pas fait ça ? Je me réveillai avec la migraine et me souvins des bonbons perdus. Je pleurai encore. Ma mère frappa à ma porte à 10 heures.

« Lève-toi et habille-toi, on va faire un peu de surveillance.

— Non, répondis-je, uniquement pour le plaisir de l'envoyer promener. Je veux plus jamais faire ça. »

9

Pas de problème

Je n'ai pas de chance avec mes grands-parents. Flora la rebelle ne savait que faire d'une fille, alors une petite-fille, n'en parlons pas. Quant à mon grand-père, je le voyais tous les ans au printemps, mais je ne lui adressai la parole qu'une fois dans ma vie. Ma mère croyait aux rituels et, le premier samedi ensoleillé d'avril, elle m'emmenait le voir tailler les haies devant chez lui. Même si on avait l'habitude des missions incognito, là, c'était différent. Quand on filait Chaurisse et sa mère, on était fiévreuses et excitées comme des apprenties policières. Ces expéditions nous laissaient aussi revigorées et affamées qu'une bonne séance de natation. En revanche, on rentrait de chez mon grand-père nerveuses et incertaines. Lors de notre visite annuelle, en 1986, ma mère roula sans la radio, usant ses ongles contre le bord de ses dents. De mon côté, j'avais un sourire douloureux et à vif à force de tirer sur la peau de ma lèvre inférieure.

Nos relations étaient tendues depuis qu'elle et mon père m'avaient interdit de voir Marcus. Plus grave encore, mon père avait eu une conversation d'homme à homme avec M. McCready, et maintenant Marcus m'ignorait. Je ne savais pas ce que nos pères s'étaient dit, mais j'étais sûre que ce n'était pas la vérité. Je demandai à ma mère si elle ne trouvait pas ça au moins un peu hypocrite.

Non, répondit-elle. Elle trouvait ça ironique. Le conflit qui nous opposait était aussi tangible et opaque qu'une plaque de plâtre.

Je portais les boucles en or de Flora à sa demande. Elle espérait toujours que mon grand-père lèverait les yeux de sa tâche et me verrait, le portrait de sa fille et de sa femme. Il me regarderait plus attentivement, reconnaîtrait les anneaux d'or et comprendrait que j'étais la fille de Gwendolyn. Elle espérait qu'il s'attendrirait et m'ouvrirait sa porte. Je serais l'aiguille et ma mère serait le fil passé dans le chas.

Peut-être avais-je fait mien son fantasme. Ses désirs étaient si francs, honnêtes et universels. Qui ne désire pas être aimé ? Tous ceux qui ont été rejetés connaissent cette souffrance. Qui ne sait pas ce que c'est que de vouloir rentrer à la maison, dormir dans son lit, poser la tête sur un oreiller qui a l'odeur de ses propres cheveux ?

Et j'avais aussi mes rêves à moi. Mon grand-père lèverait la tête de ses hortensias ; il me verrait et m'aimerait instantanément sans même songer à ma mère. Mes ordres étaient stricts : je ne devais pas me présenter. Je devais simplement dire « Bon après-midi, monsieur » en passant. Je pouvais éventuellement faire l'éloge de ses fleurs, mais pas la moindre allusion à notre parenté. On ne devait rien imposer à personne. On se contentait de fournir l'occasion, de donner un coup de pouce au destin.

Mon grand-père, Luster Lee Abernathy, était un homme filiforme, ses cheveux blancs si fins que son crâne brun transparaissait. Les muscles de ses bras minces et noueux se gonflaient sous l'effort, tandis qu'il taillait ses haies en globe à grands coups de cisailles. Je ne sais pas ce qui fit la différence cette année-là, mais, lorsqu'il me vit avancer dans sa direction, il s'interrompit et souleva sa casquette, comme s'il voulait me laisser une chance de révéler ma véritable identité.

« Bon après-midi, monsieur.

— Bonjour.

— Vous avez un beau jardin.

— Merci, dit-il en posant sur moi un regard curieux. Où c'est que vous allez comme ça ?

— Je me promène, c'est tout, répondis-je en indiquant Boulevard Avenue. Histoire de me dégourdir les jambes.

— Soyez prudente. Le quartier est plus ce qu'il était. Allez pas trop loin. Ils prennent tous du crack, là-bas. C'est dangereux.

— Ah. Je ne savais pas, merci. »

La haie entre nous était à moitié taillée, lisse et ronde d'un côté, échevelée, hérissée de nouvelles pousses et de boutons de l'autre. Mon grand-père plissa les yeux.

« Vous avez beaucoup marché ?

— Un peu. Je visite.

— Vous êtes du coin ?

— Non. Je suis de Caroline du Nord. »

La spontanéité avec laquelle j'étais capable de mentir m'étonnait toujours, un petit miracle, comme les geysers et les crues subites.

« Vous êtes venue à pied du King Center ? »

Je hochai la tête.

« Vous devez chercher la maison où a grandi Martin Luther King. Vous l'avez dépassée. C'est à deux ou trois rues. Vous êtes trop à l'est. C'est facile de la rater. Toutes les maisons se ressemblent, par ici. Mais allez-y. Il paraît qu'il y a des visites guidées.

— Vous n'y êtes jamais allé ?

— Pour quoi faire ?

— Merci, en tout cas, monsieur.

— Excusez ma tenue. Je jardinais. Je m'attendais pas à vous voir.

— Vous savez qui je suis ? »

Je portai la main à ma joue et je me sentis sourire.

« Non, mademoiselle. Je vous ai jamais vue.

— Je suis la fille de Gwen.

— Je connais pas de Gwen. J'en ai connu une, mais c'était il y a longtemps. De l'histoire ancienne. Je sais même pas ce que je lui dirais aujourd'hui. Tout ça, c'est trop loin.

— Non ! Je pourrais aller la chercher.

— Vous fatiguez pas. Vous êtes mignonne. On dirait qu'elle vous a bien élevée. Allez pas gâcher votre vie comme votre maman.

— Vous êtes sûr que vous ne voulez pas que j'aille la chercher ?

— Sûr et certain. Je suis très bien comme je suis. Attendez… »

Mon grand-père se dirigea vers la porte du bungalow qui se referma sur lui avec un déclic. Je passai la main sur la partie taillée de la haie, laissant les tiges fraîchement coupées piquer la chair tendre de mes doigts. J'imaginai ma mère dans la voiture, regardant sa montre. Peut-être viendrait-elle me chercher.

Mon grand-père reparut enfin, suivi d'une femme avec un bébé qui gigotait. Elle était plus âgée que moi, mais plus jeune que ma mère. Ses boucles retenues par des barrettes argentées portaient encore le pli des bigoudis.

« Qu'est-ce qu'il y a, Luster ?

— Je voudrais que t'expliques à cette jeune dame comment retourner au King Center. Elle s'est perdue et, tu me connais, j'ai la mémoire qui flanche.

— Depuis quand t'as mauvaise mémoire ? » répondit-elle d'un ton mi-filial, mi-autre chose.

Elle cala le bébé sur sa hanche. C'était un garçon potelé au visage radieux. Il gazouilla en me souriant.

« Non, mais regardez-moi ce dragueur, s'émerveilla la mère.

— Donne-le-moi, dit mon grand-père. Il s'appelle Anthony. »

Plus tard, je repenserais à ce moment et à plusieurs scènes similaires dans ma vie, me demandant pourquoi je m'étais toujours montrée si respectueuse des secrets des autres. Mon grand-père m'avait parlé pendant une minute à peine, et il avait tout de suite senti que je me tairais devant sa nouvelle épouse et son fils. En ce temps-là, je me sentais flattée de ce rôle de gardienne des informations. La femme de mon grand-père se pensait heureuse quand elle m'indiquait le King Center. Elle croyait connaître son mari. Mais moi, je savais des choses qu'elle ignorait.

Elle était comme ma mère qui se figurait me connaître et ignorait que j'avais revu Marcus. Ça n'était arrivé qu'une fois, et pendant deux heures seulement, dans le sous-sol de Jamal Dixon. Cette fois, nous avions bu du schnaps à la menthe, et j'avais dû fermer les yeux, car il avait le même poster de Jayne Kennedy que Marcus. Ma mère ignorait que Ronalda et moi faisions des tests de grossesse tous les mois, et elle ignorait que j'avais appris par cœur le numéro de James qui se trouvait sur la liste rouge. Je l'appelais parfois, uniquement pour entendre la voix de Chaurisse. Je suppose que nous étions presque à égalité désormais. Avant la scène des bonbons, je croyais connaître ma mère, moi aussi. Mais quand elle et James m'avaient parlé de Marcus, elle s'était comportée comme la moitié féminine d'un couple et m'avait traitée en simple amie remplaçable.

Lorsque la femme eut terminé, je la remerciai et m'éloignai.

« Au revoir, monsieur », dis-je à mon grand-père qui avait repris ses cisailles et coupait vigoureusement les buissons.

Il répondit d'un hochement de tête bref et efficace. Un essaim de feuilles et de brindilles voletait autour de lui.

Dans la voiture, ma mère était sur des charbons ardents. Elle tournait la tête dans tous les sens et se mordait les lèvres. Elle prétendait être le portrait de Flora. N'ayant jamais rencontré ma grand-mère ni vu la moindre photo, je devais la croire sur parole. Néanmoins, dans cet état d'agitation, il était évident qu'elle tenait également de son père. Elle avait le même menton, un peu faible mais buté, et ses épaules s'affaissaient sous la même tristesse. Si je l'avais interrogée, elle m'aurait répondu que c'était parce qu'ils avaient tous les deux perdu Flora. Pour ma part, je pense que c'était aussi parce qu'ils s'étaient perdus l'un l'autre.

« Tu lui as parlé ?

— Je lui ai dit bonjour, comme l'an dernier. »

Elle hocha la tête, attendant la suite.

« C'est tout.

— Dana, ne me mens pas, OK ? »

Ce n'était pas une menace, simplement une instruction.

« Tu dois me dire la vérité. J'ai besoin d'informations. »

J'hésitai. J'avais l'impression que lui parler reviendrait à nier le moment que j'avais vécu avec mon grand-père. J'étais exaltée à l'idée que, pendant une ou deux minutes, j'avais partagé avec lui un secret qu'il ne pouvait pas confier à sa jeune épouse, la mère de son bébé turbulent.

« Il ne s'est rien passé.

— Il s'est passé quelque chose, décréta ma mère, démarrant la voiture. Ne me mens pas. Je ne peux pas accepter que tu me mentes. »

Sa voix était différente à présent ; elle essayait de me raisonner.

« Allez, dis-moi.

— On a échangé quelques mots.

— Il t'a reconnue ?

— J'en sais rien.

— Réfléchis. S'il t'a reconnue, s'il a vu qui tu étais, ce n'est pas qu'il a deviné qui tu étais toi, Dana. C'est qu'il a vu ma fille.

— J'en sais rien, je te dis.

— Allons. Est-ce qu'il t'a demandé comment tu t'appelais ?

— Non, soupirai-je.

— Et voilà. Maintenant, raconte.

— Il n'y a rien à raconter.

— On doit partager tout ce qu'on sait. C'est ce qui nous rapproche.

— Puisque je te dis qu'il n'y a rien.

— Pourquoi tu as mis si longtemps, alors ?

— Ça n'a pas duré très longtemps. »

Ses paumes s'abattirent sur le volant.

« Pourquoi est-ce que tu me fais ça ? C'est parce que je t'ai interdit de fréquenter ce garçon ?

— Quel garçon ? » demandai-je d'une voix indifférente, regardant par la fenêtre.

Ce secret n'était qu'à moi, un cadeau enveloppé de papier chatoyant, rangé sur une haute étagère où ma mère pouvait le voir mais pas l'attraper.

Ma grand-mère paternelle, Mlle Bunny, mourut la même année. James Lee Witherspoon avait toujours été un fils dévoué. Aux yeux de ma mère, un homme qui aimait autant sa maman ne ferait jamais de mal intentionnellement à une femme.

« Tu dois comprendre une chose, disait-elle. James a perdu son père quand il était petit et Mlle Bunny a eu la vie dure. Il a vu ça et il ne l'a jamais oublié. C'est pour ça qu'il ne peut pas quitter Laverne. Ce serait une gifle dans la figure de sa mère. Mais il ne peut pas nous abandonner non plus. Ce serait aussi insulter Mlle Bunny.

— Elle ne sait même pas qu'on existe.

— Évidemment qu'elle ne le sait pas. Ça lui briserait le cœur.

— Alors ce que tu dis n'est pas logique.

— Si. L'amour est un labyrinthe. Une fois qu'on y entre, on est pris au piège. Parfois, à force de faire des pieds et des mains, on parvient à s'en sortir, mais à quoi ça nous avance ? »

En 1986, j'étais en train de passer un examen en biologie dans le cadre de l'Advanced Placement, un programme permettant aux étudiants d'améliorer leurs chances d'être sélectionnés par certaines universités, lorsque la surveillante me tapa sur l'épaule.

« Ton père est ici. »

Je regardai la porte, incrédule. Mes yeux revinrent à mon livret d'examen bleu.

« Où ça ?

— Dans le bureau de la directrice.

— Est-ce que j'aurai la possibilité d'aller au rattrapage ? Ma mère a payé pour l'examen.

— Ne t'inquiète pas pour ça. »

Je me levai, mais j'étais quand même soucieuse. Si je le réussissais, je bénéficierais de cours d'université gratuits pendant l'été. Et ça ferait bien sur mon dossier de candidature à Mount Holyoke. Personne n'entre dans une université d'élite sans les points acquis grâce à l'Advanced Placement.

La surveillante m'aida à rassembler mes affaires discrètement pour ne pas déranger mes camarades qui n'avaient pas de problème familial urgent à régler. Une fois la porte de la classe refermée, elle me dit : « Je comprends maintenant d'où tu tiens tes beaux cheveux. » Puis elle toucha les boucles qui tombaient en cascade sur mes épaules.

Je trouvai Raleigh, mon père sur le papier, dans la salle d'attente devant le bureau de la directrice. Il avait mauvaise mine et des veines violettes transparaissaient sous la peau fine autour de ses yeux. Il portait un jean et une chemise bordeaux informe, dont le tissu avait l'aspect rêche d'un caleçon long.

« Qu'est-ce qui se passe ? Maman va bien ?

— Il s'agit pas de Gwen, dit-il, couvrant son visage avec ses mains.

— C'est James ? demandai-je, pensant déjà connaître la réponse, car Raleigh vouait une affection sans bornes à mon père.

— Non. Non. »

J'étais décontenancée et un peu irritée. Cet examen était important.

« Alors, qu'est-ce qu'il y a ?

— C'est Mlle Bunny. Elle va mourir.

— Qui ?

— Mlle Bunny. Ta grand-mère.

— Ah oui. Mlle Bunny. Qu'est-ce qu'elle a ?

— Le cancer. On lui donne quelques semaines, un mois au plus. »

Je me demandai ce que j'étais censée faire. Je n'avais jamais rencontré ma grand-mère, un affront qui vexait ma mère plus que moi. Raleigh se leva et prit mon sac, mon manteau en laine et la boîte isotherme contenant mon déjeuner. Il se dirigea vers la porte.

« Attends.
— Quoi ? fit-il en tournant la tête.
— Je suis en plein examen.
— Tu ne m'as pas entendu ? Mlle Bunny va mourir. »
Butée, je ne bougeai pas.
« J'ai bien entendu. Et je suis désolée pour elle.
— Eh bien, allons-y. »
Il fallut un moment pour que le message parvienne à mes jambes.
« J'y vais ?
— Elle peut pas partir sans avoir fait ta connaissance.
— Est-ce que maman sera là ? »
Ses bras chargés s'affaissèrent.
« Non, toi seulement.
— Est-ce qu'elle est au courant, au moins ?
— James a dit qu'il allait l'appeler. »

Lorsqu'il conduisait, Raleigh m'autorisait à m'installer à côté de lui. James m'obligeait toujours à m'asseoir à l'arrière. *Les Noirs doivent s'habituer au luxe*. Il m'avait enseigné le protocole : si un jour j'avais l'occasion de monter pour de vrai dans une voiture avec chauffeur, je saurais quoi faire. Ne touche à la poignée sous aucun prétexte. Même si la voiture flambe, attends qu'on t'ouvre. Pareil quand tu montes. Son ultime recommandation était : *Surtout ne cède jamais ta place*. Si tu entres par la portière droite, tu restes là. S'il y a quelqu'un d'autre, le chauffeur l'escortera de l'autre côté. Pour Raleigh, tout ce qui comptait, c'était que j'aie ma ceinture de sécurité. Je m'assis à côté de lui et entrouvris la vitre.
« Je présente bien ?
— Mlle Bunny n'attache pas d'importance à ces choses-là. »
Sa voix se brisa.

« Elle n'y attache aucune importance.
— C'est elle qui a demandé à me voir ? »

À Ackland, tout le monde appelait mon père et Raleigh « les gars de Mlle Bunny », même si James était enfant unique. « Voici mes fils », disait-elle quand elle les présentait, mettant quiconque au défi de faire une distinction entre James, aussi noir de peau que son défunt mari, et Raleigh, blanc comme le lait. Quant à Mlle Bunny, elle était d'un teint caramel qui donnait l'impression qu'elle était le produit du mélange de ses garçons.

La véritable mère de Raleigh, Lula, était une métisse de Richmond, en Virginie. La raison qui l'avait poussée à quitter une quasi-métropole pour un trou comme Ackland demeurait un mystère. Quand on lui posait la question, elle répondait simplement : « Je m'entendais pas avec mon père. » Elle avait quinze ans lorsqu'elle rencontra Mlle Bunny, chez les Blancs pour qui elles travaillaient toutes les deux. Mlle Bunny arrivait le matin et repartait à pied le soir, une fois la vaisselle du dîner lavée, pour préparer son repas et celui de son mari. Elle croisait Lula, qui gardait les enfants et restait toute la nuit.

Elles découvrirent qu'elles étaient enceintes pratiquement en même temps, mais elles accueillirent la nouvelle avec des sentiments contrastés. Mlle Bunny était mariée depuis bientôt trois ans et c'était son premier enfant. Toutes les femmes mariées voulaient un bébé, à cette époque, qu'elles aient de quoi le nourrir ou non. Lula était célibataire et son amertume était compréhensible. On avait beau être en 1942, disait-elle, elle avait toujours l'impression de vivre sur une plantation. Mlle Bunny n'était pas loin d'en penser autant, même si elle avait une petite maison et un mari qui l'attendaient le soir, et au doigt un mince anneau plaqué or pour en témoigner.

James et Raleigh naquirent le même mois, mais Lula n'accoucha pas à Ackland. Elle s'était enfuie au septième mois de sa grossesse, avec vingt-six dollars bien pliés dans la doublure de sa valise. Elle avait prévu de se rendre à Chicago. Finalement, elle s'arrêta en Caroline du Nord. Lorsqu'elle revint, Raleigh avait six mois et tenait assis tout seul.

Mlle Bunny était désormais au service d'une autre famille blanche. Les heures étaient plus longues, mais les employeurs étaient moins durs et ils l'autorisaient à emporter les restes. Quand son mari s'en plaignait, elle lui répliquait que c'était de la bonne nourriture qu'elle avait préparée elle-même. Quelle différence ça faisait si c'était chez les Blancs ? Cette famille cherchait quelqu'un pour rester la nuit. Mlle Bunny en parla à Lula.

« Comment il est, le mari ? Je veux pas que ça recommence.

— Il est infirme. Il a la polio. »

Elles travaillèrent ensemble pendant plusieurs années. Elles discutaient de tout, sauf de leurs fils. Mlle Bunny adorait son petit James, alors que Lula ne pouvait pas voir le pauvre Raleigh. C'était véritablement sa vue qui lui était insupportable, car c'était un enfant facile à vivre, aux sourires pleins de douceur. Son principal défaut était d'avoir hérité du teint clair et des yeux verts de leur ancien patron. Mlle Bunny ne voulait pas se mêler de ce qui ne la regardait pas. Raleigh était le fils de Lula qui travaillait dur pour le nourrir et le vêtir. C'était à elle de décider ce qui était le mieux. Malgré tout, de temps en temps, elle ne pouvait pas s'empêcher de dire : « Essaie de l'aimer un peu, Lula. C'est un bon garçon. »

James n'avait pas tout à fait huit ans lorsqu'il perdit son père, en 1949. Il y avait eu un accident à l'usine de papier où il travaillait. Je n'en savais pas plus. C'était le milieu de la semaine. Mlle Bunny reçut donc son salaire jusqu'au mercredi et pas un sou de plus. Elle voulait pleurer, et elle le fit, mais elle ne pouvait pas se permettre de rester au lit à se lamenter. Elle devait manger. Son fils devait manger. Elle allait devoir prendre un emploi dans une maison où elle passerait la semaine sur place.

Raleigh disait qu'il ignorait qui en avait eu l'idée. Il ne savait pas non plus laquelle des deux femmes – sa mère ou Mlle Bunny – avait eu l'impression d'y gagner au change. Il se souvenait seulement de Lula, empaquetant ses affaires dans une valise en carton fermée par une sangle.

« Tu vas aller habiter avec Mlle Bunny et James. C'est elle qui va s'occuper de toi à partir de maintenant, d'accord ? Et prends pas cet air malheureux. Elle sera une meilleure maman que moi. Quand tu seras grand, tu me détesteras peut-être, mais tu pourras pas dire que je t'ai menti. Tu pourras me maudire tant que tu veux, mais tu comprendras que c'était le plus beau cadeau que je pouvais te faire. »

Raleigh n'était qu'un petit garçon, parfois affamé, toujours solitaire. Il pleura, ce qui lui arrivait rarement. Il savait que les réserves d'amour de sa mère étaient limitées et il avait appris à ne pas manifester d'émotions risquant de la contrarier. Cependant, quand il réalisa qu'elle le jetait comme d'une boîte à œufs vide, ce fut plus fort que lui.

Il n'avait aucun souvenir de s'être roulé par terre, ni des spasmes qui lui avaient fait perdre le contrôle de sa vessie. C'était Mlle Bunny qui lui avait raconté que Lula s'était précipitée chez elle en disant : « Faut que t'ailles le chercher. Je sais pas quoi faire. Il hurle à la mort. C'est au-dessus de mes forces.

— Comment ça, au-dessus de tes forces ? C'est qu'un petit garçon !

— Vas-y et occupe-toi de lui, murmura Lula. Si tu le veux, va le chercher. »

Elle raconta à Raleigh qu'elle l'avait trouvé étendu sur le béton, devant la maison. *Baignant dans sa pisse*, dit-elle. Et *inconsolable.*

« Je viens avec toi ?

— Oui, mon garçon. »

Elle avait pris sa main et ils avaient fait à pied les huit cents mètres qui les séparaient de chez elle. Son pantalon mouillé irritait ses cuisses, mais il avait appris à ne pas se plaindre.

« Je suis ton fils, maintenant ?

— Oui.

— Pourquoi ?

— Parce que je t'aime. »

Raleigh savait que c'était impossible. Il était un petit étranger malheureux qui baignait dans sa pisse. Mlle Bunny avait juste besoin d'un compagnon pour James, qu'elle aimait véritablement, lui. Elle avait besoin de quelqu'un qui dormirait à la maison pendant qu'elle s'occuperait des enfants blancs.

Mais Mlle Bunny était une femme bienveillante et généreuse. Et ses mots furent une musique à ses oreilles. Il savait ce qu'on était censé répondre dans ce genre de circonstances. Il l'avait appris dans les livres usés qu'on leur donnait à l'école. « Je t'aime, moi aussi. »

Raleigh me raconta tout ça dans la limousine alors qu'il m'emmenait voir Mlle Bunny. Il parla pendant les trois heures que dura le trajet. Le reste de l'histoire, je l'avais déjà entendu. Le quotidien de James et Raleigh, livrés à eux-mêmes six jours par semaine. Les sandwichs qu'ils mangeaient et les plats chauds apportés par les voisins. Il interrompit son récit à leur entrée au lycée, sous prétexte que je connaissais la suite. Je ne relevai pas, parce que j'étais consciente que la vraie raison, c'était l'irruption de Laverne dans leur vie.

« Raleigh, qu'est-ce que Lula est devenue ? demandai-je. T'as pas envie de la revoir ?

— Je sais où elle est. J'ai payé quelqu'un pour la retrouver. Elle vit dans le Mississippi. Elle s'est mariée et elle a un fils appelé Lincoln. »

Il eut un petit sourire qui ne me plut pas.

« J'ignore si elle l'a nommé d'après Abraham Lincoln. Ou s'il est né dans le Nebraska. Ou si elle a un faible pour les Lincoln Town Car.

— T'es allé la voir ?

— Oui. J'ai pris la Cadillac et je suis allé à Hattiesburg. Ça m'a coûté un bras en essence, mais je voulais me présenter dans notre meilleure voiture. Je me suis garé devant chez elle et j'ai attendu qu'elle sorte.

— Tu lui as parlé ?

— Non, je me suis contenté de la regarder. Elle m'a pris pour un Blanc. Ça se voyait parce qu'elle était nerveuse et qu'elle m'a donné du monsieur. Alors j'ai touché mon chapeau et elle est rentrée dans la maison.

— Raleigh… Raleigh, je peux te confier un secret ?

— Je t'écoute.

— Maman et moi, on fait ça aussi. Tout le temps. On dit qu'on fait de la surveillance. »

Il me tapota le genou.

« Dana, mon petit cœur, ce n'est pas un secret.

— Comment ça ? demandai-je, consciente de la peur dans ma voix.

— T'inquiète pas. Je vous ai vues, Gwen et toi, deux ou trois fois dans des endroits où vous étiez pas censées être.

— Tu l'as répété à James ?

— Pourquoi est-ce que je ferais une chose pareille à Gwen ? Je ferais jamais rien pour nuire à ta mère.

— Elle sait que tu sais ?

— À quoi bon ? Ça réussirait qu'à la perturber. Ce que je t'ai dit doit rester entre nous, d'accord ? »

Le sourire qu'il m'offrit était empreint d'une telle nostalgie que j'en eus le souffle coupé.

« Mlle Bunny t'aime, ajouta-t-il. Elle le sait pas encore, mais elle t'aime. »

Elle avait passé presque deux semaines à l'hôpital, puis elle avait demandé à rentrer chez elle pour mourir. Chez elle, c'était la bicoque bancale où elle avait élevé ses deux garçons et plus tard Laverne. La maison était grise, la façade bordée d'une terrasse en béton. Un rosier grimpant s'enroulait sur un treillis au nord.

« Si tu voyais les roses qu'il donne ! dit Raleigh en me le montrant. Dommage, c'est pas encore la saison. C'est un des seuls souvenirs qui me restent du jour où elle m'a ramené chez elle. Des roses rouges, jaunes à l'intérieur.

— James est là ?

— Depuis deux jours. On la veillait tous les deux, mais il m'a demandé d'aller te chercher. C'est bien que tu la voies tant qu'elle a encore toute sa tête. »

J'attendis dans la voiture qu'il m'ouvre la portière, puis je sortis comme mon père me l'avait appris, le pied droit bien à plat sur le sol et la main gauche tendue pour que le chauffeur puisse m'aider. J'espérais qu'il m'observait de la fenêtre.

« Attention au fossé. »

À l'endroit où il aurait dû y avoir un trottoir courait une tranchée en partie remplie d'eau brunâtre. Je fis la grimace.

« Toi, ça se voit que t'es pas une fille de la campagne », plaisanta Raleigh.

Je ne réalisai que mon père était là que lorsque sa voix s'éleva.

« C'est pas la campagne, c'est une petite ville. »

Il m'ouvrit ses bras. Je m'y précipitai, sans doute avec un peu trop d'enthousiasme, car il chancela et fit deux pas en arrière. J'étais aussi grande que lui, désormais, et il n'eut pas à se pencher pour me parler à l'oreille.

« Dana, je suis v-vraiment content que tu sois là. »

Depuis, j'ai lu dans des livres de développement personnel que les gens qui n'ont pas l'habitude de recevoir de l'affection sont embarrassés par les démonstrations de tendresse. Eh bien, c'est un mythe. Lorsque James me serra dans ses bras devant chez ma grand-mère, au vu et au su de tout le monde, j'appréciai le moment avec une joie sans mélange. Pas besoin de répétition générale pour savoir comment poser la tête sur l'épaule de son père et inhaler son odeur de tabac. Pas besoin d'entraînement pour apprendre à être la fille de quelqu'un.

« Comment elle va ? demanda Raleigh.

— Toujours pareil. On a discuté presque toute la matinée.

— Tu lui as dit ? » reprit Raleigh d'une voix douce.

James hocha la tête.

« Elle veut me rencontrer ? »

Ma voix n'était qu'un murmure rauque. Je me raclai la gorge et poursuivis.

« Tu lui as dit quoi sur moi ?

— Je lui ai dit que tu étais ma fille. Et je lui ai dit que tu étais très intelligente.

— Et sur maman ?

— On n'a pas vraiment parlé de Gwen. »

Ça me semblait bizarre.

« Elle veut pas savoir d'où je viens ?

— Plus bas, Dana, intervint Raleigh. Mlle Bunny est malade. Elle n'a pas besoin de vous entendre vous disputer. Elle est très faible. Laisse-la partir en paix. »

Je le repoussai. Il recula et pendant un instant je m'en voulus de l'avoir blessé.

« Je me dispute avec personne. J'essaie juste de savoir ce que James a raconté à Mlle Bunny. Je veux savoir ce qu'il lui a dit sur maman.

— Je lui ai p-parlé de toi. Vous êtes du même sang et je veux qu'elle te voie avant de s'en aller.

— Et maman ? Elle est importante, aussi.

— Arrêtez, protesta encore Raleigh, au bord des larmes. Rentrons.

— T'as quand même pas fait de maman une prostituée ? insistai-je.

— Ça va pas la tête ? James ne dirait jamais une chose pareille à Mlle Bunny.

— Je lui ai raconté que ta mère était morte. Et que tu avais été élevée par ta grand-mère.

— Tu lui as dit au moins que tu l'avais aimée ? Que c'était pas qu'une passade ?

— Je lui ai dit que je t'aimais, Dana. Elle se doute bien que si je t'aime, c'est que ta maman est spéciale. »

Je secouai la tête. C'était trop facile.

« Dana, soupira Raleigh. Ne perds pas de temps. Il n'en reste plus beaucoup à Mlle Bunny. »

Mon père me prit par la main et m'escorta jusqu'à la chambre, séparée du salon par un simple rideau. Je savais pertinemment qu'elle était malade, pourtant une part de moi s'attendait à la trouver potelée et sentant le citron comme une maîtresse d'école. Je n'avais pas la moindre idée de ce que mourir signifiait réellement. Les seules personnes gravement malades que j'avais vues, c'était à la télé, dans des séries hospitalières. Les patientes portaient du rouge à lèvres et des chemises de nuit fraîchement repassées. Quand quelqu'un mourait, il avait la politesse de fermer les yeux.

Mlle Bunny avait soixante-cinq ans, ce qui me paraissait très âgé à l'époque. Aujourd'hui que ma propre mère approche de la cinquantaine, je me rends compte qu'elle était relativement jeune lorsqu'elle fut rattrapée par les années de travail pénible, une alimentation trop riche en féculents et un patrimoine génétique défaillant. Elle avait l'air antique, l'incarnation même des vieillards que j'avais pu voir à la télévision et dans la vraie vie. Elle avait la peau épaisse et granuleuse d'une orange. Ses yeux étaient vitreux. Mais le plus triste, c'étaient ses cheveux. Quelqu'un, sans doute Laverne, lui avait fait une dizaine de boucles fixées par des épingles, comme si elle se préparait à aller à une fête plus tard dans la soirée.

« Maman, annonça James en serrant ma main. Voici ma fille, Dana Lynn.

— Approche, dit Mlle Bunny d'une voix forte, presque masculine. Approche, mon enfant. »

Elle se tourna vers James.

« Emmène Raleigh au Burger Inn ou ailleurs. Allez, laissez-nous. Vous inquiétez pas. Je compte pas partir avant votre retour. »

Elle rit toute seule.

« Je suis sérieuse. Filez. Tu voulais que je fasse la connaissance de ma petite-fille ? Comment je suis censée lui causer si vous restez collés à moi ? »

Raleigh passa la tête entre les rideaux plus clairs qui servaient de porte à la chambre.

« Jimmy ? »

Je les imaginais très bien enfants, Raleigh obéissant à James plus qu'à Mlle Bunny. James scruta le visage de sa mère.

« De q-quoi tu veux lui parler ? P-pourquoi est-ce qu'on ne peut pas rester tous ensemble ? »

Il s'approcha de la fenêtre et ouvrit les stores.

« James, je veux lui causer de choses de femmes. Maintenant, oust. Du balai. »

Il s'éloigna à reculons, hésitant à nous tourner le dos. Il heurta Raleigh, ce qui amusa Mlle Bunny. Son rire n'était pas très solide ; elle était trop faible pour ça. Mais elle trouvait manifestement la situation comique. Elle continua de glousser tout bas jusqu'à ce que les deux hommes soient partis au volant de la Lincoln.

Sans eux, la maison me parut soudain très vide et silencieuse. Mlle Bunny laissa retomber sa tête sur la taie d'oreiller brodée. Elle resta là un moment, respirant doucement. Je ne voulais pas la déranger.

« J'ai perdu ma jambe gauche, dit-elle enfin.

— Oui, madame.

— On m'a dit que si on la coupait, ça me sauverait. Elle était pas bien belle, mais c'était ma jambe, et j'avais jamais imaginé qu'on me mettrait pas entière dans mon cercueil. La vie est pleine de surprises. »

Je ne répondis pas. Si j'étais une surprise pour elle, moi j'avais l'impression que plus rien ne pouvait m'étonner.

« Si je pouvais me lever, je te serrerais dans mes bras. J'ai jamais fermé ma porte à personne. J'ai accueilli Raleigh, et plus tard Laverne. J'ai jamais refusé personne. Jamais renvoyé qui que ce soit. »

Elle se tut et respira encore.

« Je t'aime », me dit-elle, comme à Raleigh autrefois.

Je savais que c'était censé me réchauffer le cœur et me mettre à l'aise, mais je ne pus m'empêcher de me demander si elle me voyait de la même manière : une pauvre petite bâtarde mal-aimée qui baignait dans sa pisse.

« Me regardez pas comme si j'étais orpheline. Ma mère n'est pas morte, lançai-je. Elle est aide-soignante et elle s'occupe très bien de moi. J'étais en train de passer un examen de biologie lorsque Raleigh est venu me chercher pour m'amener ici. C'est un examen qui me permettra d'aller à l'université. Il coûte cinquante dollars et c'est ma mère qui l'a payé.

— Elle doit aussi bien s'occuper de mon James, je suppose, soupira-t-elle.

— Oui. Elle s'appelle Gwendolyn Yarboro.

— Et ton nom, c'est ?

— Dana.

— Je sais. Mais ton nom complet ?

— Dana Lynn Yarboro. »

Mlle Bunny porta la main à son front.

« James, est-ce qu'il a signé ton acte de naissance ?

— Non, madame. C'est Raleigh qui a signé. »

Elle secoua la tête.

« Ces garçons. Des frères, les gens peuvent dire ce qu'ils veulent. Quoi qu'ils fassent, c'est ensemble. Est-ce que t'es enfant unique, petite ?

— Comment je pourrais être unique ? » dis-je prudemment.

Son visage se troubla et elle toucha le vide où aurait dû se trouver sa jambe.

« Je ne voulais pas insinuer quoi que ce soit. Seigneur, quel sac de nœuds ! Tu connais Chaurisse ?

— Pas vraiment.

— C'est une gentille fille. Je suis fière d'elle. Ça va la tuer. Sa maman aussi. Mais Laverne, elle est née ici. Elle a été élevée à la dure, elle rebondira. Chaurisse, elle a grandi à Atlanta. Elle sait pas ce que c'est que souffrir. Ça va être un déchirement pour elle.

— C'est pas ma faute. »

Elle tapota le lit à côté d'elle.

« Assieds-toi. »

J'obéis, faisant craquer le protège-matelas plastifié. Je ne regardai pas ma grand-mère, les yeux sur la gaze du rideau. Elle posa une main sur mon dos.

« Tu me rappelles Laverne. Elle avait à peu près ton âge lorsqu'elle est arrivée chez moi. Elle était en guerre contre le monde entier et il y avait de quoi. C'était à sa mère qu'elle en voulait. Toi, c'est à James, et t'en as le droit. J'essaie pas de te prendre quoi que ce soit. T'as une carapace. Chaurisse, non.

— Je ne la plains pas.

— Dana, James aurait dû me parler de toi avant. Je regrette qu'il l'ait pas fait. Et j'aurais aimé qu'il amène ta maman aujourd'hui.

— Elle a toujours rêvé de faire votre connaissance. »

La vieille dame se laissa retomber sur son oreiller.

« Je vois pas comment tout ça pourrait bien finir. »

Je restai un moment à son chevet sans parler. Je travaillais sur ma respiration, malgré l'odeur de camphre et les vagues relents d'urine. À côté du lit, il y avait un bouquet de roses rouges qui ne sentaient rien.

« Prends un souvenir de moi, dit enfin Mlle Bunny. Choisis ce que tu veux dans la chambre. »

Je fis le tour de la petite pièce. Il n'y avait pas grand-chose. Sur la coiffeuse, à la place des flacons de parfum et des bibelots s'alignaient des fioles ambre, une pile de gants en caoutchouc et une boîte de seringues. Le seul ornement était deux doigts porte-bagues en porcelaine, avec un anneau qui semblait être une alliance d'homme. Sur la table de chevet se trouvait un coffret à bijoux en bois. De la musique s'en échappa lorsque je l'ouvris. Il n'y avait à l'intérieur qu'une broche en étoile sertie d'aigues-marines.

« Ça ? demandai-je.

— Pourquoi cette broche ?

— Je sais pas. Elle me plaît. Elle est jolie. »

Je ne connaissais pas assez l'histoire familiale pour deviner ce qui avait une valeur sentimentale. J'avais choisi la broche comme un objet dans un magasin.

« Pourquoi pas ? J'ai dit à Raleigh que je voulais la porter à mon enterrement. »

Je la laissai retomber dans le coffret à musique. Elle avait prononcé le mot *enterrement* dans un jaillissement d'air, l'expulsant de sa poitrine. Je pivotai vers elle, mais elle regardait vers le mur.

« Je peux prendre autre chose. C'est quelqu'un de spécial qui vous l'a offerte ?

— Non, je l'ai achetée avec mon argent. Il y a des années, quand j'avais encore envie d'être jolie. Elle a perdu une ou deux pierres, mais ça reste un beau bijou.

— Oui, madame.

— Je demanderai à Raleigh de l'enlever avant de refermer le cercueil.

— Madame, s'il vous plaît, ne dites pas ça. »

Ma grand-mère prit ma main vivante dans sa main mourante.

« La vérité me pose pas de problème. J'espère qu'on dira quelque chose comme ça à ma veillée. »

10

Oncle Raleigh

Au cours de l'été 1978, ma mère arriva à un carrefour décisif de sa vie. Je ne suis ni religieuse ni superstitieuse, mais je trouve que les lieux où se croisent plusieurs routes ont quelque chose de magique. On dit que le diable y tient boutique, si on veut échanger son âme contre quelque chose de plus utile. Pour ceux qui pensent pouvoir soudoyer Dieu, c'est aussi un site dédié aux sacrifices. Enfin, plus prosaïquement, c'est un endroit où il est possible de changer de direction. Mais, une fois engagé sur la nouvelle route, si on s'est trompé, il faut attendre le carrefour suivant, ce qui peut prendre un bout de temps.

À neuf ans, je partis loin de chez moi pendant quinze jours. Willie Mae m'avait emmenée rendre visite à sa famille dans l'Alabama pour que je profite un peu de la campagne. Elle trouvait que j'étais trop citadine, que j'avais besoin de courir pieds nus. Ma marraine, qui tous les soirs me faisait couler un bain dans la baignoire à pattes de lion, me paraissait plus compétente ici qu'à Atlanta, où elle passait son temps à boire des gin-tonics avec ma mère. À la campagne, elle se faisait deux tresses qu'elle repliait sur sa nuque et ne portait pas de bas.

J'étais habituée aux étés chauds et poisseux d'Atlanta, mais la chaleur d'Opelika imprégnait tout. Août était la saison des conserves. Les femmes n'arrêtaient pas. Il fallait laver des tomates, des pêches et des betteraves. Willie Mae économisait pour acheter deux climatiseurs. En attendant, nous nous contentions de ventilateurs et d'éventails. C'était un défilé constant de nièces, de neveux et de cousins qui volaient des œufs dans la glacière pour voir s'il était vraiment possible de les faire frire sur le bitume. De l'autre côté de la rue, une dame vendait du Kool-Aid glacé, à dix cents le gobelet en polystyrène, mais ma mère m'avait interdit de manger ou de boire quoi que ce soit venant d'inconnus. Je passai donc les trois quarts du temps à la cuisine, dans les jupes de Willie Mae, qui trébuchait sur moi de temps en temps. L'air était lourd du parfum sucré des fruits qui mijotaient. Je léchais mon bras et j'avais un goût salé sur la langue.

La nuit, je dormais dans un lit gigogne à côté de Willie Mae, qui se saupoudrait tout le corps de talc coupé avec de la fécule de maïs. Ma chambre me manquait, comme les bruits de la ville et ma jolie maman. « Pourquoi est-ce qu'elle m'a pas appelée aujourd'hui ? »

Willie Mae borda le drap humide de transpiration. « Elle ne peut pas t'appeler tous les jours. Elle t'aime. Je t'aime. Raleigh t'aime. Tout le monde t'aime. Dors et sois patiente, c'est tout ce qu'on te demande. »

Ne sachant pas quoi répondre, je m'allongeai sur l'oreiller trop mou.

« Elle t'oublie pas, Dana. Tu peux être sûre de ça. »

J'appris un tas de choses au cours de ces deux semaines dans l'Alabama. J'appris à changer les couches d'un bébé et à étendre le linge de manière que les draps dissimulent les dessous féminins. J'appris à quel moment m'agenouiller pendant une messe catholique. Et j'appris qu'il existait des hommes qui trouvaient les petites filles très mignonnes.

Un jour, l'oncle de Willie Mae, M. Sanders, me demanda de m'asseoir sur ses genoux après la messe. Je refusai le chewing-gum qu'il m'offrait, mais consentis à grimper sur ses genoux, car je ne pensais pas pouvoir dire non à un adulte. Je m'assis en amazone, mais il m'attira contre lui, jusqu'à ce que mes reins se plaquent contre son ventre et que le haut de mon crâne se loge sous son menton. Il me fit rebondir sur ses cuisses, portant toujours la cravate verte qu'il avait mise pour la messe, et soufflant dans mon oreille son haleine qui sentait le trognon de pomme.

Willie Mae fit soudain irruption dans la chambre, uniquement vêtue d'une combinaison, un cercle de sueur à la taille.

« Sanders, dit-elle. Tu vas reposer cette petite sur-le-champ. Et je te défends de l'approcher. Si tu la touches encore une fois, je te plante. Tu sais que j'en suis capable. »

Elle m'attrapa sous les aisselles pour me libérer.

« Je faisais rien de mal, geignit l'oncle.

— Espèce de porc. Débarrasse-moi le plancher. »

Il sortit, penaud, et Willie Mae me serra contre elle.

« Ça va, Dana ? Qu'est-ce qui s'est passé ?

— Rien du tout.

— Tu t'es assise sur ses genoux et c'est tout ? Il t'a pas touchée ?

— Non.

— Dieu merci.

— Mais…

— Mais quoi ?

— Est-ce qu'il a pu me toucher sans que je m'en rende compte ? »

Willie Mae me serra encore et laissa échapper un petit rire de soulagement.

« Dieu tout-puissant. Maintenant, tant qu'on est là, tu me lâches plus.

— Je veux rentrer chez moi.

— Je sais, mais tu as encore quelques jours à passer ici. Gwen a des affaires à régler. »

Ce soir-là, elle appela ma mère en PCV. Le lendemain, alors que nous écossions des petits pois sur la galerie le long de la maison, je vis apparaître la vieille Lincoln.

Willie Mae fronça les sourcils, scrutant la voiture enveloppée d'un nuage de poussière.

« Dana, toi qu'as de bons yeux, dis-moi qui est au volant.

— C'est la Lincoln. Avec oncle Raleigh.

— Merci, mon Dieu. Merci. »

J'avais peur de me faire disputer. J'avais ignoré les avertissements de la mère de Willie Mae qui m'avait conseillé de ne pas jouer au soleil et mon teint déjà foncé s'était encore assombri. La sueur avait détendu mes cheveux bouclés au fer. Je grattai mon crâne sale tandis que Raleigh aidait ma mère à descendre de la voiture. Elle était vêtue d'un tailleur bleu clair, avec un chapeau et des chaussures assortis.

« C'est fait ? demanda Willie Mae.

— Pas encore, répondit Raleigh.

— Je ne voulais rien décider sans Dana, ajouta ma mère.

— Décider quoi ?

— Willie Mae, est-ce qu'il y a un endroit où je pourrais parler à Dana en privé ? »

Willie Mae regarda les enfants qui jouaient autour de nous dans le jardin. Elle se tourna vers la maison, qui devait être pleine de femmes occupées à faire des conserves.

« Désolée, Gwen, c'est complet ici.

— Tiens, les clés de la voiture, dis Raleigh. Vous serez tranquilles. Et mettez la clim. »

Ma mère me prit la main et sourit.

« Tu ressembles à un petit animal sauvage. »

Derrière moi, Raleigh s'assit à côté de Willie Mae et entreprit d'écosser les pois avec elle. Elle se pencha pour lui murmurer quelque chose qui le fit sourire.

Raleigh voulait épouser ma mère. Le mercredi précédent, alors qu'ils disputaient leur partie de tonk hebdomadaire, il avait abattu ses cartes, au propre comme au figuré. « Gwen, dit-il. Tu mérites mieux que ça. Tu mérites un mari pour toi seule. »

Sur le moment, elle ne le prit pas au sérieux.

« Ramasse tes cartes. Je vois tout. Ça ôte tout intérêt au jeu.

— Je rigole pas.

— Tu as quelqu'un en tête ? demanda-t-elle en riant. Tu connais quelqu'un qui serait prêt à me sortir de là ?

— Gwen, j'y pense depuis plusieurs années et je voudrais officialiser mon rôle dans votre vie, à Dana et à toi. »

Ma mère posa son jeu à l'envers, comme si elle imaginait pouvoir reprendre la partie après une conversation pareille.

« De quoi tu parles, Raleigh ? Qu'est-ce que tu es en train de me dire ?

— Je te demande de m'épouser. D'être ma femme. Légalement. Respectueusement. »

Elle se leva de la table et s'assit sur le canapé, dans le creux entre les coussins. Raleigh la suivit. Quand on regardait bouger sa silhouette dégingandée, on avait l'impression qu'il avait été conçu pour ployer sous le vent.

« On pourrait avoir notre maison à nous et vivre comme des gens normaux. Je suis déjà le père de Dana sur le papier. Ça devrait être facile. Et je ne m'inquiéterais pas pour James à ta place. Il finira par comprendre. Il finira par comprendre que c'est pas juste, la manière dont il vit depuis neuf ans. Il verra bien que c'est logique qu'on soit ensemble, toi et moi. Et ce sera mieux pour Dana. James, il a déjà plus que ce qu'un homme peut espérer. »

Il prit la main de ma mère et la porta à ses lèvres.

« Alors, Gwen ?

— Tu n'as pas dit que tu m'aimais. Pourquoi est-ce que tu fais ça ? Tu ne m'aimes pas.

— Si ! Je t'aime à un point que t'imagines même pas. Je t'aime de toute mon âme. Je t'aime, Gwendolyn Yarboro.

— Non.

— Si. Je t'aime depuis le premier jour où je t'ai vue, cachée au fond de ton lit dans cette pension. S'il te plaît, Gwen. Dis oui.

— Je ne sais pas.

— Tu ne sais pas quoi ? Si je t'aime ou si tu m'aimes ?

— Je sais avec certitude que je ne t'aime pas. Pas comme ça. Et je ne suis pas sûre que tu m'aimes non plus.

— Tu ne m'aimes pas ? Pas du tout ?

— Si, bien sûr. Tu es le frère de mon mari. Mais on aime son beau-frère différemment.

— Tu n'es pas la femme de mon frère. Il n'est pas mon frère et tu n'es pas sa femme.

— Je ne sais pas quoi te dire.

— Mais si, tu le sais, Gwen. Tu le sais. »

Il se leva du canapé et mit Louis Armstrong sur la platine.

« Danse avec moi, ajouta-t-il en lui ouvrant les bras.

— Ce n'est pas un film, s'emporta soudain ma mère. Danser avec toi ne résoudra rien. Tu me demandes de renoncer à ma vie.

— Je te demande de m'épouser.

— Je ne sais pas, Raleigh. »

Cinq jours plus tard, elle était assise avec moi à l'arrière de la vieille Lincoln, dans son tailleur bleu.

« Dana, qu'est-ce que tu dirais si oncle Raleigh devenait ton nouveau papa ?

— Comment ça, mon nouveau papa ?

— Eh bien, si nous vivions avec oncle Raleigh et qu'il devenait ton papa. Moi, je serai toujours ta maman, ça, c'est une chose qui ne changera jamais. Mais ce serait toi, Raleigh et moi ensemble.

— On peut faire ça ?

— On peut faire ce qu'on veut. »

J'y réfléchis en grattant les piqûres de moustiques sur mes jambes.

« Et James ? Je peux pas avoir deux papas, si ?

— James sera toujours ton père.

— Et oncle Raleigh, alors ?

— Alors, voilà. Quand tu seras grande, tu diras aux gens : "Mon vrai père ne m'a pas élevée. Ma mère a épousé mon oncle et je le considère comme mon père." Tu comprends ?

— Non.

— Bon, prenons les choses autrement. Si tu pouvais choisir un seul papa, ce serait qui ? Raleigh ou James ?

— J'en sais rien.

— C'est toi qui décides, Dana. Dis-moi ce que tu veux, parce que tout ce que je désire, c'est ce qui est le mieux pour toi.

— Si je choisis Raleigh, est-ce que James sera fâché contre nous ?

— Oui.

— Et oncle Raleigh ? Si tu lui dis qu'il peut pas être mon papa, il m'en voudra ?

— Il sera blessé.

— Il pleurera ? »

Elle prit le temps de réfléchir.

« C'est possible, mais pas devant toi. Tu n'auras pas à le voir pleurer. »

Dans la voiture, je me sentais à l'aise et au frais pour la première fois depuis près de quinze jours. J'aurais voulu que ma mère et moi puissions rester là éternellement, pesant le pour et le contre, tout en continuant d'être aimées par mon père et Raleigh.

« Je veux pas faire de mal à oncle Raleigh.

— Moi non plus, mon cœur, mais, d'une manière ou d'une autre, quelqu'un aura mal. C'est inévitable. »

Elle m'étreignit, elle si propre et si pimpante, alors que j'étais poisseuse de sorgho et que j'avais l'impression de porter sur moi toute la crasse de l'Alabama.

« Je t'aime, Dana. Je t'aime plus que tout, dit-elle en enfouissant son visage dans mes cheveux sales. Tu es toute ma vie. »

Autrefois, son amour désespéré et ses baisers étouffants me comblaient. Sa tendresse avait quelque chose d'électrique. Elle brûlait tout ce qu'elle touchait, et j'avais l'impression qu'il ne restait de moi que les lignes pures d'un paratonnerre.

« Maman.

— Oui ?

— Et James ? Si on va avec Raleigh, il restera avec sa femme et son autre fille ?

— Oui.

— C'est pas juste.

— Pas juste pour qui, ma chérie ?

— C'est pas juste qu'elles aient James pour elles toutes seules.

— C'est vrai. Ce n'est pas juste.

— Elles peuvent pas aller avec Raleigh, elles ?

— Ça ne marche pas comme ça. »

Ma mère se tut, laissant entre les mains d'une fillette de neuf ans la responsabilité de notre avenir. Je ne supportais pas l'idée que Chaurisse puisse avoir mon père pour elle seule, qu'elle l'appelle papa et qu'ils vivent leur vie de famille modèle, comme dans un roman de Beverly Cleary. En dépit de mon jeune âge, j'étais consciente que Raleigh était quelqu'un de bien, le meilleur des oncles, mais un oncle, ce n'était pas un papa. Un « nouveau papa », ça ne voulait rien dire. On en a un au départ, un point c'est tout.

À travers les vitres teintées de la Lincoln, la scène qui se déroulait devant la maison avait des allures prémonitoires, comme si une fête foraine sinistre avait semé le chaos en ville. Raleigh prenait des photos en rafales, son appareil braqué sur Willie Mae, hilare, qui lui lançait des cosses de petits pois.

(En 1988, lorsqu'on enterra Willie Mae, je voulus mettre un de ces clichés sur le programme de la cérémonie, mais ma mère s'y opposa, sous prétexte qu'elle n'aurait pas aimé avoir l'air d'une fille de la campagne. Je les ai toujours, dans un coffret argenté, à côté de mes boucles d'oreilles en or.)

« Est-ce qu'on continuera à voir Raleigh, même s'il est pas mon nouveau papa ? »

Ma mère hocha la tête.

« Il est comme nous. Il n'a nulle part où aller.

— Alors je préfère qu'on reste pareil. On peut faire ça ? »

Elle sortit de la voiture en me tenant la main. À notre approche, Raleigh se leva, faisant tomber une pluie de cosses violacées, qui rebondirent sur ses chaussures récemment cirées.

« On voudrait te parler, dit ma mère.

— Bien.

— En privé. »

Willie me prit par le bras, avec la poigne ferme dont elle avait usé la veille pour m'arracher à son oncle.

« Laisse-la avec moi, Gwen. La mêle pas à ça. C'est des histoires de grands. »

Ma mère me lâcha et ma main retomba, ballante.

« Y a pas d'intimité ici, ajouta Willie Mae. À part dans la voiture.

— Je ne veux pas parler dans la voiture, protesta Raleigh. Je ne veux pas monter dans cette voiture. »

Il dansait d'un pied sur l'autre, fébrile, faisant rebondir son appareil photo sur sa poitrine, contre sa belle cravate jaune.

« Allez dans le jardin à l'arrière. Il faut traverser la cuisine, mais dehors vous serez tranquilles. »

Ils entrèrent dans la maison, s'excusant auprès des femmes et des cousins rassemblés là. Leur passage sema la confusion et Willie Mae devrait leur expliquer après notre départ que Raleigh n'était pas réellement blanc, qu'il en avait juste l'air. Au moins, une personne prétendrait l'avoir su depuis le début.

Je demeurai sur la galerie avec Willie Mae et la casserole de légumes. Elle fendait chaque cosse avec l'ongle et délogeait les pois luisants à l'aide de son pouce.

« Elle est en train de lui briser le cœur, c'est ça ? fit-elle sans me regarder.

— On va rester comme avant.

— C'est sa vie », dit-elle en haussant les épaules.

Je bataillais avec les pois, tandis que ses mains efficaces s'activaient.

« Elle m'a demandé qui je voulais comme papa.

— Vraiment ?

— Je lui ai dit que je voulais garder le même.

— Gwen aurait jamais dû faire ça. C'est trop lourd pour toi.

— Est-ce qu'elle va dire à Raleigh que j'ai pas voulu de lui comme papa ? »

Elle posa la casserole par terre à côté de ses pieds.

« Non, poussin. Gwen te jetterait pas aux lions. Plus tard, quoi que t'aies envie de lui reprocher, tu pourras jamais dire qu'elle t'a trahie. »

Raleigh et ma mère s'expliquèrent au milieu du linge qui séchait, derrière le rideau mouillé des draps, enveloppés de la fraîcheur suave du savon et de l'âcreté implacable de la Javel. Ils se tenaient là où Willie Mae m'avait appris à dissimuler les vêtements secrets, qui devaient rester invisibles de la rue. Je lui avais demandé de cacher toutes mes affaires, mes dessous, mais aussi mes shorts, mes tee-shirts, mes chaussettes, et même les serviettes que j'utilisais. Elle s'était prêtée au jeu en riant.

Je regagnai la cuisine avec Willie Mae. À l'intérieur, les femmes remuaient le contenu des casseroles et s'épongeaient le front. Tout le monde surveillait la porte-moustiquaire, mais on ne voyait que les draps impassibles.

« Ouvre bien les oreilles, me dit Willie Mae. On sait jamais de quoi un homme est capable quand on essaie de le quitter.

— L'oncle Raleigh ferait pas mal à maman.

— Il s'agit pas de ton oncle, poussin. C'est une histoire de grandes personnes. Si t'entends le moindre bruit bizarre, préviens-moi. »

J'écoutai, mais les éclats de la cuisine couvraient tout. Je ne distinguais pas leurs voix ni le déclic de l'appareil. Pourtant, Raleigh prit des photos ; je les verrais. Des gros plans de ma mère, les yeux baissés. Une photo de ses pieds, le fin talon de ses chaussures en satin s'enfonçant dans la terre de l'Alabama. Une autre de sa paume masquant l'objectif. Les six ou sept dernières de la série le montrent lui, le visage accablé, ses bras tendus tenant l'appareil. Il avait dû les prendre une fois seul au milieu du linge, tandis que ma mère courait se réfugier auprès de Willie Mae.

« C'est fait.

— Tu lui as dit quoi ?

— Je lui ai dit que je ne pouvais pas faire ça à Dana. Qu'elle avait besoin de son vrai père. Il n'arrêtait pas de répéter : "Est-ce que tu m'aimes, Gwen ? Est-ce que tu m'aimes ?" Je lui ai dit que ce n'était pas la question, que ce n'était pas un jeu.

— Comment tu te sens ?

— Ça va. Ça aurait pu être pire. Bien, bien pire. »

Plantée devant la porte-moustiquaire, je contemplais les draps. Nous les avions étendus tôt ce matin et à midi passé ils étaient toujours trempés. Sous la maison, les chiots geignaient, attendant que la mère de Willie Mae leur donne les restes de la veille. C'étaient d'adorables boules de poils, mais je n'étais pas autorisée à les caresser, parce qu'ils n'étaient pas vaccinés.

Je poussai la porte.

« Qu'est-ce que tu fais ?

— Je veux juste regarder les petits chiens. Je les toucherai pas.

— Vas-y, alors. »

Je m'élançai vers la corde à linge, tandis que la porte-moustiquaire se refermait avec un claquement derrière moi. À mon passage, un drap mouillé se plaqua contre mon visage. Je trouvai Raleigh debout, contemplant le ciel.

« Coucou, oncle Raleigh. »

Il ne répondit pas.

« T'es fâché contre moi ?

— Non, Dana, je ne pourrais jamais être fâché contre toi. Tu es une gentille fille.

— Tu veux prendre ma photo ?

— J'en ai assez pris pour aujourd'hui. La prochaine fois. »

Il se laissa tomber sur le sol trempé par les vêtements ruisselants.

« Dana, j'ai eu une vie très dure, dit-il en me tendant les bras. Viens t'asseoir avec moi. »

Je me souvins de l'oncle de Willie Mae qui avait dit la même chose. Je secouai la tête.

« J'ai pas le droit.

— Ce n'est pas grave. »

Je franchis le rideau de draps mouillés.

« J'arrive. J'en ai pour une minute. Dis à ta maman que j'ai besoin de souffler. »

Il y a environ deux heures d'Opelika à Atlanta par l'I-85. Raleigh, qui voulait admirer le paysage, décida de prendre les petites routes. Ma mère commença par protester. Trois Noirs à bord d'une belle voiture au fin fond du Sud, c'était dangereux. Raleigh rétorqua que les bouseux du coin ne verraient pas trois Noirs. Ils verraient un Blanc, une femme noire et une enfant. Lorsqu'il passa devant le panneau indiquant l'autoroute, il ne mit pas son clignotant et continua sur la double voie. À chaque carrefour, il ralentissait, donnant à ma mère une chance de lui demander de changer de direction.

11

La gagnante

À la fin de mon année de première, je commençai à penser sérieusement à mes dossiers de candidature pour la fac. James m'avait assuré à plusieurs reprises que Chaurisse irait à Spelman, ici même, à Atlanta. « Elle est casanière. Elle tient de sa maman, comme toi de la tienne. » Il disait ça avec conviction, sans hésiter ni bégayer, mais comment pouvais-je me fier à ses affirmations ? J'étais bien placée pour savoir que mon père manquait d'imagination quand il s'agissait de prédire les désirs, les actes et les motivations d'une adolescente. Sans compter qu'il ne s'était toujours pas remis de la mort de Mlle Bunny.

Depuis l'enterrement, James parlait d'une voix douce et mangeait peu. Il avait la tête ailleurs, oubliait d'enlever son chapeau dans l'appartement, nous appelait ma mère et moi par les prénoms de nos rivales. Comment aurions-nous pu lui en vouloir, dans l'état où il était ? Sa barbe de deux jours était rêche et parsemée de gris. Quand il ôtait sa veste, je voyais qu'il n'avait repassé que le col de sa chemise blanche, laissant le reste froissé. Il avait réparé ses lunettes avec un trombone.

Ma mère, inquiète, me demandait de prendre le car scolaire pour être rentrée au plus tard une heure après la sonnerie, au cas où mon père déciderait de passer. Un après-midi de mai, elle était arrivée avant moi et l'avait trouvé qui attendait sur la terrasse à l'arrière, les doigts enflés et douloureux à force de faire craquer ses articulations. Lorsqu'il s'était levé, la chaise rouillée avait laissé un papillon sur le fond de son beau pantalon de laine.

« James a besoin de nous en ce moment », disait ma mère.

Ses visites étaient rares et la plupart du temps je me retrouvais seule à la maison, réorganisant les souvenirs sur ma commode, feuilletant les brochures des universités et regrettant le sous-sol de Ronalda. Un jeudi, alors que je la croisai entre deux cours, elle glissa dans ma main un mince pétard enveloppé dans un vieux sac à sandwich. Rentrée chez moi, j'humectai le fin papier du sac avec la langue pour sortir le joint et j'allumai l'extracteur d'air de la salle de bains, mais fumer sans Ronalda ne parvint qu'à me rendre paranoïaque et déprimée.

Les après-midi où il passait, mon père m'interrogeait sur mon unique conversation avec Mlle Bunny.

« De quoi est-ce que vous avez parlé ?

— Je te l'ai déjà dit.

— Pas mot pour mot.

— Je ne m'en souviens pas mot pour mot. Tu veux un cendrier ? Un gin-tonic ?

— Tu m'en ferais un ? »

Je posai sa boisson sur un dessous de verre, tandis qu'il tassait sa cigarette sur son genou.

« Comment ça va, au lycée ?

— Bien.

— Tu prépares tes dossiers de candidature ?

— Je ne vais demander que Mount Holyoke. C'est la seule fac qui m'intéresse. C'est OK ?

— Je t'ai déjà dit que tu n'avais pas à te faire du souci pour ça. C'est cher, mais je paierai. Tu en as touché un mot à Mlle Bunny ?

— Comment tu sais que Chaurisse ne va pas présenter Mount Holyoke ?

— Elle n'irait jamais là-bas.

— Oui, mais comment tu peux en être sûr ? »

Il but une gorgée.

« Elle n'aime pas le froid. Maintenant, réponds à ma question sur ta grand-mère. Est-ce que tu as mentionné que j'allais payer tes études ?

— Elle me l'a pas demandé.

— Tu aurais dû trouver un moyen de le glisser dans la conversation. Qu'est-ce que tu lui as dit exactement ? Je sais qu'on en a déjà parlé, mais raconte-le une dernière fois. »

Cette conversation l'inquiétait tellement que ma mère commença à se faire du souci elle aussi. Pourtant, je lui avais tout répété à mon retour d'Ackland, après lui avoir décrit la broche bleue scintillante qui serait mon unique héritage. Lorsque je lui avouai que James avait prétendu qu'elle était morte, elle avait laissé échapper un cri étranglé, comme si on l'avait frappée à un endroit particulièrement sensible. Elle versa quelques larmes avant de se ressaisir. Ce n'était pas la première fois que je la voyais pleurer, mais la scène me perturba.

« Je demande si peu.

— Je sais, maman. »

Lorsque trois mois plus tard elle me réclama de nouveau les détails de ma conversation avec ma grand-mère, je soupirai.

« Je t'ai déjà tout dit. Tu veux vraiment qu'on revienne là-dessus ?

— La dernière fois, j'étais sous le choc. Je n'étais pas assez attentive. Maintenant, j'ai besoin de toutes les informations. Ton père se ronge les sangs et j'aimerais comprendre pourquoi.

— Je ne sais pas ce qu'il veut que je dise. Il me harcèle avec ça et je ne sais pas ce qu'il attend de moi. »

Ma mère s'assit et ôta ses chaussures d'aide-soignante.

« C'est vraiment bizarre. »

Dans la cuisine, elle remplit une bassine d'eau chaude, ajouta une cuillère de sel d'Epsom et une giclée de savon liquide, puis la posa devant le canapé. Des éclaboussures mousseuses se répandirent sur la moquette. Elle plongea ses pieds dans l'eau.

« Elle a dû lui faire une remarque. Les gens disent toutes sortes de choses sur leur lit de mort. À la toute fin, ils se retirent en eux-mêmes, mais deux jours avant c'est le cœur qui parle. Elle a dû lui dire quelque chose à notre sujet. »

Elle sourit et me toucha l'épaule.

« Je ne sais pas ce que tu as fait, en tout cas, tu as dû lui donner une bonne image de nous. »

Elle agita ses pieds dans la bassine, aspergeant encore la moquette.

« Croisons les doigts. Parfois le changement est bénéfique. »

Ronalda ne s'embêtait pas à faire de dossiers de candidature. Elle avait déjà pris la décision d'aller à la Southern University de Baton Rouge. Elle admirait depuis longtemps sa fanfare et espérait être prise dans la troupe qui l'accompagnait, les Fabulous Dancing Dolls. Je lui montrai les brochures de Mount Holyoke et la lettre type m'invitant à envoyer ma demande.

« Regarde, ça a l'air cool.

— T'es sûre que t'as envie d'aller dans le Nord avec tous ces Blancs ?

— C'est une bonne fac.

— Ouais, mais t'as aucune idée de ce que c'est que de vivre avec des Blancs. Là d'où je viens, tout est mixte. À Atlanta, dans ce quartier en tout cas, il y a tant de Noirs qu'on ne sait pas ce que ça fait d'être noir.

— Je comprends rien à ce que tu racontes.

— Tu verras. Va à Holyoke avec les Blancs et tu comprendras ta douleur.

— Le seul truc qui m'angoisse, c'est Chaurisse. Imagine, si elle décide un beau matin qu'elle veut aller à Mount Holyoke ? Ça sera comme avec Six Flags, mais en pire.

— Arrête. J'en reviens toujours pas.

— Moi non plus ! Pourtant, à force, je devrais être vaccinée. »

Clairement, je ne l'étais pas. L'été, tous les adolescents d'Atlanta voulaient travailler au parc d'attractions Six Flags Over Georgia. Ronalda et moi avions prévu de postuler ensemble, puis elle avait réalisé qu'elle serait mieux payée si elle gardait son petit frère. Après trois entretiens, on me proposa de vendre des barbes à papa pour cinq cents de plus que le salaire minimum. J'aurais préféré sillonner le parc et prendre les familles en photo, mais la barbe à papa, c'était déjà pas mal. Ce serait l'occasion de rencontrer de nouvelles têtes, un bon entraînement avant la fac. Et le coup de pouce financier serait le bienvenu. Si je ne voulais pas passer pour une extraterrestre à Mount Holyoke, j'allais devoir m'acheter une garde-robe BCBG, avec des jupes et des blazers. En plus, ma mère trouvait que c'était bien de travailler. « Si tu veux obtenir une bourse, tu dois montrer que tu es capable de garder un emploi, sinon, on pensera que tu demandes la charité. »

Je devais me présenter au bureau des ressources humaines pour récupérer mon uniforme rouge et bleu et le badge à mon nom, lorsque James débarqua chez nous avec des cadeaux. « Je t'ai acheté un petit quelque chose », dit-il. Aussitôt, je compris qu'il avait de mauvaises nouvelles.

Il m'expliqua que Chaurisse avait postulé au parc et qu'elle avait été embauchée pour attacher les passagers du Great Gasp, une nacelle équipée d'un parachute qu'on lâchait du haut d'une tour.

Je regardai ma mère qui était en train de remplir deux verres de glaçons. Je ne vis aucune trace de colère sur son visage. Elle avait juste l'air fatiguée. Je me mordis la lèvre au sang. Comment avais-je pu être aussi bête ? C'était couru d'avance. Bien sûr que Chaurisse voudrait travailler à Six Flags. Comme tout le monde. Et bien sûr qu'elle décrocherait un poste. Elle obtenait tout ce qu'elle voulait.

« Je suis désolé, Dana. Je viens de l'apprendre. »

James me tendit un sac en papier orange. Je ne bougeai pas.

« Prends, dit-il, sortant un disque sur lequel Michael Jackson en costume blanc câlinait un bébé tigre. Je l'ai acheté à Turtle's Records. Tu ne collectionnes pas leurs vignettes ? »

Il me donna un petit coup avec le coin de la pochette. Je croisai les bras sur ma poitrine.

« J'écoute pas de 33. Je préfère les cassettes.

— P-première nouvelle.

— J'ai eu le job la première. On a même pris mes mesures pour l'uniforme.

— Je comprends, mais c'est la vie. Qu'est-ce que tu veux que j'y fasse ? »

Je le savais très bien, mais je savais aussi qu'il ne le ferait jamais.

Ma mère sortit de la cuisine et tendit à James son gin-tonic. À moi, elle donna un verre de jus d'orange.

« Très bien, alors comment Dana va-t-elle passer son été ? Je préférerais une activité éducative. Ce serait bien si tu avais un peu d'argent de poche pour elle. Elle comptait sur un petit salaire, cet été. »

Ma mère était calme. C'était comme ça qu'elle devait s'adresser aux patients qui refusaient de prendre leurs médicaments. En parlant très vite et en prononçant toutes les consonnes, pour leur faire comprendre qu'ils n'avaient pas le choix.

Lorsque mon père nous quitta, il avait été décidé que je recevrais vingt-cinq dollars par semaine, dont quinze iraient sur mon compte épargne. On m'inscrirait en outre à un cours par correspondance de préparation au SAT. Ma mère était satisfaite, mon père estimait s'en tirer à bon compte et j'étais toujours furieuse.

Je passai donc le reste du mois de juin et une bonne partie de juillet à apprendre à compléter un QCM par déduction logique quand je n'avais aucune idée de la réponse. Cette stratégie était encore différente de celle qu'on était censé employer lorsque l'on pouvait au moins rayer une solution. Ce n'était pas un simple jeu de devinettes ; il s'agissait plutôt d'une technique de mensonge hautement spécialisée. Lorsque Raleigh venait jouer aux cartes le jeudi, il me posait des questions de vocabulaire. Il me photographia en train de mémoriser une page de dictionnaire. Des années plus tard, il vendit ce cliché au United Negro College Fund[1], avec une photo de Ronalda lisant *La Couleur pourpre*, son petit frère calé sur sa hanche, tandis qu'elle retournait un sandwich grillé au fromage de sa main libre.

La situation était loin d'être idéale, mais elle était gérable, jusqu'à l'agression de ma mère devant les boîtes

1. Association philanthropique ayant pour vocation d'aider les étudiants afro-américains à financer leurs études supérieures.

aux lettres de la résidence. L'homme déroba le courrier et son sac. Pire, il la menaça avec un couteau au manche en cuir et coupa une mèche de ses cheveux. Elle se retrouva avec un cercle de peau nu de la taille d'une pièce de cinquante cents au-dessus de l'oreille gauche. Elle le dissimulait aisément sous la masse de sa chevelure, mais elle ne pouvait pas s'empêcher d'y porter les doigts, ce qui lui donnait l'air d'une vieille femme fébrile.

« Le quartier part à vau-l'eau. Il y a dix-sept ans, c'était un endroit sûr. Je ne m'inquiétais pas quand j'allais chercher mon courrier. Je sortais à 2 ou 3 heures du matin.

— Je sais, maman.

— J'espère que tu rencontreras quelqu'un de bien à Mount Holyoke. Je ne dis pas que tu as besoin d'un Rockefeller ou d'un footballeur célèbre. Juste un garçon qui comprendra que tu as des obligations et qui pourra nous aider un peu. Je ne peux pas vivre ici toute seule. »

Au moment où on lui volait ses cheveux, je regardais le *Cosby Show* en buvant une canette de soda au raisin. Ma mère ouvrit la porte calmement et s'approcha du canapé où je m'éventais avec un magazine. Elle tomba à genoux, me prit la revue et guida mes doigts dans ses cheveux.

« James ne peut pas nous aider à trouver un autre appart ?

— Ton père a promis de payer tes études. Il ne peut pas faire plus. La bigamie coûte cher. »

Je m'attendais à ce qu'elle salue sa propre plaisanterie d'un rire sans joie, mais elle resta là, sa main sur la mienne, appuyant contre la surface bosselée de son crâne.

« Ne m'oublie pas », dit-elle, alors que je la berçais sur mes genoux, baignant dans un mélange saumâtre de culpabilité et de gratitude.

Au cours des semaines suivantes, je me lassai de sa tristesse, de ce poids impossible.

« Ça repoussera. Je t'en donnerais si je pouvais, dis-je en empoignant une mèche de mes cheveux semblables aux siens.

— Ne fais pas semblant de ne pas comprendre. »

Je passais autant de temps que possible à l'extérieur. Je n'en pouvais plus de la propreté maniaque de ma mère, qui vivait comme si nous attendions en permanence des invités. Je voulais habiter dans une maison aux murs peints dans différents tons de bleu et de vert, au lieu du coquille d'œuf qui révélait notre statut de locataires. J'investis une partie de mon argent de poche dans une carte de transport pour avoir un accès illimité au bus 66 et aller chez Marcus qui se préparait à partir à l'université de Caroline du Nord, à Chapel Hill. Ruth Nicole Elizabeth restait sa copine officielle, mais je le voyais le matin. À midi, je traversais pour me rendre chez Ronalda.

Lorsque je le lui demandais, elle m'aidait à dissimuler les traces de suçon sur mon cou et ma poitrine. Se moquant de Marcus qu'elle avait surnommé « Nosfemarcus », elle appuyait délicatement avec les dents de son peigne pour disperser le sang accumulé sous la peau. Après, je masquais les traces avec du fond de teint et je lançais : « On se fait une petite séance téléphonique ? »

À force, nous connaissions le numéro par cœur, mais j'avais toujours la carte de visite de Laverne dans mon sac, le brillant graissé par mes doigts sales. Je l'avais piquée dans la pile que ma mère cachait dans la cuisine, derrière la boîte de farine. J'aimais bien le logo : un renard se prélassant au-dessus des mots : « Mme Laverne Witherspoon, propriétaire. » Nos « séances téléphoniques » consistaient à appeler Le Renard Rose en se faisant passer pour une cliente potentielle. Une fois, Ronalda demanda le prix d'un lissage-bouclage. Chaurisse – du moins c'est ce qu'il nous sembla – annonça vingt-huit dollars, avec la coupe. Ronalda la remercia et raccrocha. « Ça coûte la peau des fesses ! » dit-elle. Une autre fois, je téléphonai du lycée : « Je souhaiterais connaître le tarif d'une permanente façon Michael Jackson. » J'étais prête à parier que c'était Laverne au bout du fil. « Ça dépend. Vous voulez passer pour une consultation ? »

Ronalda allait chercher l'appareil dans la chambre de ses parents et le descendait au sous-sol pour le brancher sur la prise inutilisée du bureau de sa belle-mère. Nous appelions plusieurs fois par semaine, maquillant nos voix et demandant des renseignements sur des prestations compliquées. « Combien coûterait un lissage sans bouclage ? » « Quel est le tarif d'un défrisage sur cheveux naturels non traités ? » « Et pour des ondulations crantées ? » « Est-ce que vous prenez sans rendez-vous ? »

« C'est ça qu'on devrait faire, dit Ronalda. Débarquer sans prévenir au salon.

— Surtout pas. Si je me fais choper là-bas, j'ai plus de famille. »

Au milieu de cet été déprimant, Raleigh remporta un concours de photographie local avec quatre cents dollars à la clé ; la photo gagnante, prise peu après le décès de Mlle Bunny, fut exposée au centre commercial de Greenbriar pendant soixante jours. On y voyait Laverne se préparant à coiffer sa belle-mère pour la toute dernière fois. Son visage paraissait creusé par le chagrin, tandis que le peigne lissant fumait sur la plaque chauffante du salon funéraire. À l'arrière-plan, vêtue d'un tablier en plastique, Chaurisse tournait la tête vers le corps de Mlle Bunny qui se trouvait hors champ, sans vie et pas encore apprêté. Ma mère s'approcha de la photo, son souffle embuant la vitre.

« Il y a quelque chose de beau là-dedans. Je ne porte pas Laverne dans mon cœur, il n'empêche, il faut lui reconnaître ça. Elle a fait son devoir. »

J'étais curieuse également, mais c'était surtout ma sœur qui m'intéressait. Elle avait embelli avec l'âge. Ses traits semblaient avoir trouvé leur place.

« Qu'est-ce qu'il m'arriverait si tu mourais ?

— Tu as presque dix-huit ans, tu n'as pas à te faire de souci pour ça.

— Oui, mais si tu mourais demain ?

— Je n'ai pas l'intention de mourir demain. »

On avait fait une halte chez Baskin Robbins. Tout en dégustant nos cornets de glace, on examinait les visiteurs de l'exposition. VERS LE CIEL, disait simplement la légende, ce qui laissait les gens dubitatifs. « Et on lui a donné quatre cents dollars pour ça ? » entendit-on plusieurs fois. Certains prenaient le temps de regarder en silence, puis s'éloignaient, troublés.

« Je ne crois pas que ce soit une bonne idée, dis-je à ma mère.

— Tu lis dans mes pensées ? » me demanda-t-elle avec un sourire éclatant.

Je lui rendis son sourire, heureuse de notre complicité, et je me levai pour partir. Elle m'imita, jetant le reste de sa glace à la poubelle. Mais, au lieu de me suivre, elle s'approcha encore de la photo. Son reflet se superposa à l'image.

« Maman, je croyais qu'on y allait.

— Elles ne valent pas mieux que nous, marmonna-t-elle. On a tout ce qu'elles ont. Je travaille dur. J'ai mon diplôme d'aide-soignante. Elle n'a qu'une formation de coiffeuse. Et tu es plus douée que sa fille. On est mieux qu'elles. »

Elle était si proche qu'elle laissa une trace de rouge à lèvres sur le verre.

« Viens, dis-je, la prenant par le bras. On n'a rien à faire ici.

— Ça va, Dana ? Tu n'as pas eu une enfance malheureuse ?

— Mais oui, ça va.

— Tu sais, beaucoup d'enfants noirs ne connaissent pas leur père.

— Chaurisse ne connaît pas son père », répliquai-je, espérant la faire rire.

Elle regarda à droite et à gauche, comme si elle s'apprêtait à traverser la rue. Puis elle prit le cadre par les coins et le souleva, de manière à libérer le fil métallique à l'arrière. Elle le glissa alors sous son bras d'un air dégagé.

« Allons-y.

— Maman, qu'est-ce que tu fais ? Tu dois remettre cette photo à sa place !

— Je ne dois rien du tout », répliqua-t-elle, se dirigeant vers la sortie d'un pas déterminé et bizarrement professionnel.

Je la rattrapai et tentai de lui arracher le cadre, mais elle accéléra. Elle franchit les portes et continua jusqu'au parking derrière le centre commercial. Elle courait à présent, riant comme si elle venait de voler *La Joconde*. Je n'arrivais pas à la suivre, en partie parce que mes sandales en plastique, une demi-taille trop petites, me cisaillaient les talons à chaque pas, et aussi parce qu'elle était animée par un feu que je ne ressentais pas. Le vent souleva ses cheveux, révélant la peau dénudée, là où il lui manquait une mèche.

« Maman, s'il te plaît, ralentis.

— Je ne peux pas, dit-elle en tournant la tête. C'est plus fort que moi. »

Seconde partie

Bunny Chaurisse Witherspoon

12

Drôles d'auspices

L'histoire de ma famille débute à Ackland, en Géorgie, en 1958. Ma mère, Laverne Witherspoon, avait quatorze ans.

Ce jour-là, elle portait la robe qu'elle avait confectionnée exprès pour Pâques. Cette robe plissée en coton lilas était son chef-d'œuvre. Même à l'église, pendant la prière, elle ne pouvait s'empêcher d'admirer les jolies manches et la patiente broderie. Et maintenant elle allait devoir se marier dedans. Pendant un instant, elle se demanda si elle était punie à cause de sa vanité, parce qu'elle avait trop dépensé pour la doublure de Nylon soyeuse. Le dimanche de Pâques, avant le service religieux, lorsqu'elle avait virevolté pour se faire admirer, sa mère lui avait dit : « Tu ressembles à une jeune épousée. »

Ma grand-mère Mattie sortit la robe de la commode et la jeta sur le lit où gisait ma mère, aussi immobile qu'un cadavre. « Allez, Laverne. Le gars, il a promis de te marier. »

Elle ne bougea pas. Mattie souleva les draps et constata que sa fille ne portait rien d'autre que sa culotte, qu'elle avait la peau grisâtre partout, sauf sur son visage luisant de larmes et qu'elle était maigre, à l'exception de son ventre qui s'arrondissait déjà. Mattie prononça quelques menaces gratuites, et tenta même de la cajoler avec une tendresse maternelle qui ne lui était pas coutumière. Rien n'y fit. Alors elle entreprit de l'habiller comme on changerait les draps sous un infirme.

« Tu devrais être dehors à te réjouir, au lieu de faire la morte. » Ma grand-mère tira le corset sur ses hanches. Laverne gémit au craquement des points de couture délicats qui cédaient, mais elle ne fit rien pour l'aider ni pour lui résister lorsque Mattie l'assit. « Non, mais regardez-moi cette cloche ! Ça va faire une drôle de mère ! Remue-toi un peu les fesses. »

La stupeur l'avait rendue muette. Mon père était un étranger pour elle. Comme tout le monde, elle savait qu'il portait d'épaisses lunettes carrées laides à faire peur. Elle connaissait son nom et celui de l'église que sa mère et lui fréquentaient. Elle savait que son père était mort depuis longtemps et que Mlle Bunny travaillait toute la semaine chez des Blancs, laissant mon oncle Raleigh et lui seuls six jours sur sept.

Le plus absurde, c'était que rien de tout ça ne serait arrivé si sa cousine n'était pas tombée amoureuse de Raleigh. Enfin, Diane pouvait appeler ça de l'amour si ça lui chantait, en vrai, elle s'était surtout entichée de son teint clair. Papa et Raleigh n'étaient encore qu'en première, mais Diane, qui était déjà en terminale, commençait à chercher un mari, et de préférence un homme avec qui elle pourrait faire de jolis bébés. Au départ, maman était simplement censée l'accompagner, parce que Diane ne voulait pas aller sans chaperon chez ces garçons qui vivaient seuls. Les gens risquaient de jaser. Laverne avait donc suivi et, quand Diane avait disparu avec mon oncle, elle s'était retrouvée en tête à tête avec papa. En fin de compte, elle était au mauvais endroit au mauvais moment. Le temps de comprendre ce qui lui arrivait, elle avait un bébé dans le ventre et il était trop tard. À quatorze ans, elle ne parvenait pas à croire qu'elle en était là à cause de quelques caresses maladroites. Elle ne savait même pas que c'était possible.

Lorsqu'elle constata qu'elle n'arrivait pas à garder son déjeuner dans son estomac, elle s'inquiéta, cependant ce fut le goût de métal brûlé au fond de sa gorge qui la décida à aller trouver Mlle Sparks. De 8 heures à midi, celle-ci était l'infirmière de l'établissement, mais ma mère l'appréciait surtout en tant que professeure d'économie domestique, car elle la félicitait toujours pour ses ouvrages de couture. La voix aiguë de Mlle Sparks était célèbre. Lorsqu'elle entonnait son couplet favori, reprenant les élèves turbulents, on croyait presque entendre de l'opéra : « Allons, les enfants ! Pensez à la dignité noire ! » Le rappel à l'ordre bienveillant de Mlle Sparks suffisait souvent pour interrompre une bagarre entre les garçons ou une dispute entre les filles. Un jour qu'un bracelet d'argent avait été volé, elle n'avait eu qu'à faire une remarque pour qu'il réapparaisse peu après, le métal poli enveloppé dans du papier de soie.

Laverne répéta à ma grand-mère ce que lui avait dit Mlle Sparks, n'omettant que ses derniers mots : « Quel gâchis ! » C'était à ça qu'elle pensait tandis qu'elle se laissait habiller ; c'était pour ça qu'elle était hébétée. Tant et si bien que sa mère exaspérée finit par la gifler sur la bouche parce qu'elle avait le culot de pleurer.

Le lendemain du jour où Mlle Sparks avait parlé de gâchis et la veille du jour où sa robe de Pâques serait convertie en robe de mariée, Laverne se leva à 7 heures et repassa un chemisier bleu à col Claudine. Elle faisait bouillir de l'eau pour son bain lorsque Mattie émergea, avec la gueule de bois et les yeux embués de sommeil.

« Tu fais quoi, là ?

— Je m'apprête pour l'école. »

Mattie l'attrapa par le bras.

« On t'a rien dit ? Tu peux plus aller à l'école.

— Ah. Ah bon. »

Elle rangea le chemisier à col blanc dans l'armoire et éteignit le feu sous la grande marmite.

Puis elle rouvrit son lit escamotable, sortit d'épaisses couvertures malgré la chaleur et s'allongea. Lorsque sa mère alla chercher le linge sale des Blancs, elle ouvrit les yeux. « Quel gâchis ! » Elle le répéta encore et encore.

Le juge du comté de Henry ne voulut rien savoir, malgré l'insistance de Mattie. « Elle est enceinte », disait-elle. Laverne grimaçait à chaque fois que sa mère prononçait ce mot affreux, en appuyant sur la seconde syllabe. « Elle est en*ceinte* ! » Le juge se pencha par-dessus son bureau encombré de papiers et s'adressa à ma mère.

« Est-ce que vous êtes enceinte ? »

Ma mère se tourna vers mon père, qui avait mis les vêtements qu'il réservait d'habitude à la chorale. Une chemise blanche et un pantalon bleu trop amidonné. Lui regarda grand-ma Bunny à travers ses épaisses lunettes. Elle ne portait pas ses habits du dimanche, mais elle avait quand même mis une belle robe, couleur de tomate verte. Ma mère attendit que les yeux de mon père reviennent sur elle, en vain. Après avoir cherché une réponse sur le visage de sa mère, il se tourna vers Raleigh, qui tirait sur ses manches pour qu'elles couvrent ses poignets osseux.

« Mademoiselle ? dit le juge.

— Oui, m'sieur, murmura-t-elle.

— Êtes-vous enceinte ?

— Oh !

— Je v-veux assumer m-mes responsabilités, m'sieur. »

Il regarda de nouveau grand-ma Bunny, qui lui adressa un petit sourire bienveillant. Ma mère se demanda ce que ça faisait d'avoir quelqu'un qui était fier de vous dans ces circonstances.

« Jeune homme, ce n'est pas à vous qu'on parle. Mademoiselle...

— Je sais pas, murmura-t-elle, espérant l'arrêter avant qu'il prononce encore ce mot affreux.

— Mais si, tu sais », intervint Mattie.

Le juge se pencha un peu plus. Il avait la réputation d'être un Blanc honnête, meilleur que les autres. La cousine de Mattie s'occupait de sa famille depuis une trentaine d'années et personne ne l'avait jamais touchée.

« Tu veux te marier, petite ? Tu veux être l'épouse de ce garçon ?

— Je sais pas », répéta-t-elle, le regardant à présent.

Il recula sur son siège, tripotant les petits animaux de pierre posés sur son bureau. Il frotta un lapin de quartz avant de parler.

« Je ne peux pas le faire. Je ne peux pas valider ce mariage.

— D'où ça, vous pouvez pas ? protesta Mattie. Je suis sa mère. Et là, c'est la mère du gars. On est d'accord. »

Le juge secoua la tête.

« Votre fille n'a pas donné son consentement.

— Mais elle est enceinte. Vous feriez quoi, si c'était votre fille ?

— Je ne peux pas.

— Dans ce cas, on va aller dans le comté de Cobb, décréta Mattie Lee.

— Si c'est ce que vous souhaitez, dit le juge, jetant un coup d'œil à l'horloge au mur. Mais il faudra attendre demain. Il est trop tard pour aujourd'hui. »

Le lendemain, seul papa fit l'effort de s'habiller. Maman portait le chemisier qu'elle avait repassé le jour où elle avait appris qu'elle ne retournerait pas à l'école. Grand-ma Bunny n'avait pas pu venir : elle ne pouvait pas se permettre de prendre un autre jour de congé. Mais les Blancs lui avaient prêté leur voiture, une Packard que mon père conduisit jusqu'au comté de Cobb, à trente kilomètres. Ils partirent tôt, car Marietta n'était pas une ville où il faisait bon être noir après le coucher du soleil ; les gens étaient si racistes qu'ils avaient même lynché des Juifs.

Mattie s'assit à l'avant avec mon père, s'agrippant au tableau de bord pour éviter d'être secouée. À l'arrière, ma mère s'appuyait contre la portière, et oncle Raleigh tendit son long bras pâle pour toucher sa manche.

Le second juge leur vendit la licence de mariage sans poser de questions. En revanche, il jeta un regard torve à mon oncle.

« Tu es un garçon de couleur ?

— Oui, m'sieur.

— C'était juste pour être sûr. »

Il revint au document et le signa à l'encre. Il tendit alors le papier à mon père. Mais Mattie le lui arracha et le glissa dans son sac à main triangulaire qu'elle cala sous son bras.

Traînant Laverne par la manche, elle se dirigea vers la porte. « Allez, allez, allez. »

Laverne la suivit tant bien que mal, tandis que les garçons leur emboîtaient le pas, deux frères unis, loin des contingences féminines.

Ils vivaient comme des animaux sauvages. C'était ce que les gens disaient. Grand-ma Bunny élevait James seule depuis que son mari avait été tué dans un accident à l'usine de papier. Peu après, elle avait recueilli oncle Raleigh, dont la vraie mère s'était enfuie pour chercher fortune. Elle était claire de peau, elle aussi, pourtant elle ne supportait pas la vue de son fils. C'était ce que les gens disaient.

Mlle Bunny était une femme au grand cœur, généreuse avec les orphelins, les chatons affamés et tous les animaux errants. Des générations de chats nourris de restes avaient élu domicile sous sa maison. Des années plus tard, quand elle se retrouverait seule, elle leur achèterait des croquettes qu'elle mélangerait avec de la bouillie d'avoine.

Après la noce, si on pouvait parler de noce, ce que ma mère se refusait à faire – elle mourra sans doute avec le sentiment d'avoir passé sa vie à être une épouse, sans avoir jamais été une jeune mariée –, elle se rendit dans son nouveau foyer. Elle attendit seule, pendant que mon père et Raleigh rapportaient la voiture. Elle jeta un coup d'œil dans la cuisine et constata qu'elle ressemblait beaucoup à celle de sa mère, un évier en porcelaine marqué de rayures noires, une cuisinière à gaz avec deux brûleurs, une glacière. La salle de bains aussi. Elle tourna le robinet de gauche du lavabo et sourit lorsqu'elle sentit le filet tiède couler sur sa main. Au moins, elle n'aurait pas à faire chauffer d'eau pour son bain. Puis son sourire s'évanouit. Jamais elle ne s'était retrouvée nue ailleurs que chez elle. Le soir où c'était arrivé, elle n'avait même pas retiré ses vêtements. Bon Dieu, soupira-t-elle, qu'est-ce qu'elle avait fait ? Dans quelle situation s'était-elle fourrée ?

Elle ressortit de la salle de bains et se dirigea sur la pointe des pieds vers la chambre qui sentait le talc. Elle supposa qu'il s'agissait de celle de grand-ma Bunny. Une imposante bible blanche à la tranche dorée se trouvait sur une petite table de chevet. Dans un cadre, la photo d'un homme adossé à une vieille voiture. Ça ne l'étonna pas, car sa mère en avait une très semblable dans sa propre chambre ; elle en déduisit qu'il s'agissait de James père. Elle enviait la pose, cette façon de s'appuyer contre le capot, la tête inclinée, le sourire en coin. Pour elle, c'était l'attitude de quelqu'un qui n'avait pas l'intention de revenir.

Enfin elle pénétra dans la chambre qui serait la sienne et celle de James. Le lit était si grand qu'elle se sentit gênée. Le couvre-lit trop étroit ne masquait pas les bords du matelas. C'était là qu'elle devrait passer ses nuits, dans sa fine chemise de coton. Là qu'elle dormirait à côté de James Witherspoon, un garçon qu'elle connaissait à peine et qui était à présent son mari. Quel drôle de mot : *mari*. Un mot qui n'avait aucun rapport avec elle. Inspectant le lit plus attentivement, elle se rendit compte qu'il s'agissait en réalité de lits jumeaux rassemblés. Elle regarda autour d'elle, comprenant que c'était la chambre que les garçons partageaient jusque-là. Elle avait été tellement distraite par le lit, par sa taille et ce qu'il sous-entendait, qu'elle avait ignoré les autres signes indiquant que ce n'était pas un espace où une fille était censée entrer. La pièce dégageait une odeur vaguement masculine : sueur, poulet frit et herbe coupée. Elle tira sur le lit jusqu'à ce qu'il y ait un creux entre les matelas. Il n'y avait qu'une couverture, qu'elle lissa du côté qui serait, décida-t-elle, celui de James.

Les garçons. C'était ainsi qu'elle pensait à eux. C'est le nom qu'elle leur donne aujourd'hui encore. Par la suite, elle apprendrait à considérer mon père comme un homme, et oncle Raleigh aussi, mais, ensemble, ils resteraient toujours les garçons qu'elle avait accueillis lorsqu'ils étaient rentrés après avoir rendu la voiture.

« Poivre et Sel » – c'était un des surnoms qu'on leur donnait, à cause de leur couleur de peau – avaient fait le long trajet à pied. Ils avaient chaud et ils étaient sales. Les chemises propres qu'ils avaient mises pour aller au tribunal étaient humides et sentaient la sueur. Ils hésitèrent devant chez eux et sonnèrent.

Laverne leur ouvrit.

« Entrez, dit-elle, comme si elle était chez elle et non pas chez eux, comme si elle était la dame de la maison, comme si elle était une dame tout court. Vous autres voulez de l'eau ?

— Oui, dit mon père.

— Oui, m'dame », ajouta Raleigh.

C'était tellement bizarre qu'ils éclatèrent de rire tous les trois.

« Vous avez faim ?

— Oui. Tu sais faire la cuisine ?

— Ça dépend ce que vous autres voulez.

— J'ai pas faim, intervint oncle Raleigh.

— Vous avez pas mangé chez les Blancs ?

— Non. M'man nous a renvoyés en disant q-qu'on souperait à la maison. Elle a dit qu'il fallait qu'on s'accoutume de rentrer à une certaine heure, et que toi, t'apprennes à ce que le repas soit prêt et tout.

— Ah.

— Et je dois te montrer où est l'amidon et tout ce qu'y faut pour le linge.

— Je sais faire.

— T'as pas besoin de lessiver mes vêtements, intervint Raleigh. Mlle Bunny, elle a dit qu'elle continuerait à s'en occuper comme avant. C'est juste James, parce que t'es sa femme maintenant. »

Il avait prononcé ces derniers mots d'une petite voix presque honteuse.

Ma mère regarda mon père, qui haussa les épaules.

« T'inquiète pas. Tu t'habitueras vite. Y a du poulet dans la glacière. M'man, elle l'a déjà découpé. Y a qu'à le faire frire. C'est facile. Et on doit aussi te dire que t'es la bienvenue ici.

— Vous autres continuez à aller à l'école ? »

Ils se regardèrent, décontenancés.

« Oui.

— Moi, j'ai plus le droit.

— Parce que t'es mariée ? demanda Raleigh.

— Non, parce q-q… »

Les mots semblaient coincés dans la gorge de James. Ma mère s'y était préparée, mais il mettait vraiment trop de temps.

« Parce que je suis enceinte », termina-t-elle à sa place, avant de se diriger vers la cuisine.

Cette maison lui paraissait fragile ; les minuscules tasses bleues dans le placard à vaisselle tintaient à chacun de ses pas. Elle sentait les yeux des garçons qui la suivaient. Ça lui rappelait la fois où elle était venue ici avec sa cousine Diane, qui elle n'était pas enceinte et qui en plus ne s'intéressait même plus à Raleigh. La maison lui paraissait différente. Plus lumineuse. Il faut dire que les jours étaient plus courts il y avait trois mois de ça ; à 6 heures du soir, il faisait nuit et elle distinguait à peine le visage de James. Il ne bégayait pas quand il lui avait demandé si elle avait déjà embrassé un garçon. Elle avait répondu oui, alors que ce n'était même pas vrai. Puis il avait voulu savoir si elle avait fait « autre chose » et elle avait hoché la tête. Qu'est-ce qui lui avait pris de mentir ? Il lui avait paru plus âgé ce jour-là. Il ne répétait pas comme un perroquet les instructions de sa maman, tout ce qu'il était censé manger. La dernière fois, elle avait eu l'impression qu'ils étaient les hommes de la maison, qu'ils y vivaient seuls.

Elle se souvenait des poils noirs qui dépassaient du col de Raleigh, alors qu'il versait de l'alcool dans le saladier à punch de grand-ma Bunny. Les petites tasses en cristal accrochées tout autour tintaient comme des clochettes de Noël. C'était un objet respectable, ce saladier à punch, le genre dont Mlle Sparks aimait parler quand elle leur donnait des cours de savoir-vivre. D'après elle, c'était au bruit qu'on distinguait le cristal du verre. Maman avait insisté pour boire dans l'une des tasses à l'anse délicatement ouvragée, et en avait réclamé encore. Le punch était à la fois fort et sucré.

Tandis qu'il la resservait, elle s'était dit qu'elle aurait préféré aller avec Raleigh, si sa cousine n'avait pas jeté son dévolu sur lui. Il avait une façon de se préoccuper des autres qui lui plaisait.

« Comment ça va ? » avait-il demandé à Laverne sans raison particulière.

Mon père était assis à côté d'elle et lui caressait les cheveux. Elle aimait bien sentir son souffle dans son cou. Elle aimait même l'odeur sucrée de l'alcool. Il l'avait embrassée sur la nuque à l'endroit qu'il avait réchauffé de son haleine et elle avait frissonné. « Ça te plaît ? » lui avait-il demandé.

Elle avait hoché la tête. Elle se sentait merveilleusement bien et voulait encore du punch. Elle avait tendu sa tasse mais mon père la lui avait prise pour la poser sur une table basse en cerisier.

« Attention. Tu vas te trouver mal.

— D'accord, avait-elle dit, aussi docile qu'une enfant.

— Tu veux voir ma chambre ?

— D'accord », avait-elle répété.

Il avait pris sa main pour l'aider à se lever.

« Fais pas de sottise. En tout cas rien que je ferais pas », avait lancé Diane, appuyée contre l'épaule de Raleigh.

Cette idée lui avait donné le vertige. Diane avait trois ans de plus qu'elle et les possibilités semblaient infinies. Elle avait ri.

« James, fais attention, avait ajouté Diane. Elle a que quatorze ans et elle a pas coutume de boire.

— Quinze, avait corrigé ma mère, se souvenant qu'elle avait menti un peu plus tôt. Quinze, t'as oublié ?

— James sait se tenir, avait répondu Raleigh. Te tracasse pas. »

Diane avait caressé la tête du garçon.

« T'as de beaux cheveux. »

Ma mère avait tiré sur le bras de mon père qui l'avait entraînée dans la chambre.

« Viens donc. Les amoureux ont besoin d'intimité. »

C'était un guet-apens, un plan concocté par les garçons. Ils ne voulaient pas bouleverser sa vie, n'avaient pas prévu de lui faire un bébé et de l'obliger à se marier à la va-vite. Ils espéraient juste que les filles se laisseraient « tripoter un peu ». Ce furent les mots qu'il employa le premier soir, après le dîner qu'elle s'était débrouillée pour rater, la peau du poulet brûlée, la chair rouge autour de l'os. Ils étaient allongés dans leurs lits jumeaux, le creux entre eux. Elle n'avait pas enlevé le chemisier et la jupe qu'elle portait au tribunal, les vêtements qu'elle mettait d'habitude pour aller à l'école. Elle avait simplement ôté ses chaussures, gardant ses chaussettes. Elle supposait que mon père était en caleçon et torse nu, mais elle n'en était même pas sûre, car elle avait détourné la tête lorsqu'il était sorti de la salle de bains. Elle avait attendu qu'il soit sous les draps, à moins de trente centimètres d'elle, pour le regarder. Son corps sentait fort le savon et son souffle, le bicarbonate.

« Mlle Bunny, elle revient quand ? » avait-elle demandé. Elle ne savait que penser de cette femme, dont les instructions étaient la cause de cette soirée désastreuse. D'abord, il y avait eu le dîner raté, puis il avait fallu laver à la lessive de soude les chemises que James mettait pour aller au lycée, les essorer et les étendre derrière la maison, tandis que des chats de gouttière frôlaient ses jambes. Elle avait encore les mains douloureuses, et elle les frottait, concentrée sur le battement du sang.

« C'est normal si t'as pas envie de dormir avec moi à cette heure », ajouta-t-il. Elle remercia silencieusement Mlle Bunny d'avoir dit à son fils de ne pas trop attendre de sa toute jeune épouse. Sa propre mère l'avait au contraire incitée à ne pas être timide. « Faudrait pas qu'y change d'avis. Tu ferais quoi alors ? avait dit Mattie Lee. Compte pas sur moi pour élever ton petit. Je suis trop vieille pour tout recommencer. »

« James, dit Laverne. Tu savais ce qu'y allait se passer ? »

Il ne répondit pas. Il inspira, les yeux clos. Son visage semblait plus doux sans les lunettes. Elle s'attarda sur le creux au milieu de sa lèvre supérieure et les boutons sur son front.

« Tu savais ?

— Attends, j'éteins. »

Il écarta la couverture et s'agenouilla sur le matelas, tendant la main vers le cordon effiloché relié à la suspension qui diffusait une lumière jaune. Il était torse nu et, s'il avait des poils frisés sous les aisselles, sa poitrine était aussi lisse qu'une boule de cristal. La lampe s'éteignit et il se recoucha, sa silhouette à peine plus sombre dans le noir.

« C'était pas censé être toi. Ta cousine, elle a rencontré R-raleigh au cinéma, peut-être deux jours avant… Enfin, tu sais quoi. Elle lui a dit qu'il lui plaisait et il l'a invitée à la maison. Elle voulait pas y aller toute seule, alors Raleigh, il lui a dit que ça tombait bien, parce qu'il voulait qu'elle amène une copine pour moi. Elle a répondu qu'elle avait une cousine de seize ans, comme elle. Elle a pas dit qui. Sinon, j'aurais refusé, p-parce que t'étais t-trop jeune pour faire ça là, avec nous.

— Mais quand je suis arrivée, t'as bien vu que c'était moi.

— Je voulais pas que ça finisse comme ça. Mais on s'amusait bien, nous autres, et t'avais pas l'air contrariée ni rien. Tu t-te souviens ? Tu t'amusais bien, non ? »

Elle s'en souvenait et c'était vrai qu'elle s'était bien amusée. Elle ne pouvait pas oublier le tintement du cristal ni le goût sucré de l'alcool brûlant. C'était agréable. Mais, si elle voulait bien l'admettre dans son for intérieur, elle refusait de le reconnaître devant mon père. Une part d'elle avait conscience que ce qu'on lui avait fait était mal, qu'elle n'était pas tant celle qui avait péché que celle contre laquelle on avait péché. Elle ne voulait pas dire qu'elle s'était bien amusée, parce que ça faisait partie du piège.

« J'avais trop peur pour dire quelque chose.

— Ben, ça se voyait pas. T'as même redemandé du punch. Et j'ai dit non, parce que je voulais pas que tu te trouves mal. Tu me faisais souci. »

Elle reprit d'une toute petite voix, parce qu'elle avait honte. Elle détestait *enceinte*, ce mot que les gens n'arrêtaient pas de répéter, mais celui-là était pire encore. Pourtant, il fallait bien qu'il sorte, car il lui brûlait les lèvres depuis qu'elle avait découvert qu'elle ne pouvait pas retourner au lycée.

« James, est-ce que j'ai été violée ? »

Mon père ne répondit pas tout de suite. Elle l'entendait émettre des sons torturés, pas tout à fait des grognements, alors qu'il s'acharnait à coordonner sa bouche, ses poumons et ses cordes vocales pour articuler une phrase. Laverne, qui s'était retrouvée muette plus d'une fois au cours des derniers jours, ne put s'empêcher d'avoir pitié.

Elle répéta sa question, éprouvant une étrange forme de gratitude à l'idée qu'elle au moins était capable de prononcer les mots.

« James, est-ce que tu m'as violée ? »

Il y eut un mouvement convulsif de l'autre côté du lit.

« N-non ! J'ai pas fait ça. Maman m'a demandé pareil. Elle m'a fait mettre la main sur sa bible et jurer que c'était la vérité. Non, non et non. J'ai jamais forcé une fille et on peut pas m'en faire le reproche. Et d'abord, pourquoi tu poses la question ? T'étais là, que je sache. Tu t'es allongée sur ce lit toute seule. Tu sais bien. Personne t'a obligée. »

Oui, elle se rappelait s'être allongée, et non, personne ne l'avait obligée.

Mon père poursuivit lentement, détachant chaque syllabe.

« J'arrêtais pas de te demander si je te faisais mal. "Ça va ?" je demandais, et toi, t'as jamais dit non. T'as pas pleuré. Après, tu t'es juste rhabillée et tu m'as dit au revoir. Polie et tout. "Au revoir, James", t'as dit. Et puis ta cousine et toi, vous êtes parties. J'étais sur le seuil et je te faisais signe. Tu t'es même pas retournée.

— J'avais pas idée.

— Pas idée de quoi ? Que tu pouvais te retrouver enceinte ? »

Dans l'obscurité, sur le lit nuptial divisé en deux, elle enfouit son visage dans l'oreiller. Elle savait que ça pouvait arriver. Sa mère l'avait prévenue quand elle avait eu ses affaires pour la première fois, mais elle n'avait qu'une notion très vague de la manière dont c'était censé se passer, et surtout elle n'imaginait pas que ça puisse impliquer quelque chose d'aussi beau qu'un service à punch en cristal taillé. Elle ne se doutait pas que ce serait aussi rapide, si peu douloureux et qu'il n'y aurait pas la moindre trace de sang. Elle ne savait pas qu'elle ne verrait rien pendant près de deux mois, aucun signe que quelque chose clochait. Elle ne savait pas que ce qui s'était passé cet après-midi-là pouvait provoquer son renvoi du lycée et de la maison de sa mère. Son lit escamotable dans le salon et l'eau qu'elle faisait bouillir pour son bain lui manquaient. Lorsqu'elle avait quitté l'école, elle avait dû rendre tous ses manuels. Des livres en mauvais état donnés par des établissements blancs, les pages annotées par d'autres enfants, révélant les réponses avant qu'elle ait eu le temps de réfléchir. Sa mère avait gommé ce qu'elle avait pu et Laverne les avait couverts avec du papier de boucherie et du Scotch. Si elle ne pouvait pas garder les livres, elle aurait au moins voulu ôter les couvertures. Elles étaient à elle. C'était elle qui les avait faites.

« Ma mère, elle dit aussi que beaucoup de bons mariages débutent sous des drôles d'auspices, reprit mon père au bout d'un moment. Des tas de gens se marient à cause des circonstances et ils sont encore ensemble des années après, donc c'est pas nécessairement un mal. De toute manière, c'est pas la façon de se marier qui compte, c'est d'être mariés avant que le bébé soit là. Personne a envie de dire que son gosse est un bâtard. C'est ça le plus important. Regarde Raleigh, ajouta-t-il à voix basse. C'est un bâtard.

— Mon père, il a jamais marié ma mère. Je le connais même pas.

— C'est pas grave. Tu dois penser à l'avenir. C'est ce que ma mère dit. »

Elle ne répondit rien. Elle avait porté sa gaine toute la journée et elle avait des fourmis dans les pieds. Mattie lui manquait. Elle n'avait jamais dormi ailleurs que chez elle. Elle appuya sur son ventre. Elle savait qu'on pouvait mourir en couches. Avec un peu de chance, c'était ce qui lui arriverait.

Au bout de quelques minutes, mon père reprit la parole.

« Maman, elle dit aussi que je ne dois pas trop me tracasser si tu pleures. Parce que c'est naturel. Et que personne devrait trop se faire de souci, parce que d'ici deux ou trois jours, ça ira mieux. »

Elle tombait de sommeil, mais elle avait encore une question.

« Comment est-ce qu'on va faire sortir le bébé ? »

Mon père bégayait tellement qu'elle crut qu'il allait s'étrangler.

« V-vois avec maman. Elle t'expliquera tout. »

Ce qu'elle avait fait, me raconta ma mère, alors que nous préparions Mlle Bunny au salon funéraire.

Elle n'arrêtait pas de répéter : « Mlle Bunny a toujours été bonne pour moi et on va bien s'occuper d'elle. On va la faire belle. » Je me sentais un peu inutile. Je lui passais ce dont elle avait besoin et j'évitais de regarder le visage figé de ma grand-mère. Lorsque je me décidai enfin, je dus admettre qu'elle avait fait du beau travail. Une fois grand-ma Bunny habillée, maquillée et coiffée, il n'y avait plus trace de la grande tristesse qui pesait sur elle à la fin. Ma mère tint le coup jusqu'au moment d'épingler l'étoile d'aigue-marine que grand-ma Bunny aimait tant et avec laquelle elle voulait être enterrée.

Mon père entra dans la pièce à ce moment. Elle se piqua avec l'aiguille de la broche et laissa une traînée rouge pâle sur le col de Mlle Bunny. « Ne t-t'en fais pas pour ça », dit-il, glissant le bijou dans sa poche. Je me détournai, fixant la plaque où fumait le peigne chauffant. Derrière moi, j'entendis le bourdonnement de la pellicule quand l'oncle Raleigh nous prit en photo. Alors que je clignais des yeux, éblouie par le flash, il appuya encore trois ou quatre fois sur le déclencheur.

« Ne t'inquiète pas, Raleigh. On a bien arrangé Mlle Bunny. C'était la moindre des choses.

— Elle me manque déjà.

— Je sais. Quand mon fils est né avec le cordon enroulé autour du cou, plus mort que mort, aussi raide que Mlle Bunny aujourd'hui, elle a pris soin de moi. Elle m'a lavée, m'a mise au lit et elle a changé mes draps. »

Pendant sa grossesse, ma mère s'était habituée au mariage, ainsi qu'à la vie avec papa et Raleigh. Il était trop tard pour retourner au lycée ; on ne l'autoriserait pas à reprendre ses études. Une fois le bébé enterré à côté de l'église, elle avait demandé à grand-ma Bunny :

« Vous allez me renvoyer ?

— Non, à moins que tu veuilles partir », avait-elle répondu.

« Elle s'est toujours bien comportée avec moi, mieux que bien, et mieux que ma propre mère.

— Elle me manque », répéta l'oncle Raleigh.

Il se détourna de la table de métal où elle gisait. Ma mère prit le peigne chauffant et le posa sur une serviette mouillée. Tandis qu'il grésillait, elle se tourna vers Raleigh et mit les mains sur son dos, appuyant son visage humide contre sa chemise propre.

Mon père et moi les regardions, exclus de cet instant de communion. Mlle Bunny était notre parente, elle ne nous avait pas recueillis, mais nous l'aimions, nous aussi. « V-viens ici », me dit mon père, m'ouvrant ses bras. Je me blottis contre lui. Il sentait le tabac et peut-être un peu le gin. Il me tapa maladroitement dans le dos, comme si j'étais un bébé qui avait mal au ventre. Je crois qu'il m'embrassa les cheveux. Contre ma joue, je sentais la broche rangée dans sa poche de poitrine. J'appuyai plus fort, afin d'imprimer sur mon visage le motif en étoile.

13

Cent pour cent agneau qui vient de naître

« On ne peut pas savoir, me dit ma mère. On ne peut pas tirer de conclusions hâtives.

— Oui. »

Je devais avoir neuf ans à tout casser, mais j'étais assez grande pour comprendre qu'il ne valait mieux pas interrompre ma mère quand elle était lancée, surtout si elle prenait la voix grave qu'elle utilisait au salon avec ses clientes. Elle ne leur parlait pas à toutes sur ce ton, bien entendu ; tout le monde n'avait pas droit au même traitement. Certaines payaient chaque coup de ciseaux, alors que d'autres se faisaient couper la frange gratuitement. Ce jour-là, dans la voiture, elle prit la voix avec laquelle elle s'adressait à ses clientes les plus fidèles, celles à qui elle offrait l'épilation de la lèvre supérieure, celles qui m'appelaient « Petite Miss » et appelaient ma mère « ma belle ».

« George Burns a trompé Gracie. Incroyable, non ? »

J'étais d'autant moins capable de répondre que je n'étais pas sûre de savoir qui était George Burns.

« L'acteur qui jouait Dieu dans *Oh, God* ?

— Oui, c'est ça. Il n'a pas toujours été vieux, tu sais. Il était jeune et beau, et il était marié à Gracie.

— Ah oui. »

C'était la clé. Si je parlais trop, si je demandais des explications, elle allait se souvenir que je n'étais qu'une gamine et se tairait.

C'était il y a longtemps, à l'époque où Jimmy Carter s'était ridiculisé en déclarant à *Playboy* qu'il avait commis l'adultère dans son cœur parce qu'il avait regardé des jolies femmes avec de mauvaises pensées. Ma mère trouvait son attachement à son épouse touchant, mais mon père s'était énervé tout seul contre Johnny Carson qui se moquait du président à la télé. « Il rentre tous les soirs retrouver Rosalynn, non ? Franchement, les Blancs adorent inventer des problèmes là où il n'y en a pas.

— Je sais pas, dit ma mère. J'aime bien ce qu'il dit à la fin, sur le fait qu'on ne devrait pas juger les autres. »

À ces mots, il se rapprocha d'elle sur le canapé, touchant sa joue avec son gin-tonic.

« Tu as une raison d'avoir peur d'être jugée ? »

Elle rit et repoussa le verre.

« James, t'es bête !

— Attends, t'as encore rien vu. »

Peut-être était-ce parce que je passais beaucoup de temps au salon de coiffure, en tout cas j'avais l'impression d'en connaître assez long sur le mariage, et ce depuis toute petite. À la maternelle, une fois où la maîtresse avait l'air malheureuse, je lui avais touché le genou en gazouillant : « Le mariage, c'est compliqué », ce qui n'était sans doute pas très normal à mon âge.

C'était le refrain préféré de ma mère. Elle le disait au moins une fois par jour à une femme dont les cheveux trempaient dans le bac à shampoing. Selon le ton qu'elle employait, le sens pouvait être différent, mais les mots étaient toujours les mêmes. Dans la voiture ce jour-là, à propos de George et Gracie, elle n'avait pas la voix chargée de sous-entendus qu'elle prenait quand elle ne voulait pas que je comprenne. Non, là, il semblait plutôt que le terme exact n'existait pas en anglais et que faute de mieux elle s'était rabattue sur « compliqué ».

Je hochai la tête, me grisant du son de sa voix. C'était comme si j'étais sa meilleure amie. Et c'était peut-être le cas. En tout cas, elle était ma meilleure amie à moi. Même avant que la puberté bouleverse la donne, je n'avais pas beaucoup d'échanges avec les filles de mon âge. J'avais passé trop de temps avec des femmes adultes. J'étais trop précoce et mon langage était daté. En dépit de mes efforts, je n'arrivais pas à m'intégrer. Je n'étais pas non plus exclue. On m'invitait aux soirées pyjama et j'y allais avec autant d'enthousiasme que les autres, mais je n'étais la meilleure copine de personne. Et la meilleure copine, c'est la seule qui compte vraiment.

« Où est-ce que j'en étais ? s'enquit ma mère.

— Tu parlais de Dieu.

— Non. Je disais que ça m'énervait de devoir aller à perpète un samedi après-midi pour rapporter un sèche-cheveux. Quand je l'ai acheté, j'ai demandé à la vendeuse s'il était bruyant. Totalement silencieux, selon elle. Tu parles. Il fait plus de boucan qu'une tondeuse. Une cliente l'a même comparé à un vibromasseur bas de gamme », ajouta-t-elle avec un petit sourire.

Je ne savais pas de quoi elle parlait mais j'acquiesçai.

Elle ajusta la queue-de-cheval postiche accrochée si haut sur sa tête qu'elle raclait le plafond de la voiture. Ma mère collectionnait les extensions capillaires, les rajouts et les perruques comme d'autres femmes se passionnent pour les figurines en porcelaine, le cristal Swarovski ou les dés à coudre. Elle exposait les perruques sur des têtes en polystyrène qui ornaient les murs de sa chambre telles des têtes de cerfs. Les extensions et les couronnes étaient rangées dans sa commode. Je n'avais pas le droit de les porter, car elle estimait qu'une enfant n'était pas censée s'habiller comme une femme. J'avais uniquement le droit de caresser les mèches raides avant de les reposer dans leur papier de soie parfumé.

De temps en temps, je demandais si je pouvais au moins essayer une queue-de-cheval. Ma préférée, Tempête ébouriffée, était composée de longues boucles en spirale. Certaines filles se mettaient une serviette sur la tête en guise de perruque. Un garçon que je croisais à l'église s'exhiba un jour avec une serpillière à franges sur le crâne, pour voir de quoi il aurait l'air s'il était une fille blanche. Personnellement, je ne voulais pas m'abaisser à porter ces déguisements de fortune, sachant que ma mère avait tout ce qu'il fallait dans ses tiroirs, mais elle refusait de me laisser ne serait-ce que placer les cheveux à côté de mon visage, même si je promettais de ne pas les attacher. « Attends de savoir à quoi tu vas ressembler vraiment avant de commencer à te déguiser. »

Si au bout de neuf ans d'existence je ne savais pas à quoi je ressemblais, je me demandais combien de temps il faudrait. Dès la maternelle, j'avais pourtant compris que je n'étais pas jolie. C'est horrible à cet âge, car les adultes ne font même pas l'effort de cacher ce qu'ils pensent. Le pompier qui vous apprend à vous arrêter, à tomber et à vous rouler par terre si vous êtes en feu : c'est toujours la fille la plus mignonne qui s'assied sur ses genoux et qui a le droit d'essayer son casque. Pour le spectacle de Noël, ce sont toujours les dix plus jolies filles qui forment le chœur des anges. Celles qui ont un physique banal se retrouvent à tournoyer en jupette rayée. Les moches distribuent le programme. Je n'ai jamais eu à distribuer le programme, mais je n'ai jamais imaginé un seul instant pouvoir faire partie du chœur des anges.

Mes parents ne sont pas spécialement beaux non plus. Mon père est moyen en tout : taille moyenne, âge moyen dans la catégorie paternelle, peau marron moyen, cheveux moyennement crépus. Ses lunettes sont aussi épaisses que les vitrines blindées du magasin de spiritueux. Heureusement que je n'ai pas hérité de sa mauvaise vue. C'est assez dur comme ça de me trimballer avec mes cheveux aussi fins que du coton filé ; même une brosse douce en soies naturelles me les arrache du crâne. Quant à ma mère, sans ses extensions elle pourrait être la mère de n'importe qui : aussi moyenne que mon père, les rondeurs en plus. Si vous les croisiez dans la rue, vous penseriez que ces deux-là sont capables de produire des enfants invisibles. Enfin, pour ça, il faudrait déjà que vous les remarquiez.

« Donc, comme je disais. George Burns a trompé Gracie. »

Ma mère gloussa et rajusta sa queue-de-cheval avec la main qui ne tenait pas le volant.

« Avant ta naissance, il avait une femme qui s'appelait Gracie et il était très amoureux d'elle. Fou amoureux. Le genre d'amour que la plupart des gens ne connaissent jamais. L'amour avec un grand A.

— L'amour, répétai-je en hochant la tête.

— Mais il a fait une bêtise. Il l'a trompée avec une traînée. Une seule fois. Je pense qu'il avait bu. »

Encore une fois, j'opinai.

« Il avait donc trahi le grand amour de sa vie. Et si elle le quittait ? Il l'aimait ! Alors il lui a offert un bracelet rivière.

— Un bracelet quoi ?

— Un bracelet en diamants, Chaurisse. Un bijou très précieux. Et il n'a jamais recommencé. Ce faux pas lui avait montré ce qui comptait vraiment. Il avait failli la perdre et ça l'avait anéanti. Chaque fois qu'il voyait le bracelet à son poignet, ça lui rappelait qu'il l'adorait plus que tout. Tu ne trouves pas ça génial ?

— Je sais pas.

— Et ce n'est pas tout. Voici la partie la plus importante. Écoute-moi bien, Chaurisse. Ça te servira jusqu'à la fin de tes jours.

— Oui.

— Des années et des années plus tard, Gracie buvait un gin martini avec des amies au country-club, quand George l'a entendue dire : "J'ai longtemps espéré que mon mari aurait une autre aventure. Je veux un bracelet pour mon autre poignet !" »

Ma mère éclata d'un rire tonitruant. Elle frappa deux fois le volant du plat de la main.

« T'as compris ? »

Je secouai la tête.

« Ton clignotant est allumé.

— Oui, mais est-ce que tu as compris ?

— Plus ou moins.

— Le truc, c'est que Gracie était au courant depuis le début. Elle a fait semblant de ne rien voir. Il y a deux leçons à tirer de cette histoire : a) tu sais dans tes tripes qui t'aime vraiment.

— Dans ce cas, pourquoi il l'a trompée ?

— Parfois, j'oublie à quel point tu es jeune, dit-elle en me souriant. Je t'aime très fort, tu le sais, hein ? »

Je tournai mon visage vers la vitre. J'aimais bien quand elle braquait son attention sur moi et, en même temps, ça me mettait mal à l'aise.

« Oui, maman.

— Dans cette histoire, il y a encore un point important. Et après, on change de sujet.

— D'accord.

— Les hommes font souvent des choses sans y penser. Ce qui compte, c'est de savoir s'il t'aime. George aimait Gracie. Il l'a tellement aimée qu'à sa mort il veut être enterré sous elle pour qu'elle soit toujours en tête d'affiche.

— Dans ce cas, pourquoi il est allé en voir une autre ?

— Chaurisse, ce n'est pas la question. Écoute-moi un peu : si tu es une épouse, conduis-toi en épouse. Ne fais pas l'idiote. Ça ne sert à rien d'appeler la femme chez elle, de crever ses pneus ou je ne sais quoi. Ma propre mère était comme ça, toujours à se battre, une vraie chiffonnière, pour un bonhomme qui n'en valait pas la peine.

— Mais pourquoi il l'a fait ? Pourquoi il a trompé Gracie ? »

Ma mère mit son clignotant et soupira.

« Tout ce que je dis, c'est que si tu es une épouse, tu dois te conduire en épouse, pas comme une traînée. »

C'était avant qu'on me fasse une réputation de fille facile, alors que ce n'était même pas vrai. À quatorze ans, j'ai perdu ma réputation et ma virginité. Dans cet ordre, s'il vous plaît. La vie est dingue, on n'y peut rien. Tout a commencé par un bête malentendu, un malentendu qui s'est produit à l'église, le pire endroit pour ce genre d'histoire. J'étais dans le placard du chœur avec Jamal Dixon, le fils du pasteur. On discutait. Enfin, il parlait et j'écoutais. À cette époque, j'étais cent pour cent agneau qui vient de naître. Il me confiait du lourd sur sa mère. Apparemment, elle buvait. Tous les jours. Elle cachait des bouteilles dans la buanderie, derrière le chauffe-eau. Elle buvait dans un verre à vin ; elle buvait dans son verre à dents. Elle avait plié la Cadillac du révérend à 3 heures de l'après-midi sur le parking du supermarché. La situation devenait vraiment problématique.

« Ça se voit ? me demanda-t-il.

— Les gens sont capables de tout. »

Je ne le pensais pas vraiment. J'aurais été bien embêtée de dire qui était capable de quoi, mais je l'avais souvent entendu dans la bouche de ma mère. C'était la réponse idéale à une cliente qui se plaignait de son couple. Une manière de manifester son assentiment sans pour autant critiquer le mari. Comme ça, quand ils se rabibocheraient, la femme pourrait continuer à confier ses cheveux à ma mère sans être mal à l'aise. Si on veut être coiffeuse, il vaut mieux être un peu psychologue.

J'avais de la peine pour Jamal. Il avait les yeux qui papillotaient et les lèvres qui tremblaient comme s'il était sur le point de fondre en larmes. Et j'en savais assez sur les hommes pour réaliser qu'il ne me le pardonnerait pas si je le voyais pleurer. Je me tournai donc vers les soutanes et entrepris de remettre tous les cintres dans le bon sens, pendant que Jamal s'épanchait à propos de sa mère qui avait un faible pour le schnaps à la menthe et de son père qui leur proposait seulement de prier. La famille se réunissait dans le salon et s'agenouillait, main dans la main, respirant les effluves mentholés qui s'exhalaient des lèvres et de la peau de Mme Dixon. Tout avait un goût de menthe, prétendait Jamal, jusqu'au beurre sur ses toasts le matin. Je ne mentionnai pas qu'il arrivait aussi à ma mère de baigner dans des vapeurs d'alcool, même si, chez elle, le parfum tirait plus sur le fruit. Elle n'avait jamais eu d'accident ni blessé personne, mais son truc, c'était le fuzzy navel, un cocktail à base de vodka et de schnaps à la pêche, qu'elle sirotait en se tamponnant les yeux devant des feuilletons sentimentaux, le lundi après-midi.

Jamal n'était pas sûr de croire que Dieu veillait sur chacun de nous individuellement. Cette histoire selon laquelle pas un moineau ne tombait à terre à Son insu, il trouvait ça un peu exagéré. D'accord, Dieu avait fait le monde ; il fallait bien que l'univers ait une origine. Mais après, qui s'en occupait ? Je l'écoutais discourir, m'émerveillant des effets du pouvoir de suggestion sur l'esprit humain, car je sentais flotter une odeur de menthe givrée, genre Freedent *on the rocks*. Je serrai les lèvres, m'efforçant d'imaginer le goût que pouvait avoir le schnaps.

Les robes s'écartèrent sur la tringle, dans le plus pur style passage de la mer Rouge, sauf que c'est sur Mme Révérend Schnaps en personne qu'elles s'ouvrirent, aussi haute et raide qu'une tour. Il fallait au moins lui reconnaître une chose : sa coiffure de mini miss avec une longue mèche qui lui tombait sur les yeux avait été réalisée par quelqu'un qui connaissait son boulot.

« Jamal, ça suffit.

— On faisait rien de mal. On discutait.

— C'est ça que tu appelles discuter ? »

Pendant que j'attendais ma mère dehors, Mme Dixon raconta à tout le monde qu'elle se faisait du souci à mon sujet. Elle demanda aux diaconesses et aux employées de l'église de prier pour moi. Mais quand elle disait *prier*, c'était sur un ton qui les sommait de se rappeler Salomé. Avant même que ma mère me confirme tout ça en chuchotant d'une voix pressante dans sa chambre, sous le regard des porte-perruques, j'avais compris que les femmes à l'église me visaient de leurs prières acérées.

J'étais une fille discrète à l'époque. Moins par timidité que parce que je n'avais rien à dire.

« Je n'en ai pas parlé à ton père, me dit ma mère.

— Parlé de quoi ?

— De Jamal Dixon.

— Il ne s’est rien passé.
— Je sais, ma chérie. »

Une semaine plus tard, dans sa voiture, je me défendais toujours, alors qu’elle m’emmenait chez son gynéco à Decatur. La dernière fois qu’il m’avait vue, c’était à ma naissance. Et je lui dis la même chose.

« Je n’ai rien fait.
— C’est seulement pour régulariser tes cycles », répondit-il.

Au retour, comme nous étions coincées dans un embouteillage sur l’I-20, je retentai ma chance.

« Je n’ai rien fait.
— Est-ce que tu te rends compte de la chance que tu as de pouvoir prendre la pilule ? Est-ce que tu te rends compte de la chance que tu as que je t’emmène chez le médecin ?
— Mais puisque j’ai rien fait !
— Prends-la pour moi, ma chérie. Par précaution. »

Jamal Dixon fut le premier. Il me donna rendez-vous chez Marcus McCready un après-midi après l’école. Tandis que je contemplais le poster de Jayne Kennedy en maillot de bain, il s’excusa de l’attitude de sa mère. Il regrettait que je sois mêlée à ça. Il savait que j’étais une fille bien et il culpabilisait à l’idée qu’on parle de moi.

« Je m’en moque si les gens parlent de moi.
— Je suis désolé. Elle était pas comme ça, avant.
— Je comprends. »

Il me regarda et détourna les yeux.

« T’es en quelle classe ?
— En troisième.
— Je suis en première. »

Je ne tentai ni de le repousser ni de l’aguicher. J’étais curieuse de voir ce qui allait se passer. Il ressemblait en plus jeune et en plus mince à son père, que j'avais souvent admiré à la chaire. Il prêchait avec des éclats de stentor, mais chantait parfois d'une voix de ténor suave qui rappelait Al Green.

« T'es une chouette fille, dit Jamal du ton qu'on utiliserait pour amadouer un chien dont on ignore s'il pourrait mordre.

— Jolie ? »

Il hocha la tête.

« T'as de jolies lèvres. »

J'étais un peu effrayée, mais je savais que je ne risquais rien puisque j'avais pris mes précautions.

« Ne touche pas mes cheveux. Tu vas me décoiffer. »

Il s'excusa. Il s'excusa deux fois.

Après j'étais une autre, même si j'avais l'air exactement pareille.

La pilule, c'était un secret entre ma mère et moi. Mon père ne devait rien savoir du boîtier rond rose pâle, des comprimés blancs, fades mais efficaces, et des sept comprimés verts sucrés qui faisaient venir le sang. C'était une affaire de femmes. En plus, il me préférait quand j'étais son bébé, son trésor. Les pères sont comme ça. Tout ce qu'ils demandent, c'est que tu sois propre, amusante et affectueuse. Lorsqu'il rentrait du travail, j'allais lui chercher un gin-tonic, je l'embrassais sur le front et tapotais ses épaules lasses.

Si les pères ne sont pas compliqués, les maris, c'est une autre histoire. Les mariages sont une affaire délicate, mais les enfants apportent de l'amour, même dans les situations les plus épineuses. Ce sont des dons de Dieu. J'étais le bébé miracle de ma mère, un substitut pour son petit garçon mort-né. Ils avaient eu chaud, car j'étais arrivée avec quatre semaines d'avance. On avait bien failli me perdre, moi aussi. Je passai plus d'une semaine en couveuse. Ma mère ne pouvait pas se permettre de m'aimer avant d'être sûre que je vivrais, mais mon papa mit le paquet dès le départ, serrant les poings et murmurant : « Vas-y, t'es une championne, vas-y. »

Si nous avions été de vrais Africains, il m'aurait levée vers le ciel, comme le père de Kunta Kinte. À la place, il m'emmena chez Olan Mills et commanda des photos, payant un supplément pour que les portraits soient imprimés sur une toile et retouchés au pinceau. Il fit un don important à l'église et arrêta de fumer. Pendant au moins une semaine. Et même si l'habitude eut raison de sa volonté, il ne fumait jamais dans ma chambre. Il fallait repeindre les murs de la maison tous les ans pour masquer la teinte jaunâtre déposée par la fumée, mais ceux de ma chambre restèrent du même rose optimiste pendant les six ans qui suivirent ma naissance. Mon père m'aimait. Ma venue l'avait changé. C'était ce que tout le monde disait.

14

La fille d'argent

L'été avant ma dernière année au lycée fut difficile pour toute la famille. La mort de grand-ma Bunny faillit tuer mes trois parents. Je ne peux pas dire lequel en souffrit le plus, car chacun s'effondra à sa façon. L'oncle Raleigh pleurait. On dînait tous ensemble, il portait une cuillère de pommes de terre à sa bouche, ses lèvres se mettaient à trembler et il devait quitter la table. Ses yeux ruisselaient quand il conduisait. Heureusement que les passagers ne voyaient que sa nuque. Mon père buvait et se laissait aller. Ses bisous de bonne nuit piquants resteront pour moi associés au chagrin. Chez ma mère, ce n'était pas si simple de mettre le doigt sur ce qui avait changé. Elle ouvrait toujours le salon à 7 h 30 pour coiffer les vieilles dames qui se levaient à 5 heures, et fermait à 20 h 30, après s'être occupée des employées de bureau. Tout était presque pareil, sauf qu'elle me faisait penser à une vieille pochette d'allumettes. On a beau gratter, on n'obtient aucune étincelle.

J'étais aussi abattue qu'eux et je n'avais pas grand-chose pour me distraire de ma peine. Il y avait bien Jamal, mais, chaque fois qu'on était ensemble, il m'obligeait à m'agenouiller avec lui et à supplier Jésus de nous pardonner. Après la mort de ma grand-mère, je n'avais pas très envie de demander quoi que ce soit à Jésus. Je suppose que j'aurais pu pratiquer la flûte – c'était quand même pour ça que j'étais en section arts du spectacle –, mais j'étais loin d'être une virtuose. Et à quoi bon chercher du réconfort dans une activité si on est mauvais ? Restait le centre commercial.

Greenbriar n'est pas l'endroit idéal pour faire du shopping. Ce n'est pas aussi ghetto que le centre commercial du West End, mais c'est loin d'être aussi chic que Phipps Plaza. L'avantage, c'était que j'habitais assez près pour pouvoir y aller sur un coup de tête. Parfois, je m'y pointais à 10 heures, à l'ouverture, et j'écumais les boutiques une par une, même le magasin de meubles en location-vente. Je pouvais passer une heure à Pearle Vision, à essayer des montures de lunettes sans verres. J'aurais fait n'importe quoi pour ne pas me retrouver seule avec mes pensées. On avait amputé ma grand-mère de sa jambe dix-huit mois avant sa mort. La veille, elle avait téléphoné en PCV à plus de minuit. J'avais décroché dès la première sonnerie – instinct d'adolescente. J'avais accepté le PCV et appelé ma mère, qui avait pris la communication dans sa chambre, la voix enrouée de sommeil.

« Allô ?

— Laverne ? C'est moi.

— Mademoiselle Bunny ? Qu'est-ce que vous faites debout à point d'heure ? Et James et Raleigh, ils sont où ?

— Au lit.

— Qu'est-ce qu'il y a ? Si vous avez besoin de quoi que ce soit, réveillez-les. C'est pour ça qu'ils sont là.

— Laverne. Écoute, ma fille. J'ai changé d'avis. Je veux pas qu'on m'opère. Je veux pas qu'on me prenne ma jambe. Quel homme voudra de moi si je tiens plus sur mes deux jambes ?

— Vous faites pas de mouron pour ça. Allez réveiller Raleigh. Ça vous ressemble pas. Vous avez pris vos médicaments ? »

Ma mère s'interrompit et sa voix s'éleva dans la maison.

« Chaurisse Witherspoon. S'il te plaît, dis-moi que tu n'es pas au téléphone ! »

Je reposai le combiné et fis semblant de dormir. Mais je ne trouvai pas le sommeil. Toute la nuit, je pensai à ma grand-mère, suppliant qu'on épargne sa jambe parce qu'elle espérait encore plaire.

Au centre commercial, je terminais généralement par le drugstore. Il y a deux façons d'être belle, disait ma mère. D'abord, la beauté naturelle, autrement dit, celle que tu as reçue à la naissance. Tout le monde n'a pas cette chance, alors pour nous autres, pour celles qui ont un physique plus ingrat, il y a la beauté en flacon. Parfois, elle disait aussi la « beauté système D ».

Au rayon cosmétique de SupeRx, je pris un crayon à paupières. Attirée par la couleur, je l'examinai, m'efforçant de me rappeler où j'avais déjà vu ce ton de vert particulier. TRÉSOR ENTERRÉ, lisait-on en lettres dorées sur le côté, mais je n'étais pas plus avancée. Au-dessus du présentoir, il y avait un petit miroir qui permettait de placer le produit à côté de son visage pour voir si cette couleur nous irait.

Il me fallut une seconde pour réaliser que la fille dans la glace, c'était moi. Épuisée par le chagrin, usée par mes supplications, ma mère avait fini par m'autoriser à augmenter mon volume capillaire. C'était l'expression qu'on employait avec les clientes. On ne parlait jamais de *faux cheveux*. Bien que moins brutal, l'adjectif *artificiel* était également proscrit. Ma mère m'avait fixé sur le crâne quarante centimètres de fibres synthétiques aussi noires et luisantes que de l'huile de moteur. Je déplaçai le crayon de ma joue à mes cheveux. Baissant la tête, je laissai mes cheveux tomber en avant, puis les rejetai en arrière. Je souris à mon reflet et recommençai. Ces cheveux, ils étaient juste trop beaux.

J'allais répéter le mouvement une troisième fois lorsque j'entendis un drôle de bruit derrière mon épaule gauche. Un éternuement étouffé ou un petit cri. Gênée d'être surprise en train de m'admirer, je me retournai et vis une fille d'argent glisser un tube de gel pour les ongles dans son sac.

C'était comme ça que j'appelais les filles qui, non contentes d'être naturellement belles, rajoutaient une couche de beauté en flacon. Mais ce n'était pas seulement une question d'apparence, il y avait aussi la personnalité. L'expression venait d'une chanson que ma mère chantait parfois quand elle s'habillait pour sortir. Elle reprenait toujours la fin avec Aretha Franklin : « Vogue, fille d'argent... Ton tour est venu de briller. Tous tes rêves vont se réaliser. »

Je n'avais jamais eu de chance avec cette frange de la population féminine. Elles n'étaient pas à proprement parler méchantes avec moi, sauf si on compte la garce qui un après-midi m'avait coincée dans les toilettes du cinéma pendant *Purple Rain*. La plupart des filles d'argent étaient polies, surtout si leurs parents connaissaient les miens, surtout si ma mère leur coupait les cheveux, mais aucune ne m'avait jamais choisie, aucune ne m'avait jamais confié ses secrets. Quelqu'un comme Ruth Nicole Elizabeth Grant, par exemple. Ça faisait trois ans que je lui shampouinais les cheveux tous les quinze jours, et pourtant j'ignorais qu'elle sortait avec Marcus McCready jusqu'à ce qu'elle exhibe sa chevalière à son cou. Et même là, il avait fallu que je lui demande à qui elle appartenait. Et elle m'avait répondu avec une désinvolture qui montrait bien que c'était tout sauf un secret.

Les filles d'argent préféraient être copines entre elles, garder leur éclat pour elles, ce que je trouvais un peu égoïste. C'était un statut contagieux, mais il fallait avoir été choisie personnellement, et ça n'arrivait que si les deux parties le voulaient vraiment. Il ne suffisait pas d'avoir le même petit ami que l'une d'elles, par exemple. Ça faisait juste de toi une salope. Mais admettons que, plus jeune, tu n'aies pas eu beaucoup d'échanges avec les filles de ton âge, parce que tu étais toujours enfermée dans une limousine ou un salon de coiffure. Eh bien, si tu te liais avec une fille d'argent, alors elle pouvait t'apprendre à briller.

Rien de tel qu'une augmentation capillaire pour donner du courage à une fille. C'est un peu comme du champagne qui te monte directement au cerveau et te transforme en une version plus audacieuse et plus jolie de toi-même. Sachant qu'elle me regardait, je laissai tomber le crayon de maquillage dans mon sac, avec le sentiment d'être une bonne élève qui s'encanaillait.

« Salut. »

La fille d'argent passa la langue sur ses lèvres mais ne dit rien. Elle avait l'air tellement terrorisée que je me retournai pour m'assurer que la responsable du rayon ne se trouvait pas derrière moi. « Quoi ? » demandai-je, lorsque je vis qu'il n'y avait personne, à part un vieux qui examinait les pierres ponces. Elle me dévisageait, les yeux écarquillés, la respiration haletante. Je regardai autour de moi jusqu'à ce que je repère ce qui l'inquiétait : une petite caméra installée au-dessus des limes à ongles. « Ah », dis-je.

Elle ne bougeait toujours pas. Elle était là, comme Diana Ross dans *Mahogany*, prenant la pose pour le photographe fou. En dépit de l'urgence de la situation, je ne pus m'empêcher de remarquer qu'elle était sublime, même pour une fille d'argent. J'avais envie de l'embrasser sur la joue, à l'endroit où elle avait étalé du fard fuchsia. Je sais que les filles au teint clair ont plus la cote. En ce qui me concerne, ça me fait toujours plaisir de tomber sur une beauté très noire de peau, avec un visage harmonieux et une chevelure volumineuse. Celle-ci avait bien cinquante centimètres de longueur, de vrais cheveux, lourds et soyeux. Une poupée Barbie trempée dans le chocolat. C'était la fille la plus argentée que j'aie jamais vue.

« Vide ton sac, dis-je. Remets tout à sa place. »

Voyant qu'elle ne bougeait pas, je passai à l'action. Je sortis le crayon de mon Gucci trouvé au marché aux puces. Par prudence, je me débarrassai aussi de la boîte de comprimés minceur que je comptais payer à la caisse comme une cliente normale. La fille d'argent posait toujours pour un photographe invisible. J'attrapai son Louis Vuitton (une belle imitation) et en tirai des capotes, du vernis à ongles rose et un paquet de sels de bain, le genre de cadeau qu'on offrirait à sa prof.

« Hé, qu'est-ce qui ne va pas ? »

Elle réagit enfin, mais ce fut pour faire un truc idiot : elle referma son sac à l'instant où la responsable du rayon apparaissait, manquant de renverser un présentoir de produits contre l'acné dans sa précipitation.

« Suivez-moi. »

La femme devait avoir l'âge de ma mère, avec des cheveux ondulés au fer et un épais plâtras de fond de teint. La couche lisse et crémeuse s'arrêtait juste sous le menton.

« Pourquoi ? déclara la fille d'argent en rejetant ses boucles en arrière. On n'a rien fait de mal. »

Elle ponctua sa phrase en secouant encore la tête. Elle avait une chevelure de princesse. Si belle que j'avais les mains qui me démangeaient.

« Ouvrez votre sac, dit la dame de SupeRx.

— Elle n'a pas à faire quoi que ce soit, intervins-je. Elle a des droits.

— On en a toutes les deux. »

Je souris à ces mots.

« Je vais appeler mes parents. »

Je jouai la vertu outragée à présent. C'était peut-être l'influence de mes nouveaux cheveux, mais il y avait quelque chose d'irréel dans la situation. J'avais l'impression d'être dans un film, une comédie dont nous étions les vedettes, aussi belles et séduisantes l'une que l'autre.

M'ignorant, la femme fouilla dans mon sac. Ensuite, elle passa à la fille d'argent, mais on voyait bien qu'elle avait perdu tout espoir de nous punir.

« Vous lui devez des excuses », criai-je dans le dos de la responsable qui avait fait demi-tour et regagnait son poste après nous avoir ordonné de déguerpir.

Comme si nous dansions le quadrille, je glissai mon bras dans celui de ma nouvelle amie. Nous étions si proches que je sentais son parfum. Anaïs Anaïs, le même que le mien. Ses beaux cheveux empestaient la cigarette. « Tu fumes ? » lui demandai-je. Sur le trottoir bondé devant le centre commercial, les adolescentes formaient des groupes intenses. Les filles d'argent ne parlaient qu'entre elles, alors que les autres regardaient autour, espérant voir quelque chose qui les métamorphoserait. Dans la rue, les garçons conduisaient de grosses américaines customisées, équipées de rajouts de pare-chocs et de déflecteurs. Je souriais machinalement quand ils klaxonnaient. La fille d'argent aussi. Elle agitait même le bras, tout en tripotant nerveusement son collier.

« Ça va ? »

Je la tirai hors du passage pour qu'elle puisse s'appuyer contre le mur. Je la pris par les poignets.

« Dis quelque chose. »

Elle inspira par le ventre et ferma les yeux en expirant. Elle recommença, tandis que les filles qui marchaient dans notre direction lui jetaient des regards curieux et haussaient les sourcils.

« Tu fais un genre d'attaque ou quoi ? »

Enfin, elle ouvrit les yeux et laissa échapper un murmure.

« C'est une perruque ? »

Je fis un pas en arrière et me touchai le nez. Mon visage s'enflamma et, même si je n'avais pas la peau aussi claire qu'oncle Raleigh, je savais qu'elle pouvait le voir. Je tournai la tête de peur de me mettre à pleurer.

« Je ne voulais pas te blesser.

— Ça se voit, hein ? Ça fait artificiel.

— Pas vraiment. En fait, non, ça fait très naturel.

— T'essaies juste de rattraper le coup. Mais c'est la première chose que t'as dite.

— Dans ce cas, la première chose que tu m'as dite, c'est que mes cheveux sentaient la fumée.

— Non, c'est pas ce que je voulais dire. Mes cheveux aussi doivent sentir la fumée. Mon père fume deux paquets par jour.

— Le mien aussi. »

Derrière le centre commercial, il y avait des structures en béton jaunes qui ressemblaient à des muffins géants. Je n'avais jamais compris à quoi ils servaient. En dépit des petits panneaux « Ne pas toucher », ils étaient pris d'assaut par les jeunes qui s'installaient dessus pour attendre quelqu'un ou pour manger du yaourt glacé.

« Viens, on va s'asseoir », dit ma nouvelle copine en se dirigeant vers l'un des muffins. De ses bras musclés, elle se hissa au sommet. J'étais capable de grimper, mais je n'avais jamais réussi à maîtriser le mouvement fluide des filles d'argent. Je restai donc debout à côté d'elle. J'avais les yeux à peu près au niveau de sa poitrine. À présent, je voyais que son polo n'était pas un vrai Izod.

Il faisait chaud, mais rien d'exceptionnel pour juillet. Elle avait des frisottis sur les tempes et je sentais mes aisselles humides. On portait toutes les deux des jeans stretch, qui avaient fondu sur notre peau.

« T'as un job d'été ? me demanda-t-elle.

— J'étais censée bosser à Six Flags, mais au bout de quatre jours mon superviseur a commencé à être bizarre avec moi et j'ai dû arrêter.

— Sérieux ? Qu'est-ce qui s'est passé ?

— Ça n'a pas eu le temps de dégénérer, mais il trouvait toujours une bonne raison de me toucher.

— Tu l'as dit à quelqu'un ?

— J'en ai parlé à mon oncle, qui l'a répété à ma mère, qui l'a répété à mon père. Chez moi, le téléphone arabe marche super bien, expliquai-je avec un rire forcé.

— Alors il a fait quoi ?

— Qui ?

— Ton père.

— Il était tellement furieux qu'il n'arrivait plus à parler. Il bégaie, et ça empire quand il s'énerve. J'ai cru qu'il allait tuer quelqu'un. Il a sauté dans la limousine… »

Je me suis interrompue pour lui laisser le temps de dire : *Attends un peu ! Une limousine ?*

« Et après, qu'est-ce qu'il a fait ? a-t-elle simplement demandé.

— J'ai pas assisté à la scène, mais ma mère m'a dit qu'il a foutu un tel bordel qu'ils ont dû appeler la sécurité. »

J'eus un petit sourire, parce que j'aimais bien cette partie de l'histoire.

Elle passa les doigts dans ses cheveux. Je l'imitai. Mais les cheveux augmentés, c'est fait pour être vu, pas pour être touché. Les mèches restaient rigides sous mes doigts.

« Allez, sois sincère avec moi. C'est vraiment moche ?
— Mais non. C'est joli. »
Elle me parlait comme à une gamine.
« OK J'ai encore une question. Sois sincère.
— OK.
— C'est tes vrais cheveux ?
— Oui. »
On aurait cru que je lui demandais si elle croyait en Dieu ou non.
« Juré ? Je croyais qu'on était sincères !
— C'est mes vrais cheveux. »
Toujours assise sur le muffin, elle pencha la tête vers moi. Le sommet de son crâne était à la hauteur de mon visage et son collier lui pendouillait devant le nez. L'odeur de cigarette était aussi insistante que l'amour.
Les vrais cheveux sont souples. Je pris une mèche entre mes doigts.
« OK, ils sont réels.
— Je te l'avais dit. »
Elle se redressa et indiqua mon crâne.
« Je peux ? »
Je reniflai mes doigts. Ils avaient pris l'odeur de ses cheveux, un parfum douceâtre d'huile capillaire. Je levai les yeux vers sa main qui attendait au-dessus de ma tête comme si j'étais un chien qu'elle hésitait à caresser.
« Vas-y, murmurai-je. Tu peux toucher. »
Ses doigts s'enfoncèrent, ses ongles appuyant contre mon crâne.
« C'est quoi ? Ça fait un genre de crête.
— C'est là que ma mère a cousu la trame. Elle est coiffeuse. »
Je me lançai dans une explication trop détaillée, lui disant qu'il s'agissait d'un nouveau procédé appelé tissage et que ma mère était l'une des vingt coiffeuses de la

ville à le pratiquer. Ça allait faire un carton, pérorai-je. Je continuai à discourir, tandis que ses mains prudentes exploraient mon crâne. Les passants, même les autres filles d'argent, se retournaient et parlaient de nous. Les personnes âgées risquaient un bref regard vers nous et se détournaient aussitôt, comme si elles avaient surpris un couple en train de s'embrasser dans le métro. C'était horrible d'imaginer l'effet de mes cheveux synthétiques sous ses vrais doigts. C'est pareil quand on va trop loin avec un garçon qu'on ne connaît pas très bien. On n'y prend plus aucun plaisir, mais il est trop tard pour lui dire d'arrêter.

Enfin, elle s'écarta.

« Excuse-moi. »

Je ris, m'efforçant de prendre un air désinvolte.

« Alors, tu t'appelles comment ? »

Elle porta la main à son collier.

« Arrête de le tripoter, tu vas finir par le casser.

— Je sais. J'ai déjà dû le faire réparer deux fois.

— Alors, tu t'appelles comment ? Moi, c'est Chaurisse », ajoutai-je comme elle ne répondait pas.

Elle se contenta de hocher la tête.

« Mon vrai nom, c'est Bunny – je sais, c'est bizarre –, mais tout le monde m'appelle Chaurisse. »

Contrairement à la plupart des gens, elle ne rit pas. La mention de mon nom pendant l'appel avait déclenché l'hilarité de classes entières. Elle, elle tressaillit.

« C'était le nom de ma grand-mère. »

Le souvenir de grand-ma Bunny remonta, m'aveuglant comme le flash d'un appareil photo. Ma gorge se serra et je sentis un nœud derrière mes yeux, le début d'une migraine.

« Elle me manque.

— Je m'appelle Dana, dit-elle soudain, le doigt entortillé dans son collier.

— Dana, répétai-je.

— Dana.

— Attends, je vais te filer une carte de visite. Ma mère a un salon de coiffure. Appelle-moi, je te ferai un shampoing-coiffage. Cadeau de la maison. Ou peut-être qu'on pourrait se revoir. »

Elle prit la carte et la glissa dans son sac. J'en sortis une autre.

« Tu n'as qu'à écrire ton numéro au dos. »

Je cherchai un stylo, mais ne trouvai qu'un crayon bleu pour les yeux.

« Ça fera l'affaire. »

Elle regarda la marque.

« C'est cher.

— Il est à ma mère. Elle s'en sert pas. Tu le veux ? »

Elle fit tourner le crayon entre ses mains.

« Pour de vrai ?

— Non, pour rire. »

Elle parut décontenancée, et peut-être un peu blessée.

« Mais non. Tu peux le garder. »

Elle le rangea avec un petit hochement de tête.

« Écris d'abord ton numéro.

— J'ai pas le droit. On est sur liste rouge et ma mère n'aime pas quand les gens appellent à la maison.

— Ah bon. »

Est-ce qu'elle était en train de m'embrouiller ? Je ne connaissais que deux personnes qui ne pouvaient pas donner leur numéro. L'une était Maria Simpson, et c'était parce que ses parents étaient vieux. L'autre était Angelique Fontnot, et là je pouvais comprendre, parce que son père était conseiller municipal ou un truc dans ce genre.

« Je t'appellerai. Promis juré.

— OK.

— Faut que j'y aille. Je suis déjà en retard.

— T'enfuis pas. On va venir me chercher. T'es déjà montée dans une limousine ?

— Non. J'ai pas le droit. »

Et, telle Cendrillon, elle disparut.

15

Les filles, c'est trop compliqué

Un salon de coiffure, c'est un peu un confessionnal. Le Renard Rose est un espace encore plus intime qu'un salon traditionnel, parce qu'il est installé dans notre maison. Si une cliente a une envie pressante, elle va dans la salle de bains où je me douche le matin. En cas de besoin, il arrive qu'elle prenne une serviette hygiénique sous le lavabo. Sans parler du fait que certaines se faisaient déjà coiffer par ma mère avant ma naissance.

Avec ses deux fauteuils, son bac à shampoing et ses trois casques sèche-cheveux, Le Renard Rose représentait une sacrée avancée par rapport à l'époque où ma mère, assise sur le perron, appâtait la clientèle pour sa propre mère. « Mlle Mattie lisse les cheveux aujourd'hui. Deux dollars ! » Elle avait commencé par louer un siège dans un salon d'Ashby Street. En 1967, elle gagnait correctement sa vie et Witherspoon Sedans faisait de bons profits. Mes parents avaient assez d'argent pour un apport et l'oncle Raleigh décida qu'il était temps pour lui de vivre seul. Les barricades érigées par les habitants de Peyton Road dans les années 1960 afin d'empêcher les Afro-Américains de s'installer appartenaient au passé ; le maire s'était excusé, et les Noirs investissaient la ville, tandis que les Blancs refluaient vers la banlieue résidentielle.

Il y avait donc le choix. Au volant de la Lincoln, mes parents parcouraient lentement Cascade Heights, comme s'ils défilaient devant les cages à la fourrière, à la recherche du chiot de leurs rêves. Mon père penchait pour une maison neuve, parce qu'il n'avait pas envie d'un endroit où « d'autres avaient mangé ». Ma mère s'en moquait, elle voulait seulement le chauffage central. Le 739 Lynhurst Drive, trois chambres de plain-pied dans un quartier animé à deux pas de l'arrêt de bus, était encore moins cher à cause du garage converti en institut de beauté. Une pancarte en bois plantée dans la pelouse annonçait : « Le Renard Rose de Chaurisse ».

Mariée depuis neuf ans, sans avoir terminé le lycée, sans même l'excuse d'un bébé, ma mère n'avait guère eu de chance jusque-là. Les cadeaux de la vie étaient suffisamment rares pour attirer son attention quand ils se présentaient, et elle avait assez de jugeote pour sauter sur une bonne affaire avant qu'elle lui échappe.

« Est-ce qu'on peut venir sans rendez-vous ? »

La réponse à cette question était « parfois ». Le Renard Rose était un petit salon. Je faisais office de shampouineuse. J'étais capable de réaliser un shampoing-coiffage et quelques prestations sans produits chimiques, tandis que ma mère s'occupait des femmes qui avaient pris leur rendez-vous trois semaines à l'avance. On était début novembre, mais il y avait tellement de monde qu'on se serait cru à l'approche du premier de l'an. Entre le bal des débutantes de Sigma Gamma Rho, la fête de Clark College et la prolongation de *The Wiz*, on ne savait plus où donner de la tête. Mon père aurait sans doute fait une attaque s'il avait appris que j'avais raté l'école une journée pour aider au salon, mais je ne m'inquiétais pas pour ça : l'an prochain j'aurais quitté le lycée. L'horloge au-dessus du siège numéro deux affichait 15 h 45. Ma mère faisait un brushing à la cliente installée dans le meilleur fauteuil. Penchée sur le bac à shampoing, je rinçais les cheveux d'une femme enceinte qui s'était gratté le crâne la veille, alors qu'elle avait pris rendez-vous pour une retouche ; la puissance du jet sur les brûlures dues aux produits chimiques la faisait hurler.

« J'ai presque fini, dis-je, levant les yeux vers la nouvelle arrivante qui n'était autre que Dana, ma Cendrillon d'argent. Salut ! repris-je. Je m'attendais pas à te voir si vite !

— On est complet aujourd'hui, jeune fille, intervint ma mère.

— Tu peux revenir demain ? demandai-je. Je serai là.

— C'est pas grave. J'ai envie de tout couper. Je suppose que je pourrais aussi bien aller chez un coiffeur pour hommes. »

Si elle avait annoncé qu'elle allait se mettre la tête dans le four, le choc n'aurait pas été plus grand. Toutes les conversations s'interrompirent. La fille enceinte se redressa pour regarder Dana. La vieille dame du fauteuil numéro un fronça tellement les sourcils que son visage parut se replier sur lui-même. Seule ma mère garda son sang-froid.

« Allons, pourquoi tu veux faire une chose pareille, ma belle ?

— J'ai juste envie de les couper. Les cheveux longs, c'est trop de boulot. J'en ai assez de vivre comme ça. »

Ma mère la regarda attentivement. Elle tâchait sans doute de déterminer si Dana avait réellement l'intention de massacrer sa sublime chevelure. Malgré la queue-de-cheval, on devinait une cascade de boucles soyeuses. La nature ne distribue pas ses bienfaits équitablement.

« Tu as quel âge ?

— Dix-sept ans. Et demi. C'est mon demi-anniversaire.

— Tu es trop jeune pour te mutiler. Reviens dans six mois si tu veux vraiment faire une bêtise.

— Je peux m'asseoir ? Je ne resterai pas longtemps.

— Chaurisse, quand tu auras fini ton rinçage, applique un soin aux protéines, puis fais monter cette demoiselle et offre-lui un Coca.

— D'accord. »

N'oublions pas que c'était le premier trimestre de mon année de terminale. Au lycée, les autres avaient de grands projets et n'arrêtaient pas d'en parler. Northside avait une section arts du spectacle, comme dans le film *Fame*. En troisième, quand j'avais été acceptée, j'espérais accéder à une fac de renom grâce à la flûte et au piccolo. Ce qui était totalement improbable, même si j'avais eu du talent. Trois ans et demi plus tard, plus personne n'envisageait que je poursuive des études musicales sérieuses. La conseillère d'orientation m'encourageait à poser ma candidature dans les meilleures universités féminines, sous prétexte que ce serait bon pour mon amour-propre. Elle-même était une ancienne de Smith qui, selon elle, cherchait peut-être à s'ouvrir à la diversité. Avec son aide, j'envoyai mon dossier aux facs dites des Sept Sœurs, les grands établissements historiques de la côte est, ainsi qu'à Spelman, l'université féminine noire d'Atlanta. « La belle-sœur », me dit-elle avec un sourire malicieux.

Ma mère voulait que j'aille à Spelman, parce que c'était son rêve d'étudier là-bas à mon âge. Sa prof d'économie domestique, celle qui rappelait aux élèves de ne pas oublier leur dignité, était elle-même une ancienne de Spelman et elle éblouissait ma mère en lui montrant des portraits de jeunes Noires aux cheveux lissés, avec un chrysanthème à leur corsage.

Je faisais semblant de trouver les universités féminines sans intérêt et d'être au-dessus de tout ça. « Les filles m'ennuient. » Je fis également des pieds et des mains pour postuler à la FAMU, la fac noire de la Floride. La vérité, c'était que Spelman me terrifiait et m'attirait à la fois. Lorsque j'expliquais pourquoi je ne tenais pas plus que ça à avoir des copines, je prétextais que les filles étaient trop compliquées, mais je mentais. En réalité, je n'avais qu'une envie, c'était d'avoir une amie à qui me confier. Je voulais m'épancher, partager tout ce que je savais.

Lorsque j'étais tombée sur Dana à SupeRx, je n'étais pas sûre qu'elle pourrait jouer ce rôle, qu'elle serait capable de comprendre mes difficultés, car les beautés à la chevelure de rêve évoluaient dans un autre monde. Quand j'avais ce genre de pensées, j'entendais la voix de la conseillère d'orientation qui me parlait de Smith et d'estime de soi. Mais je n'étais pas folle. J'avais des yeux. Et je voyais bien comment ça se passait.

Dana monta l'escalier qui reliait Le Renard Rose à la maison avec le même air perturbé et effrayé qu'elle avait au centre commercial. Ma mère et oncle Raleigh l'avaient construit eux-mêmes lorsque j'avais une dizaine d'années. Ils avaient travaillé tous les lundis pendant l'été, préparant le ciment dans une brouette et buvant de petites canettes de bière. Dana s'arrêta en haut des marches et se toucha le front, comme pour vérifier qu'elle n'avait pas la fièvre.

« La porte est ouverte. Tu peux y aller. »

Elle hésita et s'essuya sur son jean.

« T'es sûre ?

— Oui, allez. »

Elle entra dans cuisine, marchant avec autant de précaution que si on venait de passer la serpillière.

« Ça va ?

— C'est là que vous mangez ? Dans la cuisine ? Ou vous avez une salle à manger ?

— Pas la peine de murmurer. Oui, on mange dans la cuisine.

— Et tu t'assieds où ? Comment ça se fait que vous ayez quatre sets de table ? Qui mange avec vous ? »

Elle passa les mains sur une chaise et prit un des sets à carreaux.

« T'es sûre que ça va ?

— Ton père, il s'assied où ? »

J'indiquai la place la plus proche de la fenêtre.

« Là. »

Elle s'assit et posa les mains de chaque côté du set. Elle hocha la tête, l'air satisfaite.

« T'es bizarre. Tu veux un Coca ?

— Oui. Tu peux le mettre dans un verre ? »

Je versai le Coca sur des glaçons et le lui tendit.

« Alors, qu'est-ce qu'il y a ? »

Je m'adressai à elle comme à une vieille copine, une astuce que j'avais apprise en observant les garçons. Si on parle intime, on devient intime. Personne ne m'avait jamais fait un tel effet, même Jamal. Le truc que je ressentais pour Dana venait de sous mon crâne, se propageait jusqu'à mes oreilles, descendait le long de ma nuque et de ma colonne vertébrale. Les filles comme nous, les filles qui se sont trouvées, on est aussi à vif qu'une dent cassée.

« C'est toi qui m'as dit de passer. Tu m'as donné ta carte.

— Te fais pas couper les cheveux, tu le regretteras, je te promets.

— Je me voyais bien avec une coupe genre Anita Baker. Court sur les côtés et du volume sur le dessus.

— Les cheveux courts, c'est bien pour les gens qui n'en ont pas beaucoup.

— Où est ton père ?

— Mon père ? dis-je en haussant les épaules. Il attend les clients à l'aéroport. Qu'est-ce que ça peut te faire ?

— Rien, je demandais juste comme ça.

— Alors, qu'est-ce qu'il y a ? »

Je voulais qu'elle admette qu'elle s'intéressait à moi. Je sais comment les gens curieux se comportent. Mon père disait des garçons qu'ils reniflaient. Je l'avais entendu avouer à Raleigh : « J'aurais jamais cru que ça me perturberait autant, tous ces gaillards qui tournent autour de ma fille et qui la reniflent. » Ça dit bien ce que ça veut dire. Ça donne une idée de l'animalité de la chose. Mais il n'y a pas que les garçons. Les filles aussi le font, quand elles ont envie d'en savoir plus.

Elle ne répondit pas, trop occupée à regarder autour d'elle. À croire que c'était la première fois qu'elle entrait dans une cuisine. Elle ouvrit les tiroirs, prit une cuillère et fronça les sourcils devant son reflet.

« Je peux jeter un œil dans le frigo ? »

Elle regarda longuement à l'intérieur, comme si elle comptait les boîtes de soda au citron de ma mère alignées sur les clayettes. Puis elle ouvrit le congélateur.

« Pas de distributeur de glaçons ? »

Je haussai les épaules, mais je me sentais presque honteuse.

« Les bacs à glaçons, ça marche très bien.

— Vous avez que des appareils neufs ? La cuisinière est électrique ?

— Je m'en fous. C'est ma mère qui fait à manger.

— Elle fait la cuisine tous les jours ?

— On sort dîner, parfois. Tous ensemble. Au Red Lobster. Au Piccadilly.

— Ton père a déjà emmené ta mère au Mansion ?

— Pour leur anniversaire de mariage, peut-être. Maintenant, assieds-toi. Arrête de changer de sujet et dis-moi ce qui t'amène. »

C'était un truc dont je me servais avec Jamal pour l'encourager à se confier.

« Laisse tomber, dit-elle en reprenant la chaise de mon père, reniflant l'air comme un lapin. Ça sent la clope.

— Mon père fume comme un pompier. »

Elle tourna vivement la tête vers moi.

« Ta mère l'autorise à fumer à l'intérieur ?

— Quand il veut faire quelque chose, personne ne pourrait l'en empêcher. »

En dessous de nous, ma mère devait se demander ce que je fabriquais. Les jours où il y avait du monde, j'étais chargée de shampouiner les clientes aussi rapidement que possible. Une femme qui a les cheveux secs risque de partir si l'attente devient trop longue, en revanche, elle n'ira nulle part avec la tête mouillée. Je dois les conduire au bac et les retenir en otage.

« Tu me laisseras te faire un shampoing-coiffage ?

— Je sais pas. J'ai d'autres soucis en ce moment. C'est ce que j'essayais de te dire. »

Je la regardai plus attentivement.

« T'es enceinte ? » murmurai-je.

Elle éclata de rire.

« Pourquoi est-ce que les gens s'imaginent que c'est le seul problème qu'une fille peut avoir ?

— Mais tu l'es ?

— J'ai cru l'être, une fois.

— Moi aussi.

— C'était idiot, parce que je prenais la pilule.

— Moi aussi !

— Mais on peut jamais être sûre à cent pour cent. »

Les coïncidences me donnaient le vertige.

« Je sais ! »

Elle sourit et avança la main comme pour me toucher, mais elle n'alla pas au bout de son geste.

« J'ai trop de trucs à penser. Je vais postuler à Mount Holyoke. Si je suis prise, je signe tout de suite. Et toi, tu vas où à la fac ?

— J'en sais rien.

— T'as écrit où ?

— Oh là, un tas d'endroits.

— À Mount Holyoke ?

— Si c'est une des Sept Sœurs, oui, mais Spelman est la seule qui m'intéresse vraiment.

— Si t'es admise, tu iras ?

— Je suppose que oui. Mais change pas de sujet. Qu'est-ce que tu fais là ? »

Elle haussa les sourcils et passa la main dans la queue-de-cheval au sommet de son crâne.

« Peut-être que je veux juste qu'on soit amies. »

Je ne voulais pas qu'elle me parle comme ça. *Je veux juste qu'on soit amies*. Quand on veut être l'ami de quelqu'un, on ne le dit pas, on le fait. On lui prend la main, on l'écoute.

« Fais pas cette tête. Je suis venue ici pour te remercier de m'avoir sauvé la mise au magasin, la dernière fois. »

Elle m'adressa un sourire incertain.

« Tu peux me coiffer, si tu veux. »

Il y eut un bruit sous nos pieds. Dans le salon, ma mère donnait des coups de balai au plafond.

« Faut que je redescende. Je suis payée à l'heure.

— Elle te paie pour travailler avec elle ?

— Cinq dollars de l'heure.

— Tu es proche de ton père ?

— Je l'étais quand j'étais petite. C'est différent, maintenant.

— Moi aussi, dit-elle avec un petit soupir. C'est trop pour lui, ajouta-t-elle, indiquant son visage et sa poitrine.

— Je connais ça. C'est trop, et il n'en sait pas la moitié.

— Exactement.

— Il faut vraiment que je redescende. Tu veux un shampoing-coiffage ou pas ?

— Je veux voir ta chambre.

— La prochaine fois. »

Elle pivota sur son pied de gauche, embrassant la pièce du regard une dernière fois.

« Elle a rien de spécial, ta cuisine.

— Personne a dit le contraire. »

Comme j'ouvrais la porte, j'entendis ses bracelets de cuivre tinter derrière moi. J'eus juste le temps de la voir glisser la serviette de mon père dans son faux Vuitton.

En bas, ma mère était en train de faire un brushing à la cliente à qui j'avais lavé les cheveux. D'après la grande horloge avec des ciseaux à la place des aiguilles, on ne s'était absentées que quinze minutes.

« Alors, on est revenue à la raison ? demanda maman.

— Oui, madame, répondit Dana.

— C'est bien, lui dit-elle avec un sourire amical. Repasse un autre jour et on te fera quelque chose de joli.

— Demain ?

— Non, demain j'ai des projets. »

Elle battit des cils et les clientes éclatèrent de rire.

« Mon mari m'emmène dîner. Je vais essayer de me faire une tête présentable. Et toi, jeune fille, ne t'avise pas de te couper les cheveux avant qu'on se revoie.

— Oui, madame. »

Dana semblait une autre personne. J'avais d'abord cru qu'elle se retenait de rire, mais à présent j'avais l'impression qu'elle était au bord des larmes.

« Maintenant, vas-y. Chaurisse a du travail. »

Je hochai la tête et dévissai le couvercle d'un grand flacon d'huile capillaire. Dana s'arrêta sur le seuil, la main sur la barre, nous regardant comme si elle s'apprêtait à partir à la guerre.

« Au revoir », dit-elle.

Elle n'était pas au bout de l'allée que tout le monde parlait d'elle.

« Il y a de la tristesse chez cette gamine, dit ma mère.

— C'est ce que j'allais dire, ajouta la femme enceinte. Je me demande dans quel genre de foyer elle vit.

— Elle me rappelle une fille que je connaissais au lycée, reprit ma mère. Elle avait eu un bébé de son père. Elle avait le même air déprimé.

— Une si jolie fille, soupira la vieille dame. Et tous ces cheveux.

— La beauté ne fait pas tout, intervins-je.

— Tu es jalouse, Chaurisse ? demanda ma mère.

— Non. Je dis juste que ce n'est pas aussi simple. Et elle a peut-être de bons parents. Elle se sent peut-être seule. Il y a un tas de gens qui se sentent seuls. »

Le mercredi soir, ma mère et moi dînions en tête à tête. Elle terminait de préparer une grosse salade. Elle faisait attention à ce qu'elle mangeait. J'avais l'impression de toujours l'avoir connue au régime. Sous mon pied, j'ai une tache de naissance, comme une série d'éclaboussures plus sombres. Des pépins d'orange, paraît-il. À l'époque, il y avait une rumeur à propos de la vitamine C. Les femmes qui en consommaient beaucoup étaient censées perdre du poids plus rapidement après l'accouchement. Ma mère avait pris deux tailles après ma naissance et depuis elle faisait un bon 48, ce qui lui donnait le privilège de s'habiller au rayon grandes tailles.

Je sortis deux canettes de Coca du frigo, Light pour ma mère, normal pour moi.

« Tu veux un verre, maman ?

— Pas la peine. »

Nous étions assises face à face, elle à 9 heures, moi à 3. Les places à midi et 6 heures étaient réservées à mon père et à oncle Raleigh, même quand ils n'étaient pas là.

Elle pressa un peu de citron sur sa salade, tandis que j'arrosais généreusement la mienne de sauce.

« À quoi bon manger de la salade si c'est pour faire ça ?

— Je sais. »

Elle secoua la tête.

« Ta copine, cet après-midi, j'ai l'impression de l'avoir déjà vue quelque part. C'est quoi, son histoire ?

— Je ne sais pas trop, en fait.

— Elle me met mal à l'aise.

— Elle est sympa. Je crois que je l'aime bien.

— Elle t'a dit ce qui n'allait pas ? Elle est enceinte ?

— Elle s'inquiète au sujet de la fac. C'est de ça qu'on a parlé.

— C'est bien qu'elle se préoccupe de ses études. C'est marrant, je n'aurais pas cru que c'était le genre.

— L'habit ne fait pas le moine.

— Et toi, tu t'inquiètes au sujet de l'université ?

— Qu'est-ce que tu penses de Mount Holyoke ? C'est là que Dana veut aller.

— Jamais entendu parler, mais ça peut pas être mieux que Spelman. C'est là que je serais allée si les choses s'étaient passées différemment. »

Ma mère termina son assiette et la contempla avec une sorte d'absence insatisfaite. Elle prit un cracker et le grignota lentement. Puis elle se frotta les yeux.

« Ton père va rentrer tout à l'heure. Qu'est-ce qu'il aura envie de manger, à ton avis ? »

Elle se leva et sortit quatre cuisses de poulet du congélateur qu'elle plaça dans un saladier d'eau chaude.

« Il vaut mieux que je prévoie aussi pour Raleigh.

— Oui. Tant qu'à faire. »

16

La suite, on la connaît tous

À trois mois, j'étais sujette à des coliques très douloureuses. Dans ces cas-là, seul mon père savait me calmer. Je me réveillais en pleurs, poussant des hurlements de souffrance aigus. Il se levait, venait dans ma chambre, m'enveloppait dans des couvertures, et on passait le reste de la nuit à parcourir les petites routes du comté de DeKalb dans la Lincoln. Ce n'était pas seulement l'air frais qui m'apaisait, bien que j'aime toujours rouler avec les vitres ouvertes, été comme hiver. C'était la conduite. À la même époque, Raleigh m'avait commandé une chaise à bascule jaune et rose par correspondance. Il l'assembla avec un tournevis plat et une clé Allen. Une fois le siège stable et solide, l'oncle Raleigh et ma mère attendirent que je pleure. Ce qui était fréquent, car j'étais née prématurée et j'avais failli y rester. Au premier gémissement, ils m'assirent sur la chaise, m'attachèrent et entreprirent de me bercer. Lorsque les pleurs se transformèrent en hurlements, mon père intervint et leur dit de ne pas s'acharner.

Pendant que tous les deux nous explorions les abords du lac Niskey, au sud-ouest d'Atlanta, et sillonnions les chemins tortueux du cimetière West View, ma mère et Raleigh démontèrent le siège à bascule et le remirent dans son carton. Ses balancements me laissaient indifférente.

Ce que j'aimais, c'était filer droit devant en écoutant le ronronnement paisible d'un moteur bien réglé.

Il continua à m'emmener en voiture, même après que j'avais arrêté de pleurer la nuit. Aujourd'hui, c'est interdit de rouler avec une fillette de trois ans sur les genoux, pourtant ça reste un de mes meilleurs souvenirs d'enfance. Je revois mes bras qui se tendaient vers le volant et mon père qui disait : « C'est bien, trésor. C'est bien. » Lorsque j'eus douze ans, il passa à l'étape suivante.

Légalement, je n'étais pas censée conduire avant seize ans, mais j'étais prête. Je reçus ma première leçon devant l'usine Ford, à côté de l'I-75. On y allait le dimanche, quand les trois mille ouvriers étaient au fond de leurs lits et l'immense parking, presque désert.

« Tu sais quoi ? me dit mon père la première fois. Conduire est la chose la plus importante que tu apprendras dans ta vie. Quand j'étais plus jeune, je faisais le chauffeur pour les Blancs chez qui ma mère travaillait. Au début, lorsque j'avais quinze, seize ans, j'enviais celui qui était à l'arrière. Je rêvais de trouver un homme avec une casquette qui m'attendrait à la sortie de l'école, pour m'emmener où je voudrais.

— Tu voulais aller où ?

— Je ne suis pas sûr que je le savais moi-même. J'imaginais sans doute que la voiture me conduirait à Atlanta. Ou simplement dans un vrai restaurant, où je pourrais m'asseoir et manger quelque chose de bon. Un steak avec un verre de thé glacé. Ou une pomme de terre en robe des champs. J'étais un gamin de la campagne : ça me semblait le comble du raffinement. De la crème sur une patate. J'en avais jamais goûté mais j'avais toujours entendu les Blancs en réclamer ou dire qu'ils n'en voulaient pas… T'aurais pas cru que ton papa pouvait être aussi bête, hein ? » ajouta-t-il en haussant les épaules.

Je lui rendis son sourire et m'efforçai de l'imaginer petit garçon. J'avais vu des photos scolaires en noir et blanc, dont les tons fanés formaient un gris indistinct. Jimmy Witherspoon inscrit juste au-dessous du col de sa chemise blanche. Lorsque je passais un mois chez ma grand-mère, en été, c'était la première chose que je voyais à mon réveil, mais mon cerveau avait du mal à assimiler que ce Jimmy Witherspoon à l'œil paresseux et au sourire plein d'assurance était mon père.

« Donc, ce rêve que j'avais d'avoir mon propre chauffeur m'a amené à réfléchir au genre de métier que je devrais faire pour y arriver. Les employeurs blancs de ma mère, ils avaient de l'argent parce qu'ils possédaient l'usine à papier. Mais moi, il était pas question que je travaille là-bas. Rien que l'odeur me donnait envie de partir en courant, et j'aurais pas subi ça pour tout l'or du monde. Je n'avais pas d'idée et ça commençait à me miner. C'était idiot, mais je voulais me faire trimballer par un chauffeur blanc, histoire de voir ce que ça faisait. »

Il éclata de rire.

« J'avais l'imagination qui carburait. Un Noir avec un chauffeur, fallait déjà être malade, mais embaucher un Blanc pour le faire ? De la folie furieuse. N'empêche, c'était mon rêve et Raleigh était le seul à être au courant.

— Qu'est-ce qu'il a dit ?

— Tu sais comment il est. Les grands discours, c'est pas son truc. Il m'a demandé si je laisserais mon chauffeur entrer par la porte principale ou s'il devrait passer par-derrière quand il viendrait travailler. Par-devant, j'ai répondu. Alors il m'a dit que je n'avais qu'à me faire conduire par un Noir à la peau très claire, comme ça tout le monde penserait que j'avais un chauffeur blanc, sans que j'aie à me taper tous les problèmes qui m'attendaient si je voulais vraiment commander à un Blanc. J'ai éclaté de rire et lui ai répondu qu'il y avait pas plus arrogant qu'un Nègre à la peau claire. Je crois que ça l'a vexé, mais je ne parlais pas de lui. Ton oncle, c'est un cas à part, tu sais. »

Je le savais, oui.

« Tout ça pour dire que c'est Raleigh qui m'a donné l'idée de monter ma boîte. Mais une chose à la fois. C'est une bonne histoire et je veux la raconter dans l'ordre.

« Donc, je faisais le chauffeur pour cette famille. Au début, Raleigh et moi, on conduisait à tour de rôle, mais les Blancs n'aimaient pas trop quand c'était Raleigh. C'est comme ça que je suis devenu chauffeur à plein temps et qu'il s'est retrouvé à la papeterie. Même s'il puait la mort lorsqu'il rentrait le soir, ni Laverne ni moi on lui a jamais fait de remarque. À quoi bon ? Il avait un nez. On attendait qu'il se soit lavé pour dîner, mais il sentait toujours l'usine.

« Un jour, la femme m'a demandé de l'emmener quelque part. Elle était bien habillée, chapeau, gants, bouche peinte en rose à l'endroit où elle aurait dû avoir des lèvres. Je lui ai ouvert la portière, je l'ai refermée et on est partis. Pas de radio, rien que nous deux à écouter la respiration de l'autre. Je roulais et j'ai vu un panneau à gauche qui indiquait l'autoroute. Je passais tous les jours devant, mais c'était la première fois que je le remarquais vraiment et je me suis dit que je n'avais qu'à donner un petit coup de volant pour aller où je voulais. Ma patronne à l'arrière, elle aurait rien pu faire. Je me suis mis à rire, à rire à gorge déployée. Je riais tellement que j'ai cru que j'allais m'étouffer. Je voyais l'autre derrière moi qui commençait à s'inquiéter. Elle devait se demander si elle était coincée dans une voiture avec un Nègre fou. Tout ce que j'avais à faire, c'était ça. »

Il tourna le volant à gauche, changeant de voie.

« Et elle et moi, on se serait retrouvés à filer vers Hilton Head. Tu comprends ce que je dis, Chaurisse ? Il faut avoir drôlement confiance pour laisser le volant à quelqu'un. Les gens pensent pas à ces choses-là : il y a qu'à les voir se jeter sur les taxis du centre-ville, alors qu'ils ne savent même pas qui conduit. C'est pour ça que je ne prends pas l'avion non plus. Et moi je riais toujours comme un bossu. À la fin, j'ai cru que la femme allait être malade. Je me suis vite ressaisi et j'ai pris un air à peu près sérieux. Mais ça cogitait là-dedans.

« J'avais qu'une hâte, c'était de tout raconter à Raleigh. Il venait de rentrer de la papeterie. D'habitude, je l'embêtais pas, à cause de l'odeur, et aussi parce qu'il n'aimait pas avoir des gens dans les pattes avant d'avoir soufflé. Mais il fallait que je lui raconte. Il a monté les marches du perron et je lui ai à peine laissé le temps d'ouvrir la porte : "Je veux pas qu'on me conduise. Celui qu'est au volant, c'est lui qui commande, en fait."

« Il m'a regardé, genre "C'est maintenant que tu t'en aperçois ?". Ton oncle, c'est quelqu'un de très intelligent, tu sais. C'est Albert Einstein et George Washington Carver réunis. Puis il a dit : "On peut en discuter après mon bain ?"

« Alors j'ai attendu. Ta maman était en train de faire frire du poisson. On était mariés depuis deux ans, peut-être trois, et elle commençait enfin à maîtriser la cuisine. Une fois, elle a manqué de nous empoisonner. Je t'ai jamais raconté cette histoire ? On en rit maintenant, mais à l'époque on n'a pas trouvé ça très drôle.

« J'étais obsédé par ma découverte. Et Raleigh, il en finissait pas de se décrasser. On dirait pas aujourd'hui, mais dans le temps il était joli garçon. Il se tartinait les bras d'huile d'amande douce pour aplatir les poils. Tu vois le genre. Donc, quand il nous a rejoints, j'avais déjà tout expliqué à ta mère, qui n'avait pas l'air plus surprise que ça.

« On s'assoit tous à table. Laverne était encore très dévote à l'époque. Il fallait réciter le bénédicité et elle terminait toujours par : “Et Jésus pleura” ; une vieille coutume familiale. Raleigh s'est servi en poisson et je n'ai pas pu me retenir plus longtemps. “Tu m'as pas dit ce que tu pensais de mon idée”, je lui fais. “Quelle idée ?” il demande. “Quand on conduit la voiture, on est le patron. T'y as jamais pensé ?” “Le patron, c'est celui qui te paie.” “Mais chaque fois qu'ils montent avec moi, ils me confient leur vie.” Et Laverne d'ajouter : “C'est vrai.” »

Mon père éclata de rire.

« Quand tu étais petite, ta mère c'était “Oui, chéri” par-ci, “Oui, chéri” par-là. C'était le bon temps. La vie n'était pas facile, mais c'était le bon temps.

« Pour revenir à mon histoire, Raleigh a dit que le patron, c'était le propriétaire de la voiture. Et ça a été le déclic : il fallait que j'aie ma propre voiture et que les gens me paient pour que je les emmène où ils voulaient.

« On ne peut pas dire que les deux autres étaient enthousiastes. On rêvait tous de vivre mieux. Ta mère lavait le linge des Blancs et n'avait pas de diplôme. Raleigh et moi, on avait fini le lycée, mais on n'avait ni l'un ni l'autre un travail dont on pouvait être fiers. On était en quelle année ? 1960 ? 1962 ? Quelque chose comme ça. On était jeunes et prêts à se lancer dans la vie. Raleigh avait envie d'aller à l'université. Il ne savait pas à quoi ça l'avancerait, mais il était tellement motivé qu'il parlait de s'engager dans l'armée pour qu'on lui paie ses études. Je lui ai dit : “Ça va pas la tête ?” Il a de la chance de pas avoir été mobilisé. Quoi qu'il en soit, j'ai mis de l'argent de côté et ma mère m'a donné ce qu'elle avait. Raleigh et Laverne m'ont prêté leurs économies. Ils avaient d'autres projets, mais j'étais confiant. Si ça se passait comme je l'espérais, ils auraient plus qu'il leur en fallait pour la fac et l'école de coiffure. J'ai acheté ma première voiture. La Plymouth. Elle n'était pas aussi belle que la Lincoln, mais je la bichonnais. J'avais glissé un petit coussin parfumé sous le siège. Ta mère le bourrait de bâtons de cannelle et de choses qui sentaient bon ; elle l'avait même brodé.

« J'ai commencé à transporter les gens de couleur, pas les riches : personne ne va payer pour une voiture qui est moins bien que la sienne. On louait mes services pour les grandes occasions, les enterrements et les mariages. Au bout de deux ans, j'ai rendu leur argent à Laverne et à ma mère. J'ai dit à Raleigh que j'étais prêt à lui rembourser aussi son investissement ; j'avais la somme dans une enveloppe marron, ça faisait très officiel et tout. Je lui ai dit : "Tiens, voilà ton argent, chaque sou, avec les intérêts. Tout est là et je peux te le donner. Mais j'ai une proposition. Si tu veux, on économise pour une autre voiture et on s'associe. Cinquante-cinquante."

Et voilà. La suite, on la connaît tous. »

17

Le prix fort

Dans les années 1980, on pouvait encore fumer dans les restaurants, mais uniquement dans la section réservée. Je ne fume pas et je ne fumerai jamais. Je refuse même de sortir avec des fumeurs. Leurs baisers au goût de cendrier me font trop penser à mon père. Malgré tout, je ressens un petit élan de compassion chaque fois que je vois un panneau « Interdit de fumer ». La barre oblique me paraît dure et presque cruelle. Il prenait l'interdiction personnellement. Ça lui rappelait le Mississippi. Il riait et sortait toujours la même blague désabusée : « Juste comme on avait supprimé les panneaux "Interdit aux gens de couleur", ils ont trouvé un nouveau moyen de m'exclure. Pas vrai, Raleigh ? » Et mon oncle en rajoutait une couche : « Quand c'est pas une chose, c'en est une autre. »

« Je sais », disais-je, pensant moins à l'interdiction de fumer qu'à toutes les filles qui avaient prévu d'organiser une fête inoubliable pour leurs seize ans cette année. Ma mère était coiffeuse depuis plus de quinze ans et elle n'avait jamais vu ça. Mon père prétendait que c'était à cause de Ronald Reagan. Aucun Noir qui se respecte n'aurait voté pour ce bouffon, mais il y avait un truc chez lui qui provoquait une forme d'émulation.

« Carter était un brave type, mais il n'a jamais donné envie à personne de louer une limousine pour l'anniversaire de ses gosses. Qu'est-ce que t'en penses, trésor ?

— Je pense que c'est à cause de *Dynasty*. Tout le monde veut être Alexis.

— Même les Noirs ? s'étonna l'oncle Raleigh.

— Tout le monde. Même Diahann Carroll.

— Et Bill Cosby ? Tu penses pas que les gens rêvent d'avoir la belle vie comme les Cosby ?

— Bill Cosby te donne envie d'acheter un pull à cent dollars.

— J'ai rien contre un joli chandail, mais en général j'ai des goûts plus simples », dit Raleigh avec un geste ample, sa cigarette laissant une traînée fantomatique.

On était attablés à IHOP, un fast-food de North Avenue, à tuer le temps pendant que Ruth Nicole Elizabeth Grant célébrait son seizième anniversaire au Hilton. Ses parents avaient sorti le grand jeu. Ils avaient réquisitionné la limousine, la Lincoln et un assistant. Une assistante, en l'occurrence, puisque c'était moi. On me demandait seulement d'être prête au cas où un passager aurait besoin d'un mouchoir en papier ou d'une pastille à la menthe pendant le trajet. Dans mon sac en toile, j'avais une petite bouteille d'eau gazeuse au cas où un client se renverserait quelque chose dessus et une brosse si une Shirley Temple voulait redonner forme à ses anglaises. Je n'avais jamais eu à nettoyer de tache, en revanche, je voyais passer pas mal de boucles raplapla. La plupart du temps, je gagnais six dollars de l'heure pour me balader en limousine. On était même payés pour manger des feuilletés à la saucisse à IHOP.

L'oncle Raleigh et mon père étaient tous les deux en uniforme, mais ils avaient laissé leur veste dans la voiture. Ils chahutaient comme des gamins et avalaient des litres de jus de chaussette avec beaucoup de lait et de sucre. Assis face à face, ils se lançaient des sourires. Quand j'étais de la partie, je passais d'un véhicule à l'autre. Ils n'y faisaient peut-être pas attention, mais j'aurais trouvé injuste que l'oncle Raleigh soit toujours seul.

Les clientes du Renard Rose s'étonnaient tout haut de son célibat et j'en connaissais au moins trois qui n'auraient pas demandé mieux que d'y remédier. Ni lui ni mon père ne venaient beaucoup au salon. (Ma mère prétendait que c'était parce qu'ils ne voulaient pas savoir ce qu'il y avait derrière la beauté des femmes.) Les visites de Raleigh étaient toujours brèves et amicales. Quand il passait pour livrer un paquet ou faire une commission, les clientes déjà coiffées et pomponnées flirtaient sans vergogne, tandis que celles qui avaient la tête mouillée ou échevelée se cachaient derrière *Ebony*, lui jetant des coups d'œil furtifs par-dessus leur magazine. L'oncle Raleigh connaissait son rôle. Il veillait à complimenter chacune, y compris maman et moi, avant de sortir en touchant son chapeau.

Son départ donnait libre cours aux spéculations. Ces dames passaient d'abord en revue les possibilités respectables. Une femme lui avait brisé le cœur et depuis il avait peur d'être rejeté. Il était marié à son travail. Pire encore, il avait fait le Vietnam. (À ce stade, la conversation pouvait prendre un tour passionné, en fonction de l'âge des clientes. Il y en avait toujours une qui avait un beau-frère rentré fou de cette guerre. Ce n'était jamais un mari ni, *Dieu soit loué*, un fils.) Les romantiques supposaient qu'il avait quelqu'un, mais que, pour une raison quelconque – peut-être était-ce la femme du maire –, il devait tenir leur liaison secrète.

Ma mère balayait toutes ces théories. « C'est un célibataire endurci qui a ses petites habitudes », disait-elle, ou « Il attend simplement de rencontrer la bonne ». Parfois, une femme avait le courage de formuler à voix haute ce que les autres pensaient tout bas. C'était en général la plus jeune ou la plus vieille de l'assistance. « Il n'en est pas, hein, Verne ? »

Ma mère protestait qu'elles s'égaraient.

En réalité, Raleigh n'était pas vraiment célibataire, puisqu'il nous avait.

Un lundi, alors qu'elle m'appliquait un produit pour détendre mes boucles, ma mère me confia qu'elle avait déjà vu mon oncle avec une femme. Elle avait la peau très noire, genre Cicely Tyson, avec une chevelure incroyable. Je les avais aperçus, moi aussi, mais je me tus. C'était juste avant que Jamal parte à l'université, avant que je découvre que prendre ses précautions ne prémunissait pas contre les regrets. On était à Adams Park, en pleine journée, alors qu'on aurait dû être en cours. On avait nulle part où aller : ma mère travaillait à la maison et celle de Jamal, qui n'avait « pas besoin de travailler » (comme elle le répétait à qui voulait l'entendre), ne sortait guère. Il ne nous restait que les lieux publics. Il était impatient de regagner la voiture qu'il avait garée dans un endroit discret, sous une rangée de pins. Mais je prétendais que j'avais envie de faire de la balançoire. C'était un mensonge. La balançoire, c'était le dernier de mes soucis, je voulais qu'il insiste, qu'il me dise que je lui avais manqué toute la journée en cours, qu'il m'excite en posant ma main sur son entrejambe, qu'il me dise qu'il m'aimait tant qu'il risquait de faire exploser sa braguette. J'étais déterminée à me balancer, le vent soulevant ma jupe sous son nez, jusqu'à ce qu'il n'y tienne plus et lâche : « Chaurisse, tu me rends fou. »

Je venais de m'asseoir et je prenais de l'élan sur la pointe des pieds lorsque j'aperçus mon oncle et son amie. Nos regards se croisèrent. Je me touchai le nez, comme chaque fois que j'avais peur. Lui courba l'échine. Il avait l'air d'un chien perdu. Jamal se retourna pour voir ce qui avait attiré mon attention et la femme en fit autant. Nous étions tous les quatre pris dans quelque chose que j'aurais été bien en peine de définir. Puis mon oncle porta son doigt à ses lèvres.

Il ne nous présenta jamais son amie et je ne lui posai jamais de question. C'était par politesse, l'une des règles de la maison. On était une famille noire bien élevée en ce temps-là. Par exemple, le soir de l'anniversaire de Ruth Nicole Elizabeth, personne ne me demanda pourquoi je n'étais pas invitée, alors qu'on habitait le même quartier, qu'on avait fait partie du même groupe d'éclaireuses et que nos mères suivaient le même cours de danse à la YWCA. Pourtant, j'avais été invitée à ses fêtes jusque-là et ma mère avait toujours veillé à ce que je lui fasse un beau cadeau. Rien que l'an dernier, je lui avais offert trois perles rainurées en or – quatorze carats – pour compléter son collier. Ses anniversaires se tenaient d'habitude dans le grand jardin des Grant ou dans leur sous-sol confortablement aménagé. Mais pour ses seize ans, la famille avait prévu une réception avec traiteur. Ses parents devaient payer un certain prix par invité. Il fallait répondre par retour de courrier et le bruit courait qu'il y avait une liste d'attente.

L'oncle Raleigh alluma la cigarette qui pendait entre ses minces lèvres.

« Jim-Bo ? » fit-il, tendant son allumette vers mon père, qui s'approcha de la flamme.

Je demandai à la serveuse un autre verre de Coca Light.

« Prends-en un normal, dit mon père en passant son bras autour de mes épaules.

— Trop de calories.

— Pourquoi est-ce que vous êtes obsédées par cette histoire de poids, ta maman et toi ? Y a que les chiens qui aiment les os.

— Et même le chien, il veut un peu de viande dessus », ajouta l'oncle Raleigh.

Ils partirent d'un éclat de rire.

« Il est quelle heure ? » demandai-je en rejetant mes cheveux en arrière.

Mon père fronça les sourcils. Il n'était pas fan de mon volume capillaire augmenté. Je n'en avais pas besoin, selon lui.

« À peine 22 h 30. C'est censé durer jusqu'à minuit, dit oncle Raleigh.

— C'est quelque chose, cette soirée. Maman a coiffé tout le monde. Ruth Nicole Elizabeth, sa mère, sa meilleure amie. On y a passé la journée. »

C'était vrai, et l'après-midi avait été carrément déprimant. À sa décharge, Ruth Nicole Elizabeth n'avait pas prononcé le mot fête une seule fois pendant que je lui lavais la tête. Elle n'avait même pas protesté lorsque j'avais tiré trop fort sur un nœud derrière son oreille, arrachant quelques cheveux fins. À 16 h 30, elles étaient dehors, prêtes à enfiler la « tenue de soirée » requise pour l'événement. De mon côté, je montai dans ma chambre passer mon uniforme bleu et blanc. J'avais pourtant une robe de soirée, moi aussi. Mauve, avec un décolleté en cœur, taille L. Mon père était rentré avec une fois, en pleine nuit ; il l'avait gagnée au poker.

Même si ce genre de journée renflouait la caisse jusqu'au printemps, ma mère n'était jamais de bonne humeur quand il fallait coiffer des clientes avant une réception. Elle le cachait bien, parce qu'elle était professionnelle. Et six semaines plus tard elle était tout sourire lorsque les clientes lui donnaient des petites photos d'elles dans leurs robes à crinoline qui semblaient sorties d'*Autant en emporte le vent*. Au-dessus du bac à shampoing, il y avait un tableau en liège où on les épinglait. En attendant, un peu plus tôt, après avoir enfin fermé le salon, ma mère s'était écroulée sur une chaise, épuisée non seulement par cette journée, mais par les semaines de fatigue accumulées. « C'est bien payé, mais je n'envie pas Raleigh et James. Devoir faire le chauffeur pour ces gamines et leur donner du "madame" ! Seize ans. Dieu tout-puissant. Et dire qu'il va falloir remettre ça pour le bal du lycée ! »

« Ta mère devrait être plus positive, décréta mon père, découpant ses saucisses. Il y a vingt ans, rien de tout ça n'aurait été possible. Il faut toujours qu'elle voie tout en noir.

— Ça va chercher dans les combien, une soirée pareille ? demanda Raleigh.

— Aucune idée.

— Quatre mille ? Cinq ? fit mon père. Je dis ça au pif. J'y connais rien. Tu veux qu'on t'organise un anniversaire comme ça, trésor ?

— C'est trop tard pour mes seize ans, papa. J'en ai déjà dix-sept.

— On pourrait faire ça pour tes dix-huit.

— C'est les seize ans qui comptent.

— Pour la remise des diplômes ?

— Pas mon truc.

— Et si on faisait quelque chose pour Laverne ? suggéra mon oncle.

— Je sais pas si c'est une bonne idée. Elle déteste ce genre de soirée. Elle a coiffé tellement de boucles la semaine dernière qu'elle a dû mettre un bracelet de maintien.

— C'est différent, rétorqua mon père. C'est différent si on est l'invitée d'honneur.

— C'est pas son style.

— Qu'est-ce que t'en sais ? dit Raleigh.

— Je le sais, c'est tout.

— On connaît Laverne depuis bien plus longtemps que toi, ajouta mon père avant de pouffer avec Raleigh.

— Elle déteste les réceptions. Je passe beaucoup de temps avec elle. Je vous jure que ça lui sort par les yeux.

— D'après mes calculs, on va bientôt célébrer le vingtième anniversaire du Renard Rose, déclara Raleigh.

— Eh bien voilà, c'est réglé », conclut mon père.

Ils se sourirent, puis se tournèrent vers moi. Pour eux, l'affaire était entendue.

« On lui dira que c'est ton idée, plaisanta Raleigh.

— Je croyais que c'était censé être une surprise.

— Ça ne lui plaira pas, dit mon père.

— Laverne n'aime pas les surprises.

— Précisément. »

Inutile de discuter. Ils la connaissaient depuis plus longtemps que moi. Satisfaits de leur décision, ils changèrent de sujet.

« On devrait proposer des photos, en plus de la voiture. Je suis sûr que ça marcherait du feu de Dieu. »

Raleigh versa un peu de sirop de framboise sur son assiette.

« Non, Jim-Bo. Non, non, non et non.

— Pourquoi ? intervins-je. Tu aimes faire des photos. Les adolescentes aiment se faire prendre en photo. Leurs parents aiment dépenser de l'argent. Tout le monde est content.

— J'ai pas envie de prendre des photos de gamines au bal du lycée. Je veux suggérer les choses.

— Tu peux suggérer tant que tu veux pendant ton temps libre. Prends le temps d'y réfléchir. Ces gamines partent à l'université l'an prochain. »

Par gamines, il voulait dire moi.

« Où est-ce que tu veux aller à la fac ? demanda Raleigh.

— Je pensais à Mount Holyoke. »

Ils échangèrent un regard.

« T-tu m'en diras tant, fit mon père.

— C'est prématuré, dit oncle Raleigh. Elle a encore le temps. »

Après avoir réglé, on retourna au Hilton. À 23 h 30, mon père m'envoya voir où en était la fête. Dans l'ascenseur qui montait au vingt-troisième étage, je tirai sur mon col et lissai les plis de ma jupe. De la cabine oblongue en verre, on avait une vue incroyable sur Atlanta. La porte s'ouvrit et je me mis en quête de la salle Magnolia. Je fis deux ou trois allers et retours dans le couloir avant de tomber sur M. Grant, le père de Ruth Nicole Elizabeth. De fines traces de peigne traçaient des chemins entre les ondulations de ses courts cheveux crépus.

« Witherspoon ! s'écria-t-il après s'être creusé les méninges en vain pour se souvenir de mon prénom. J'ai failli ne pas te reconnaître avec tes cheveux détachés.

— Bonjour, monsieur Grant. Je venais aux nouvelles.

— C'est une belle soirée. Va te servir une assiette.

— Ah non, monsieur, répondis-je en tirant sur l'ourlet de ma veste. Je suis en service, ce soir.

— Ne dis pas de bêtises », dit-il en passant un bras autour de mes épaules.

Il sentait bon l'eau de Cologne et le cognac. Je savais que j'empestais la friture et la cigarette.

« Tu es une très jolie fille. Une vraie jeune dame. »

Il m'embrassa le sommet du crâne et me serra l'épaule.

« Allez, va t'amuser un peu. »

Il ouvrit la porte de la salle, ne me laissant pas le choix. Pendant un instant, le sentiment de déjà-vu me mit mal à l'aise. La situation me rappelait un de mes cauchemars récurrents. Dans mon rêve, je débarque dans une réception. Tout le monde est habillé avec élégance, comme pour le bal du lycée, alors que je suis grosse et vêtue en tout et pour tout d'un bikini. Mon ventre pendouille par-dessus le slip léopard et je n'ose pas lever les bras, car on verra que je ne suis pas rasée. Ces derniers temps, je savais que je rêvais, mais ça ne suffisait pas pour me réveiller. Quand je parvenais enfin à ouvrir les yeux, heureuse de retrouver mes draps familiers, mon corps était froid et moite.

La salle Magnolia était peuplée de fêtards en argent massif et personne ne fit attention à moi.

Le DJ passait un slow, *Against All Odds*. Au centre de la piste, Ruth Nicole Elizabeth tanguait aux bras de son petit copain, Marcus McCready, qui était déjà à la fac. Il avait les mains respectueusement posées sur ses reins, au-dessus de l'écharpe de satin placée en diagonale sur sa poitrine. Elle était vêtue d'une robe sable, du même ton que sa peau. Ses cheveux brillants, qui avaient reçu un soin traitant gloss, me faisaient penser à du papier gras. Marcus croisa mon regard par-dessus sa tête et m'adressa un clin d'œil. Je me détournai et m'approchai du buffet.

La femme qui servait le gâteau avait l'air aussi âgée que ma grand-mère et portait un uniforme très semblable au mien.

« Il est bon ?

— Il est beau, répondit-elle en m'offrant une part.

— Merci. »

Je repartis en direction de la porte. L'assiette n'était sans doute pas censée sortir de la pièce, mais je n'avais aucune envie de manger là. Dans l'ascenseur, je dévorai le gâteau fourré à la crème au citron avec mes doigts sales.

Au rez-de-chaussée, je laissai l'assiette sur une table basse laquée. J'aurais pu faire un détour par les toilettes pour me laver les mains, mais je ne supportais pas l'idée de me voir dans un miroir. Je m'assis donc sur le canapé et léchai mes doigts comme une barbare.

« Psst ! » fit quelqu'un derrière moi.

Malgré ma mère, qui disait qu'un homme incapable de s'adresser à une femme avec des mots ne méritait pas qu'on perde son temps, je me retournai. Ne voyant personne, je me concentrai sur mes mains. Du glaçage jaune clair bordait la base de mes ongles et je léchai mon pouce, me demandant si au vingt-troisième étage tout avait été prévu pour être assorti au teint magnolia de Ruth Nicole Elizabeth. Je m'étais éclipsée trop vite pour jeter un coup d'œil au buffet chaud. Je m'amusai à imaginer des plats pâles : chou-fleur, poisson au four, purée de pommes de terre. Savourant mes petites pensées mesquines, je sortis mon pouce de ma bouche et passai la main dans mes cheveux.

« Hé ! T'as un mollard sur ta perruque !

— Dana ! »

L'accent d'espoir dans ma voix m'irrita.

« Salut, dit-elle en me rejoignant d'un pas tranquille. T'as pas vu un gardien dans le coin ? »

Je secouai la tête.

« T'es sûre ? Il est mignon, le teint assez clair, mais il nous a pris la tête. »

Dana se retourna et fit un signe à une amie. Celle-ci ressemblait encore moins à une fille d'argent que moi. On aurait dit qu'elle s'était coupé les cheveux toute seule avec des ciseaux à papier et les petites plaies sur ses oreilles révélaient qu'elle ne savait pas se servir d'un fer à friser.

Elle avait le même haut que Dana, bordeaux avec un genre de lucarne au-dessus des seins, et un jean stretch. Elles avaient aussi les mêmes chaussures, des escarpins assortis à leurs tee-shirts, comme on en porte plutôt avec une robe de bal.

« C'est Ronalda, dit Dana.

— Je suis sa meilleure copine, ajouta-t-elle, au cas où je n'aurais pas compris.

— Salut », répondis-je avec un soupir.

Elles s'assirent ensemble dans un fauteuil en face de moi. Ronalda sortit un tube de son sac. Elle le pressa au-dessus de ses doigts et massa l'ovale de peau au-dessus de sa poitrine.

« Arrête avec ce truc, dit Dana, lui prenant la lotion des mains pour s'en mettre aussi. T'en veux ?

— Non, merci.

— Alors, ta mère, elle te croit où, toi ? Nous, on est censées être à une soirée à l'église », dit Dana en flanquant un coup d'épaule à son amie.

Elle passa la main dans ses cheveux et se figea. Elle tâta son oreille.

« J'ai perdu une boucle !

— Que personne ne bouge, lança Ronalda comme si elles cherchaient une lentille de contact.

— J'espère qu'elle est pas tombée dans le métro. Elles sont à ma mère. C'est sa mère qui les lui avait données. Merde ! »

À quatre pattes, Ronalda regardait sous le fauteuil. Dana tournait en rond en marmonnant. Je me levai et passai la main autour des coussins du canapé.

« On va la retrouver. »

J'enlevai le coussin du fauteuil, ignorant les regards noirs des réceptionnistes à l'accueil.

« Je vois rien, dit Ronalda en se redressant.

— Attends. »

Je m'approchai de Dana et soulevai ses cheveux. Son anneau s'était niché là, à la naissance du cou. Je le recueillis et le lui montrai. Il avait l'air ancien, comme un bijou qu'aurait pu porter ma grand-mère. L'or était gravé de feuilles ciselées.

« Merci ! Merci ! Tu me sauves la vie. »

J'étais si heureuse que j'avais envie de danser, mais je me la jouai désinvolte.

« C'est rien.

— Qu'est-ce que tu fais là ? demanda Ronalda.

— Et vous, qu'est-ce que vous faites là ?

— On a essayé d'aller à la soirée là-haut, répondit Dana, mais on s'est fait refouler.

— Tout ça parce qu'on n'était pas invitées.

— Je suis entrée. C'était pas génial.

— Y avait qui ?

— J'en sais rien. Des gens. Ruth Nicole Elizabeth, son mec Marcus. »

Ronalda aspira de l'air entre ses dents et Dana se tapota la joue.

« Alors, comme ça, t'es copine avec Ruth Nicole Elizabeth ?

— Ben non, justement ! Je la connais depuis la maternelle et elle ne m'a même pas invitée.

— Elle habite à deux pas de chez moi, dit Ronalda.

— Elle est assise à côté de moi en maths, ajouta Dana.

— Si t'es pas à la fête, qu'est-ce que tu fabriques ici ? demanda Ronalda.

— Je travaille. Mon père possède une société de limousines. On est payés pour transporter mademoiselle et sa famille.

— Tu conduis une limousine ?

— Je pourrais, mais non. Je suis assistante ce soir. »

Je lui parlai lentement, comme si elle ne comprenait pas l'anglais.

« Ton père est là ? demanda Dana.

— Oui. Vous voulez voir les voitures ? »

Ce fut Ronalda qui répondit.

« Non, c'est pas notre truc. »

Elle se leva et tendit la main à Dana.

« Faut qu'on y aille.

— Attendez ! dis-je, sautant sur mes pieds. Dana, t'as toujours pas pris ton rendez-vous au salon. Tu veux passer mardi ?

— Non, dit-elle, jetant un bref regard alentour pour s'assurer qu'elle n'oubliait rien. Je peux que le mercredi.

— Bye », lançai-je, tandis que Ronalda entraînait ma fille d'argent.

Comme dans une pièce de Shakespeare, elles disparurent dans les coulisses, Dana tournant la tête vers moi.

Je repris l'ascenseur pour descendre au parking souterrain. Appuyés au capot de la Lincoln, l'oncle Raleigh et mon père partageaient une cigarette comme si c'était un joint.

« Alors, cette fête, elle est bientôt finie ? On a presque plus de clopes, lança mon père.

— Ils ne vont pas tarder. »

Quelque chose dans ma voix retint son attention.

« Qu'est-ce qu'il y a, trésor ?

— Rien.

— Mais si, intervint Raleigh.

— C'est juste que j'ai pas d'amis. Je connais des gens, mais qui est ma meilleure copine ? Qui va m'inviter à son anniversaire et me demander de monter dans la limousine avec elle ? »

Je portai mes mains poisseuses de gâteau à mon visage. Mon père et mon oncle échangèrent un regard. Vu de l'extérieur, ça devait être comique. Une vraie scène de sitcom, deux hommes aussi gênés que s'ils étaient contraints d'assister à un accouchement.

« Oub-blie ces idiots. Notre fête sera dix fois mieux. Et on n'invitera ni Ruth, ni Nicole, ni Elizabeth.

— En plus, on va leur faire payer le prix fort pour les heures sup passées à poireauter ici, renchérit Raleigh.

— J'espère bien », dit mon père.

18

L'amour et le bonheur

Le 18 octobre 1974, une femme noire très énervée jeta une casserole de gruau de maïs brûlant sur Al Green. Il se trouve que c'était ma mère qui lui avait fait son lissage-bouclage peu de temps auparavant. Du fait de notre petit rôle dans la grande histoire noire américaine, personne ne plaisantait avec Al Green chez nous, ni à la maison, ni même au Renard Rose, où les femmes qui rêvaient de se venger d'un mari déloyal devaient pourtant être nombreuses. D'après moi, si elles adoraient cette histoire, ce n'était pas tant pour son aspect dramatique qu'à cause de l'arme utilisée : le gruau leur rappelait le temps où elles étaient coincées dans une cuisine étouffante, misérables, pieds nus, ignorant tout des gaufres et de la sauce hollandaise. Cette femme avait pris à témoin l'État du Mississippi tout entier pour donner une leçon à un homme. Il suffisait de prononcer « Al Green » et « gruau » dans la même conversation pour provoquer des gloussements que ma mère interrompait d'un paisible : « Ce n'est pas drôle. » On ne l'entendait pas à sa voix, mais si on observait son visage, la manière dont elle fermait les yeux et baissait la tête comme pour prier, on se rendait compte qu'elle était sérieuse.

La femme en question s'appelait Mary. Mary Sanford si l'on en croyait l'*Atlanta Journal*, Mary Woodson selon

Jet Magazine. Elle avait expliqué à ma mère qu'elle était de passage à Atlanta pour un congrès des bedeaux de l'Église méthodiste afro-américaine. Avant même de remarquer sa croix – toute simple, l'équivalent en métal précieux de deux bouts de bois attachés ensemble –, ma mère avait senti que cette femme avait trouvé Jésus. Et la suite des événements n'avait pas réussi à entamer sa certitude. Les élus n'ont pas besoin de le clamer à tort et à travers. Ils ont le calme de ceux qui savent exactement où ils vont.

Mary poussa la porte du salon un mardi soir à 19 h 30, alors que ma mère venait de terminer sa dernière cliente. Elle avait déjà ôté sa blouse et éteignait le gaz sous les fers. La femme avait l'air d'une institutrice de maternelle après une longue journée. Elle portait un tailleur-pantalon rose élégant, même si les coutures des poches révélaient qu'elle avait dû le faire elle-même. Ma mère disait qu'elle n'oublierait jamais ce visage aussi lisse qu'un œuf, sans la moindre ride, comme si cette femme n'avait jamais ri ni pleuré de sa vie.

Elle tombait mal. Ma mère n'était pas très en forme. Elle n'avait repris le travail que depuis une semaine, après une opération de la vésicule biliaire. Aujourd'hui, tout peut se faire avec des lasers et un petit trou dans le nombril, mais en 1974 il fallait encore ouvrir le patient et l'éviscérer comme un poisson. Ma mère avait dû garder le lit pendant quinze jours et ma grand-mère était venue chez nous pour s'occuper d'elle. Lorsque Mary entra dans le salon, grand-ma n'avait regagné Ackland que depuis deux jours. Pour couronner le tout, j'avais pris froid et j'avais un peu de fièvre. Je dormais sur une caisse dans un coin du Renard Rose, toussant et gémissant dans mon sommeil. Et il fallait que ma mère change son pansement.

« Est-ce que vous pourriez me prendre ? demanda Mary. Je me rends bien compte que vous étiez sur le point de fermer, mais ça serait vraiment aimable à vous. »

On était seulement mi-octobre, pourtant ma mère ne put s'empêcher de penser à Noël. Peut-être était-ce simplement le nom de Mary, en tout cas elle avait le sentiment que Dieu souhaitait qu'elle accueille cette inconnue.

« La journée a été longue, mais il faut voir. Ça dépend de ce que vous voulez.

— Je vous laisserai un bon pourboire », assura Mary, s'asseyant comme si ma mère avait déjà dit oui.

Elle retira une dizaine d'épingles de son chignon rachitique et ôta un élastique rouge, autour duquel s'entortillaient des cheveux.

« Merci. Que Dieu vous bénisse. »

Ma mère lui fit renverser la tête dans le bac à shampoing et une partie de ses cheveux s'aplatit au fond, raides et dociles sous le jet. C'est ce qui arrive quand on les lisse au fer brûlant pendant plus de vingt ans. On perd du volume.

« Je peux vous dire quelque chose ?

— Bien sûr. Il n'y a que nous ici.

— Je quitte mon mari. Nous sommes trop mal assortis. »

Mary s'était mariée jeune. Ma mère aussi, mais elle se tut. Elle lui démêla les cheveux, avant de les diviser en plusieurs mèches et de les tresser pour les faire sécher.

« La Bible dit que notre compagnon doit être notre égal. Qu'on doit tous les deux aimer le Seigneur également. »

La voix de la femme était calme et ferme. Il faisait chaud en dépit de la saison et ma mère avait laissé la porte ouverte pour avoir un peu d'air. Il y avait une odeur de feuilles brûlées.

« Vous avez des enfants ? »

Mary en avait trois, mais ils seraient heureux avec leur père. Le Seigneur l'avait appelée auprès d'un autre homme. Ensemble, ils prêcheraient la parole divine. Cet homme avait besoin d'éducation et de prières, mais Dieu était en lui. Elle Le sentait brûler sous sa peau. Il était élu.

« Est-ce que vous avez déjà touché la main d'un prédicateur qui a réellement la grâce ? Qui a le don de guérison ? Vous savez ce que ça fait quand il vide votre corps pour le remplir de l'Esprit-Saint ? »

Ma mère acquiesça, car elle avait fait une rencontre de ce genre. C'était à Ackland, quand elle était encore adolescente. Elle venait de perdre son bébé et elle errait comme une âme en peine. La personne qui l'avait bénie était une enfant, une gamine aussi noire qu'un poêlon en fonte, avec une coiffe d'infirmière sur ses cheveux courts. Ma mère passait, ployant sous le poids de son panier de linge, lorsque la petite prédicatrice l'avait attrapée par le bras. Elle avait eu la sensation de se vider, puis de se remplir de lumière. La fillette tenait une bible de cuir blanc qui tranchait sur sa peau sombre. « Est-ce que tu veux prier avec moi, ma sœur ? » Ma mère répondit qu'elle n'avait pas le temps. Pourtant, la chaleur de sa paume la brûlait encore. « Est-ce que le linge sale des Blancs est plus important que ton âme, ma sœur ? Viens. Agenouille-toi à côté de moi. » Elle jeta un coup d'œil derrière elle. Elles se trouvaient devant le lycée des gens de couleur, où Raleigh et James étaient en cours. Elle imaginait la professeure d'économie domestique regardant par la fenêtre pour la découvrir en prière dans la rue avec cette fillette, le panier de linge à côté d'elle. « Je peux pas. Je peux vraiment pas », dit ma mère. « C'est de l'orgueil. Donne-moi ta main, ma sœur. Ta vanité est ton fardeau. Pose-le. Laisse-moi toucher ton âme. » Elle lui prit la main. « Tu n'as même pas besoin de t'agenouiller. Il peut toucher ton cœur quand tu es debout. » Ses jambes cédèrent sous elle et elle se retrouva à genoux, en larmes. La fillette lui caressait le visage, s'adressant à Jésus. « Demande à Dieu de prendre soin de mon bébé », supplia ma mère. « Il prendra soin de toi aussi. » Au contact de ses petites mains, elle sentit son âme guérir.

« Oui, dit-elle à Mary. J'ai été touchée par quelqu'un qui avait la grâce. Une fois.

— L'homme que j'ai trouvé. Il chante. Et quoi qu'il chante, Dieu est en lui. Les gens croient qu'il chante l'amour entre un homme et une femme, l'amour charnel. En vérité, il leur fait ressentir le Christ. Cet homme est un miracle. Nous allons fonder un ministère ensemble. »

Je me réveillai soudain sur ma caisse, en sueur, désorientée. Je m'assis et appelai ma mère, poussant un cri interrogateur et terrifié, comme si on était au milieu de la nuit et que j'étais seule.

« Je suis là, ma chérie. Recouche-toi. Elle avait de la fièvre ce matin, ajouta-t-elle pour Mary. Je lui ai donné de l'aspirine.

— Vous pouvez aussi lui faire boire du ginger ale. Si vous avez du gingembre frais, râpez-en dans son verre. Elle trouvera ça mauvais, mais ça marche. »

J'appelai encore ma mère d'une voix entrecoupée de sanglots. Elle posa le peigne fumant et s'approcha de moi. Voyant qu'elle ne se penchait pas vers moi, je me levai et enlaçai ses jambes.

« Mary ? Est-ce que vous pouvez m'aider ? Je viens d'être opérée et je ne peux pas la porter.

— Où est votre mari ? demanda la jeune femme en nous rejoignant.

— Si elle ne se laisse pas faire, ne le prenez pas mal. Elle est parfois sauvage avec les gens qu'elle ne connaît pas.

— J'aime les enfants. J'en ai trois. Deux filles et un garçon. Ils me manquent. Mais quand le Seigneur vous appelle, il faut répondre. »

Elle se baissa vers moi. Je lâchai les genoux de ma mère et lui tendis les bras. J'étais grande pour mon âge mais elle me souleva sans mal.

« Elle a un peu de fièvre », dit Mary.

D'après la légende familiale, elle se rassit, me portant comme un bébé alors que j'avais presque cinq ans. Je posai la tête sur sa poitrine et laissai une tache de sueur sur son revers rose.

Lorsque ma mère eut terminé, elle la coiffa avec une brosse en soies de sanglier. L'électricité statique faisait crépiter ses cheveux ; des fils fantômes se dressaient et dansaient tout seuls.

« Ce n'est pas seulement physique entre nous, dit Mary, se tournant sur son siège pour la regarder.

— Je sais. »

Mary ne souhaitait pas qu'on coiffe ses boucles, parce qu'elle allait devoir faire huit heures de bus jusqu'à Memphis. Elle préférait le faire elle-même en arrivant. Elle nota l'adresse de ma mère sur une fiche pliée qu'elle avait trouvée au fond de son sac.

« Je vous écrirai de là-bas quand tout sera prêt. Il faut que vous le rencontriez. Il faut que vous sentiez encore la grâce. Mon homme est vrai. Aussi vrai que la parole de Dieu. »

À la fin, ma mère ne voulait même pas accepter son argent, si bien que Mary glissa son billet de vingt dollars dans la poche de ma robe. Ma mère ne le remarqua pas à cause de la scène que je fis lorsque la femme se leva. « Ne pars pas », répétais-je, essayant d'agripper ses jambes. Ma mère était tellement gênée qu'elle en oublia son état et se baissa pour me retenir. La douleur la prit au dépourvu et elle tituba. Mary me souleva et embrassa mon petit visage fiévreux. « Jésus t'aime, me dit-elle. Et vous aussi, Laverne. Il faut avoir confiance et croire. » Sa main traçait des cercles réconfortants dans mon dos, tandis que je regardais ma mère derrière elle, m'accrochant si fort qu'elle en éprouva un peu de jalousie.

À cet instant, mon père poussa la porte du salon, suivi d'oncle Raleigh qui revenait avec du poulet frit.

« Qu-qu'est-ce qui se passe ? »

Il dut m'arracher à ses bras car je refusais de lâcher.

« Laissez-la ! »

Il tira si fort que j'éclatai en sanglots.

Ma mère ne savait plus où se mettre.

« Tout va bien. Elle essayait simplement de m'aider.

— Au revoir, Laverne. Ne soyez pas contrariée comme ça. On se reverra. »

Après son départ, mon père tenta de m'embrasser, mais il eut un mouvement de recul lorsque ma petite main frappa ses lèvres.

Ils se disputèrent à cause d'elle. À table, ma mère se plaignit devant le poulet apporté par les hommes.

« Tu ne veux pas que j'aie une amie. Est-ce que t'avais besoin d'être aussi malpoli ?

— T'as pas vu son expression. Elle avait l'air d'une folle. »

Ma mère s'essuya les yeux avec la serviette en papier bon marché du snack.

« Il faut que je prenne mon médicament. Je me sens pas bien. »

Raleigh se leva pour remplir son verre d'eau.

« C'est pas bon de prendre de la codéine avec le ventre vide. Mange d'abord.

— Le médecin m'a interdit la friture. Je te l'ai dit.

— Excuse-moi, Laverne. Tu veux que je te fasse un sandwich ?

— Je n'aime pas la façon dont tu l'as traitée. Pour une fois que j'aurais pu avoir une amie. »

Environ trois mois plus tard, un mercredi soir, mon père rentra plus tôt que d'habitude. Il fit irruption dans le salon de coiffure alors que ma mère essayait de s'occuper de trois clientes à la fois. L'une d'elles me tenait dans ses bras, mais il n'y prêta aucune attention.

« Laverne, t'as une minute ? »

Elle n'était pas en train de faire un soin, elle pouvait donc s'interrompre un instant. Elle le suivit dehors.

« Qu'est-ce qu'il y a ? Mlle Bunny va bien ? Raleigh ?

— Oui, ne t'inquiète pas. Je me posais une question. La femme qui est venue tard un soir, celle en rose…

— Mary. Elle s'appelait Mary.

— J'ai vu sa photo dans *Jet*, dit-il, tendant à ma mère le magazine ouvert à la bonne page. C'est elle qui a ébouillanté Al Green. Je t'avais dit qu'elle était folle. »

Suivant les mots avec le doigt et remuant les lèvres, elle lut ce qui était arrivé à Memphis le lendemain du jour où Mary était venue chez nous.

« Qu'est-ce qu'il lui avait fait ?

— Qu'est-ce qu'il lui avait fait ? Elle lui jette dessus une casserole de gruau bouillant quand il sort de son bain et tu veux savoir ce qu'il lui avait fait ?

— Oh ! Mary, soupira ma mère.

— Vous autres, les femmes noires, vous êtes bien toutes les mêmes ! Si on fait pas vos quatre volontés, c'est le drame.

— Pauvre Mary. Pauvre petite. »

Elle ne raconte pas cette histoire très souvent. Pour elle, ce n'est pas un simple ragot ou une anecdote, c'est presque une parabole. Un soir, elle s'occupait d'une jeune fille qui avait des plaques chauves à force de s'arracher les cheveux. Celle-ci ouvrit la bouche pour lui montrer sa molaire cassée : elle avait serré les mâchoires si fort que la dent s'était brisée. Ma mère lui raconta l'histoire de Mary, tout en la frottant avec une pommade stimulant la repousse jusqu'à ce que la peau de son crâne brille comme si elle était mouillée.

« Tu m'écoutes, ma jolie ? Quand on aime un homme à ce point, c'est qu'il est temps de le quitter. »

19

Un cran au-dessus

Depuis l'anniversaire de Ruth Nicole Elizabeth, mon père et Raleigh ne pensaient plus qu'à la fête en l'honneur de ma mère. Ils communiquaient sur les ondes de la radio, d'une Lincoln à l'autre, parlant de *réception* et de *soirée*[1]. Le samedi matin, ils se mirent sur leur trente et un et se rendirent au Hilton pour savoir combien coûterait la location de la salle Magnolia le soir du 17 juin. Lorsque ma mère les vit partir, elle me demanda : « Où est-ce qu'ils vont, ces deux-là, attifés comme des croque-morts ? » Ils dirent au Hilton qu'ils voulaient tout ce qu'Harold Grant avait commandé pour sa fille, mais « un cran au-dessus », ce qui signifiait service traiteur de luxe : bouchées au crabe, rosbif entier et quatre heures d'*open bar*. Tandis qu'il attendait les clients à l'aéroport, mon père feuilletait des magazines de mariage. Il déchirait les pages qui lui plaisaient et les glissait dans la poche intérieure de sa veste d'uniforme.

L'invitation dirait « tenue de ville ». Certes, « tenue de cocktail » était plus chic, mais ils ne voulaient pas semer la confusion dans les esprits. « Et de toute manière, Raleigh et moi, on portera un smoking et une jaquette. »

Je jetai un œil aux photos de *Modern Bride*. Les robes étaient toutes mi-princesse, mi-poule de la Renaissance :

1. En français dans le texte.

décolleté plongeant, taille pincée et jupe à crinoline spectaculaire.

Je passai la pile en revue deux fois, cherchant une robe susceptible de convenir à une mère. Je m'abstins de tout commentaire sur la série de portraits de lady Diana Spencer.

« Laisse-la choisir elle-même.

— Tu as raison. Il faudra bien qu'elle fasse des essayages et tout. On lui montrera les photos si elle veut s'en inspirer, pour qu'elle sache que tout est permis. »

Dana se présenta au salon le deuxième mercredi après la soirée de Ruth Nicole Elizabeth, enfin disposée à se laisser coiffer. Je l'installai au bac à shampoing, veillant à glisser une serviette pliée sous son cou. Elle était si près que je sentais son parfum. Aujourd'hui, c'était White Shoulders, comme ma mère.

« Ton père et ton oncle organisent une fête d'anniversaire pour Le Renard Rose ?

— Non, pour ma mère. L'anniversaire n'est qu'un prétexte.

— Pourquoi ?

— Elle travaille dur. C'est une manière de la remercier. »

Dana se redressa et regarda ma mère qui était en train de mettre de l'ammoniaque sur les racines d'une cliente.

« Ma mère aussi travaille dur. Personne lui a jamais organisé de fête ni rien.

— Reste tranquille, si tu veux ce shampoing, répondis-je, luttant contre l'envie soudaine de défendre la folie de mon père. Et ne parle pas si fort, c'est censé être une surprise. »

J'ouvris l'eau et appuyai sur la douchette.

« Ça va, la température ?

— Parfait, dit-elle, mais les muscles de son cou étaient encore tendus.

— Détends-toi. Je sais ce que je fais. »

Je versai un peu de shampoing dans ma paume et frottai ses épais cheveux, lui massant le crâne avec mes ongles jusqu'à ce qu'elle pousse un gémissement de bien-être.

« Ça fait du bien ? »

Les défrisants, c'est bon pour les affaires, ça ne fait aucun doute. Du temps du lissage-bouclage, les clientes ne venaient nous voir que quand elles avaient de l'argent. Tout le monde avait un peigne chauffant dans un tiroir de la cuisine et en deux temps, trois mouvements, on se lissait les cheveux. Alors que les produits chimiques doivent être appliqués par un professionnel si on veut des cheveux raides comme des baguettes sans se bousiller le cuir chevelu. Même ma mère ne se faisait pas l'arrière du crâne toute seule. C'était moi qui m'en chargeais, aplatissant les plis avec mes doigts gantés. Malgré tout, le lissage-bouclage nous manquait à toutes les deux, surtout à cause de l'aspect transformation. Avant, les cheveux retrouvaient leur état naturel dès qu'on les lavait. Assise dans le fauteuil, la cliente se révélait à nous telle qu'elle était au premier jour. C'était magique de faire ce chemin avec elle, d'aller de ce qu'elle était à ce qu'elle voulait être. Chaque fois, c'était un petit miracle.

Aujourd'hui, on les met sous le jet et il ne se passe rien. Il n'y a que les racines pour nous donner un aperçu de ce qui était. On tâte sous les cheveux traités chimiquement comme un aveugle qui s'efforcerait de savoir s'il aime ou non. Les racines de Dana sous mes doigts étaient crépues, aussi solides que des câbles électriques.

« J'ai le cou trempé.

— Tu seras invitée à la fête, murmurai-je.

— Non, merci.

— Amène ta copine Ronalda. L'invitation dit que tu peux venir accompagnée.

— Tu sais que je peux à peine sortir de chez moi.

— Amène ta mère, dans ce cas. »

La tête de Dana tressaillit entre mes mains. Je réglai la température de l'eau.

« C'est mieux ?

— Chaurisse. Je peux pas, un point c'est tout.

— Pourquoi ?

— Déjà, Ronalda sera partie d'ici là.

— Partie où ? »

Je l'aidai à se redresser et enveloppai son crâne d'une serviette propre.

« Dans l'Indiana. »

Elle entreprit alors de raconter l'histoire à tout le salon. Ronalda avait emmené Nkrumah faire une course et son petit frère avait été heurté par une voiture. Pas de quoi passer la nuit à l'hôpital, mais assez grave pour qu'il pleure et hurle comme si on avait tenté de l'égorger. Quelqu'un avait appelé la police et, pour finir, le père de Ronalda et sa belle-mère s'étaient disputés, la plus grosse dispute de leur vie. Le gamin n'était même pas blessé, c'était ça le pire. Mais la belle-mère était hystérique.

« D'accord, Fairburn, ça craint un peu, admit-elle. Mais seulement la nuit. Et c'est là qu'habite le copain de Ronalda, donc elle n'avait pas trop le choix. Mais allez expliquer ça à ses parents. C'est des vrais bourges, vous comprenez ? »

Ma mère dit qu'elle comprenait.

Qu'était-elle censée faire ? Laisser Nkrumah seul à la maison ? Elle était bien obligée de l'emmener : « Ils l'exploitaient comme une bonniche. On ne la voyait jamais sans ce gamin dans les bras. »

Ronalda aimait son copain et il avait des problèmes. Elle ne pouvait quand même pas l'ignorer : « Il avait besoin d'elle. »

Toujours selon Dana, les parents n'appréciaient pas ce garçon parce qu'il avait vingt-quatre ans et qu'il était militaire. Soi-disant qu'ils le trouvaient trop vieux pour sortir avec une lycéenne. Mais ce qui les gênait vraiment, c'est qu'il n'avait pas fait d'études. En plus, il avait de gros, gros problèmes. Il avait besoin de soutien et de cinquante dollars. Ronalda n'était pas du genre à laisser tomber ses amis dans les moments difficiles.

Elle était allée à Fairburn pour lui apporter de l'argent – qu'elle avait gagné en gardant ce petit garçon capricieux – et tout se passait bien, jusqu'à ce qu'elle rentre dans l'appartement pour dire au revoir à la mère de son copain. Elle voulait être polie, et son petit frère en avait profité pour s'échapper. C'est comme ça qu'il avait été percuté par une voiture. Effleuré serait plus juste, en fait. Mais quand même. La police était là une minute plus tard et on avait demandé à Ronalda si Nkrumah était son fils.

Ensuite, sa belle-mère avait débarqué et elle avait pété les plombs parce que le gosse avait une minuscule coupure sur l'arcade sourcilière. On aurait cru qu'il s'était pris une balle.

« C'est quand même compréhensible », intervint ma mère.

Oui, Dana comprenait qu'elle ait été bouleversée, mais est-ce que ça justifiait une scène pareille ? On ne parlait pas comme ça aux gens, c'était pire que de leur cracher dessus. Et maintenant, son amie était renvoyée dans l'Indiana.

« C'est triste. Pour tout le monde. Je prierai pour la famille.

— Non. Priez pour Ronalda. C'est elle qui en a le plus besoin.

— J'ai assez de prières pour tout le monde. »

Dana s'essuya le nez avec le coin de sa cape de coiffure.

« Elle va me manquer. Et elle n'y est pour rien. Ce n'est pas sa faute si sa mère est comme elle est. »

Ma mère mit quatre ou cinq pinces dans la permanente de sa cliente et me remplaça au sèche-cheveux. Elle parlait à Dana du ton apaisant qu'on emploie pour calmer un bébé en pleurs. Elle lui coiffa les cheveux vers l'avant et je vis Dana fermer les yeux avant qu'ils se rabattent en un linceul devant son visage.

Nous avions terminé bien avant 17 h 30 et l'heure d'affluence, mais elle resta discuter avec ma mère. Elle s'était mystérieusement déridée et la bombardait de questions, comme une journaliste bienveillante. Que mangeait-elle ? Pensait-elle qu'il était important d'aller à la fac ? Pouvait-elle lui donner des conseils ? Ma mère s'ouvrait comme une fleur, riait de ses plaisanteries et écartait ses compliments du revers de la main. Seule une question la perturba : « Madame Witherspoon, diriez-vous que vous êtes une personne heureuse ? »

Fronçant les sourcils, elle posa le fer à boucler sur une serviette humide, puis humecta son doigt et effleura le métal brûlant.

« Je n'en sais rien.

— Et c'est la faute à qui ? Qui est responsable, selon vous ? »

Un peu étourdie, elle regarda sa cliente.

« Les jeunes, de nos jours, ils sont plus compliqués que nous à leur âge !

— Personne n'est véritablement heureux, intervint la femme.

— Mais est-ce que vous pourriez l'être ? insista Dana, sans quitter ma mère des yeux.

— Je suis heureuse, lançai-je.

— Pas moi, dit Dana. Je pense que je me sens seule.

— Pauvre lapin », dit ma mère.

Elle l'invita à dîner et sa réponse nous rendit toutes les deux un peu mélancoliques.

« Merci, mais je dois rentrer. »

Dana refusa aussi qu'on la ramène en voiture. Je la raccompagnai à l'arrêt de bus.

« Et toi, ça t'arrive de te sentir seule ? me demanda-t-elle.

— Parfois.

— C'est parce que tu es spéciale. C'est difficile pour les gens de te comprendre. »

Je haussai les épaules, parce que j'étais tout ce qu'il y a de plus banale, mais j'appréciai quand même le compliment.

« Et toi, c'est parce que tu es spéciale que tu te sens seule ?

— Non. Je me sens seule pour toutes les raisons classiques. »

L'arrêt de bus était signalé par un poteau en béton bosselé recouvert de plusieurs couches de peinture blanche.

« T'as pas besoin d'attendre avec moi.

— Ça me gêne pas. Pense à attacher tes cheveux la nuit. Le frottement contre l'oreiller les rend fourchus. »

Elle promit qu'elle essaierait de s'en souvenir.

« Pourquoi ton père organise cette fête pour ta mère ? La vraie raison, je veux dire. »

Son visage était bienveillant, pourtant je sentis un frisson glacé me parcourir les bras.

« Parce qu'il l'aime, je suppose. »

Mon visage lui révéla peut-être quelque chose que je ne voulais pas montrer car elle me toucha le bras.

« Tu as toujours été la préférée, toute ta vie, et tu ne le sais sans doute même pas. »

Je ris nerveusement.

« L'amour des parents, ça ne suffit pas.

— Je t'aime, murmura-t-elle. Tu le vois pas ? »

Je restai muette, comme si j'étais soudain atteinte du bégaiement de mon père. Sauf que les mots étaient coincés dans ma tête, pas dans ma gorge. Plusieurs fois, je m'étais demandé si Dana m'appréciait réellement. Elle pouvait être sarcastique, limite méchante. Je me demandai s'il y avait d'autres gens autour de moi qui m'aimaient et ne m'avaient jamais rien dit. Je songeai à Jamal, à huit cents kilomètres de là, à Hampton, en Virginie. Est-ce qu'il m'aimait quand il révisait, quand il prononçait les vœux de sa fraternité étudiante, quand il draguait les filles de médecins, les invitait à dîner, voulait leur présenter ses parents ? À l'exception de mon institutrice de maternelle, on ne m'avait jamais dit qu'on m'aimait à l'extérieur de ma famille. C'était perturbant, déconcertant et excitant.

« Tu vois ! Tu ne t'en rendais pas compte. »

Elle secoua la tête, atterrée par mon aveuglement, puis se retourna au bruit du bus qui arrivait.

« T'as pas l'impression qu'on est amies depuis longtemps ?

— Si », admis-je, encore étourdie à l'idée que j'avais peut-être été adorée en secret toute ma vie.

Elle grimpa dans le bus et me lança un regard triste.

« Tu ne m'as pas dit si toi aussi.

— Moi aussi quoi ? » demandai-je tandis que les portières se refermaient.

Elle s'assit près d'une fenêtre, mais ne regarda pas une fois dans ma direction. Pourtant j'étais au coin de la rue, agitant le bras comme une enfant.

Si mon père se mettait une Grande Idée en tête, rien ne pouvait l'en dissuader. Quand il avait créé Witherspoon Sedans, à part Raleigh, tout le monde pensait que c'était de la folie. Mlle Bunny, Dieu ait son âme, voulait qu'il prenne un emploi de chauffeur chez les Blancs. Même ma mère était dubitative. Peut-être qu'il ferait mieux de s'engager, et de profiter des avantages réservés aux anciens combattants pour aller à la fac et acheter une maison à Macon. Mais il sentait dans ses tripes que Raleigh et lui étaient destinés à être leurs propres patrons, tout comme il était aujourd'hui convaincu que ma mère rêvait d'une réception grandiose.

« Je sais de quoi je parle, trésor.

— Mais moi, je suis tout le temps avec elle, protestai-je alors que nous sortions de la papeterie. Chaque fois qu'il y a une soirée un peu chic, elle dit que c'est n'importe quoi. Et elle a la migraine pendant la saison des bals.

— Vraiment ? fit mon père en écarquillant les yeux.

— Vraiment.

— T'as jamais entendu parler d'un truc qu'on appelle le dépit ? »

Il ouvrit la boîte à gants et en sortit un mouchoir à monogramme.

« Tu as quelque chose sur le menton. »

Je m'essuyai avec le carré de tissu.

« Elle n'est pas jalouse.

— Il est temps que tu apprennes à lire entre les lignes, quand les gens disent quelque chose. »

Il ralentit à la hauteur de la maison.

« Maintenant, arrête avec ça. On fera quelque chose pour toi la prochaine fois.

— Je ne dis pas ça par dépit, si c'est ce que tu insinues. »

Sa vitre descendit avec un bourdonnement électrique fluide.

« Je suis sérieux. Tu auras ta fête, toi aussi. »

Il toucha le bord de son chapeau et je me sentis sourire tandis que la voiture s'engageait dans l'allée.

Ils décidèrent de lui annoncer la nouvelle un lundi après-midi, alors qu'elle buvait un cocktail sur le canapé devant la télé. Je venais de rentrer du lycée quand j'entendis qu'on chuchotait bruyamment mon nom derrière moi. Je découvris mon père et Raleigh sur le seuil de la chambre d'ami.

« Elle regarde une série, souffla Raleigh. Elle ne se doute de rien.

— Je sais pas si c'est une bonne idée », dis-je avec le sentiment de seriner la même rengaine depuis trois semaines.

« Vérifiez au moins que la date lui convient », les avais-je suppliés, tandis qu'ils laissaient des acomptes chez le traiteur, le fleuriste et à la papeterie.

« C'est une surprise, Chaurisse, répondaient-ils.

— Elle n'aime pas les surprises.

— Elle ne veut pas d'une fête surprise, mais elle sera contente d'être surprise par une fête. Fais-nous confiance. On connaît ta mère depuis un bail. »

J'étais censée entrer dans le salon avec le bouquet de roses enveloppé de papier que me tendait Raleigh. Mon père lancerait la musique, Stevie Wonder, *I Just Called to Say I Love You*. Non, avaient-ils protesté, ce n'était pas cucul. « C'est sincère », avait dit mon père, qui voulait que j'avance en rythme « comme une demoiselle d'honneur ».

Une fois les fleurs offertes, il me passerait l'invitation que je remettrais à ma mère, pendant que Raleigh prendrait deux millions de photos.

« Compris ? »

Je levai les yeux au ciel.

« Oui, mais ne venez pas vous plaindre après si ça ne lui plaît pas.

— Elle va adorer, assura Raleigh.

— Tu peux mettre une robe ? »

Je me changeai. Une petite robe rouge à pois blancs que j'avais achetée avec mon argent chez Lerner. J'enfilai même des escarpins en similicuir avec une bride sur le talon, mais je laissai tomber le collant. Il y a des limites. Je m'examinai dans le miroir et ajoutai du rouge à lèvres. Puis je mis du fond de teint sur mes joues pour masquer les cicatrices d'acné. Je ne pouvais pas me sortir Dana de la tête, ses regards entendus. Je ne savais pas quoi penser de son attitude avec ma mère. Elle lui avait parlé un peu comme une femme à une autre femme, mais aussi comme une fille à sa mère, et comme une élève à sa prof. Et peut-être aussi l'inverse. Il y avait des jours où j'avais l'impression que ma mère était un journal que tout le monde était capable de lire, sauf moi.

Le tapis du salon bruissait sous mes pieds. J'avais beau savoir que c'était débile, je m'efforçais de marcher en rythme.

Ma mère était pelotonnée sur le canapé, dans des vêtements amples et confortables. Elle appelait ça « son survêt de prison » pour le distinguer de la tenue de jogging améliorée qu'elle mettait pour aller au centre commercial. Chez elle, le lundi était « beauté facultative », et elle avait enveloppé ses cheveux d'un foulard de satin huilé. Sur la table basse à sa droite, à côté de la télécommande, se trouvait un bol de M&Ms. Le lundi, le régime était également facultatif.

Une fois, j'avais entendu mon père plaisanter avec un jeune homme qu'on ramenait de l'aéroport. Il avait l'air un peu intello et serrait un bouquet de grosses marguerites colorées. Il nous confia qu'il allait rencontrer ses futurs beaux-parents pour la première fois. « Bien joué, dit mon père. On devrait jamais épouser une fille avant d'avoir vu la maman. Au moins, on sait à quoi s'attendre. » Il avait éclaté de rire, tandis que le garçon à l'arrière fixait ses fleurs, se demandant dans quelle sorte de miroir magique il s'apprêtait à plonger le regard. Je contemplai ma mère affalée sur le canapé. Était-ce moi dans vingt ans ? Si le jeune homme nerveux de l'aéroport se trouvait face à ma mère sur le seuil, que penserait-il ?

Elle fronça les sourcils en me voyant approcher d'un pas raide avec mon bouquet de roses. Je jetai un coup d'œil à mon père et à Raleigh derrière moi. C'était couru d'avance : on voulait faire un truc bien et on réussissait juste à lui faire peur.

« Chaurisse, qu'est-ce qu'il y a ? Quelqu'un t'a envoyé des fleurs ? »

Encore une fois, je regardai mon père. Notre mise en scène était censée être muette. Raleigh agita la main et j'oubliai le tempo de la chanson. Je me précipitai, roses devant.

« C'est pour toi. »

Le reste obéit presque au scénario, si ce n'est que je posai les fleurs sur la table à côté de la télécommande, alors que j'étais censée les lui donner. Mon père avait l'air un peu fâché, mais il me passa l'enveloppe que je transmis docilement. Elle l'ouvrit et gloussa en constatant qu'elle en contenait une seconde, plus petite.

« Qu'est-ce que c'est ? » demanda-t-elle avec un large sourire, tandis que Raleigh la mitraillait.

Le carré de papier de soie qui entourait le carton d'invitation apparut.

« Oooh, quel luxe ! » dit-elle, et pas du tout de la voix sarcastique qu'elle employait devant les invitations de ses clientes, mais sur un ton réellement appréciateur. Puis elle lut le carton et laissa échapper un petit cri.

Mlle Bunny Chaurisse Witherspoon
a le plaisir de vous convier
à une réception en l'honneur de sa mère,
Mme Laverne Vertena Johnson Witherspoon,
à l'occasion du vingtième anniversaire du
Renard Rose,
le 17 juin 1987, à 19 heures.

Elle se leva et me serra étroitement. Le corps tremblant, elle sanglotait sur mon épaule. Je n'étais pas sûre de bien comprendre. Je l'étreignis à mon tour, lui tapotant le dos, tandis qu'elle miaulait comme un chaton nouveau-né. L'invitation à la main, elle voulait tous nous enlacer. Elle ne me lâcha que pour se jeter dans les bras d'oncle Raleigh, pleurant aussi sur sa chemise. Vint le tour de mon père qu'elle serra avec autant d'émotion que si elle avait gagné le gros lot au Juste Prix. Puis ce fut de nouveau à moi. « On ne m'a jamais fait un si beau cadeau », dit-elle. Je ne répondis rien, abasourdie par la puissance inattendue de son étreinte.

C'est marrant comme on peut se tromper sur les gens qu'on croit connaître.

20

Éclatement

Il était écrit que 1987 serait l'année de toutes les fêtes. Les seize ans de Ruth Nicole Elizabeth en février donnèrent le ton. Il y eut deux ou trois autres anniversaires, presque aussi chics. C'en était au point où on n'osait plus organiser de soirée sans traiteur. Seul Marcus McCready refusa de se laisser gagner par cette folie. Lorsqu'il rentra de Chapel Hill en avril, il décida de faire une grosse fiesta étudiante, à la différence près que la plupart des invités étaient encore au lycée. L'orgie devait avoir lieu au bord du lac Lanier, à une heure et demie au nord d'Atlanta.

Dana était tellement excitée par la nouvelle qu'elle nous épargna sa valse habituelle de *je peux-je peux pas*. Elle accepta tout de suite et, le jour dit, elle m'attendait sur le parking de Greenbriar à l'heure, avec des cadeaux : deux bustiers identiques censés montrer au monde que j'étais sa meilleure copine. C'était ce qu'elles faisaient avec Ronalda, m'expliqua-t-elle, tandis que nous nous changions dans la Lincoln, derrière les vitres teintées.

Cent quarante kilomètres, ce n'est pas grand-chose sur le compteur, mais on a une blague ici : « Faites gaffe quand vous quittez Atlanta, car vous risquez de finir en Géorgie. » La famille de Marcus avait acheté la maison au bord du lac après que son père, un gars de la campagne originaire de Mobile, s'était remarié avec une New-Yorkaise qui voulait à tout prix une « résidence secondaire ». Poussé par un agent immobilier qui lui assurait que le lac Lanier serait bientôt le Martha's Vineyard du Sud, il signa en dépit des mises en garde de mon père : « Le comté de Forsyth, y a rien là-bas, que des bleds plus racistes les uns que les autres. »

Une fois hors de la ville, lorsque la circulation devint moins dense, je m'arrêtai dans une station-service pour faire le plein et étudier le trajet.

« Tu te fais toujours servir par le pompiste ? demanda Dana.

— Je le mets sur la carte de mon père. Il n'aime pas que je me serve moi-même. »

Elle sourit.

« J'y peux rien », ajoutai-je en dépliant la carte, tandis qu'un jeune Blanc efflanqué dévissait le bouchon du réservoir.

« Je connais la route, dit-elle. J'y suis déjà allée. »

Je dus avoir l'air surprise, car elle réagit avec une certaine hauteur.

« T'es pas la seule à avoir des copains friqués.

— C'est pas la question. Je me demandais pourquoi tu me l'avais pas dit avant. On n'est pas censée être amies ?

— On est amies. »

Elle se retourna et se mit à genoux sur son siège, froissant ma carte.

« Cette bagnole a une banquette immense. Tu t'en es déjà servie pour t'amuser un peu ? »

Elle eut un sourire suggérant qu'elle avait passé du temps à l'arrière des voitures.

Je ne l'avais fait qu'une fois et, à vrai dire, je n'avais pas trouvé ça très confortable.

« Baiser dans une bagnole, ça fait partie des trucs qui ne marchent que dans les films, dis-je d'une voix que j'espérais blasée.

— J'en étais sûre ! Je savais que ton côté fille bien élevée, c'était qu'une façade. »

Je haussai les sourcils, essayant encore d'avoir l'air mystérieuse et avertie, mais Dana riait et huait comme si elle avait gagné un pari.

« Je le savais ! »

Je sentis mon sourire s'effacer.

« Pas souvent. Et pas récemment. C'était quand j'étais en seconde, et aussi une fois l'été dernier.

— Ne fais pas cette tête. Tu as un passé, c'est pas grave. Et tu as un passé avec qui, alors ? Pas besoin de me donner toute la liste. Les plus importants, ça ira.

— Jamal. Jamal Dixon.

— Hé ! Le fils du pasteur qu'est super connu ?

— Oui, dis-je, ne sachant pas trop si je me vantais ou me confessais.

— Il a l'air d'un mec bien. Le genre à faire les choses dans les règles. Ça m'étonne qu'il pratique le détournement de mineures.

— Ne dis pas ça !

— T'énerve pas, dit-elle, inspectant son décolleté. Je te comprends. Crois-moi.

— On fréquentait la même église. Jamal est un mec bien. Il tient à moi.

— Je sais, je le connais un peu. Marcus, en revanche, c'est tout sauf un mec bien.

— Si tu ne l'aimes pas, pourquoi tu veux aller à cette fête ?

— Parce que je le déteste tellement que je peux pas me passer de lui. »

Elle souriait, mais elle avait un air farouche qui me rappelait quelque chose. Elle eut un autre sourire tout en dents. Je me souvins alors où j'avais vu la rage qui plissait ses yeux. Une fois où j'étais en voiture avec ma mère pour aller voir grand-ma Bunny, on avait dépassé un groupe de prisonniers au bord de la route. La plupart étaient noirs, certains très vieux, et tous ramassaient des détritus. Il y avait des travaux et on était obligé de rouler lentement. L'un des hommes me regarda. J'agitai la main. Il m'adressa le même genre de sourire, rien qu'avec les dents. Le reste de son visage et la manière dont il se tenait, tout indiquait qu'il avait des envies de meurtre.

« On repart, dit Dana.

— Non. Je veux savoir, à propos de Marcus. Qu'est-ce que tu as l'intention de faire, là-bas ?

— Je rigolais, dit-elle, les mâchoires toujours crispées. Je ferai pas de scène, promis. J'ai été un peu blessée, c'est tout. Je suis sûre que tu sais ce que je ressens », ajouta-t-elle d'une voix douce.

Je hochai la tête. Je savais. Je lui racontai que, à l'époque où on allait encore à l'église baptiste de Mitchell Street, Jamal avait soudain cessé de m'adresser la parole en public. Il n'était pas en colère ni rien, mais il était incapable d'assumer devant sa mère.

« Penche-toi », dit-elle.

Elle tira sur mon bustier pour aligner les rayures arc-en-ciel. Puis elle caressa ma queue-de-cheval postiche.

« Ils font vraiment naturels, m'assura-t-elle, aplatissant les cheveux crépus sur ma nuque. Allons-y. »

La nuit tombait vite. Nous avions à peine fait dix kilomètres sur l'I-75 que j'allumai les phares. Dana monta le son de la musique.

« Tu danses bien ?

— Pas vraiment. On a des problèmes de coordination dans la famille.

— Ta mère aussi ? Elle a pourtant l'air capable de remuer son popotin.

— Elle préfère remuer les potins.

— T'es une marrante, mine de rien. »

Dana tourna le bouton de la radio. Le temps de réaliser qu'on était trop loin d'Atlanta pour capter une autre station de R&B, celle qu'on écoutait au début était introuvable.

« Au fait, tu as des réponses pour la fac ? me demanda-t-elle.

— Je n'ai pas été acceptée à Mount Holyoke ni à aucune des Sept Sœurs.

— C'est peut-être pas plus mal. »

Elle avait repris sa vaine quête d'une radio quand une détonation retentit. Elle se recroquevilla sur son siège, persuadée qu'il s'agissait d'un coup de feu, mais j'avais tout de suite compris qu'on avait crevé.

C'est difficile pour moi de me souvenir de la suite ; aujourd'hui encore, je me repasse le film dans ma tête, zoomant sur un détail, et, dans cette version, j'aimerais pouvoir prétendre que j'avais remarqué des signes, que je sentais qu'il y avait quelque chose de pas net. En réalité, je n'avais que mes cinq sens émoussés pour me guider.

« Accroche-toi », dis-je, veillant à ne pas crisper les coudes et à ne pas donner de coup de volant brutal.

Je jetai un bref regard au compteur. Par chance, nous roulions seulement à quatre-vingt-dix kilomètres à l'heure. La Lincoln vibrait comme un lave-linge. Des lambeaux de pneu volaient autour de nous. Dana geignait à côté de moi. Je haletais si fort que je crus que j'allais déchirer mon bustier, mais je gardai mon sang-froid. Mon père m'avait expliqué comment réagir dans ce genre de situation et j'appliquai ses conseils. Enfin, j'appuyai doucement sur le frein et la voiture s'immobilisa en cahotant sur le bas-côté.

« Qu'est-ce qui s'est passé ?

— Le pneu a éclaté. »

Elle se redressa sur son siège, prit une profonde inspiration, souffla et inspira encore.

« Je nous voyais déjà mortes.

— L'important, c'est de ne pas paniquer. »

J'allumai les feux de détresse. La double flèche jaune illuminait la voiture à intervalles réguliers. On allait devoir rouler sur la jante jusqu'à la prochaine sortie.

« Ça va secouer », dis-je à Dana en repartant sur la route.

Elle hocha la tête, inspirant toujours à fond.

« Si tu n'arrives pas à te calmer, respire dans un sac en papier. Sinon, tu risques de faire une crise d'hyperventilation.

— OK. C'était horrible. J'ai vraiment cru qu'on allait mourir.

— L'angoisse, t'imagines ? Mourir alors qu'on est encore au lycée !

— Ça serait tout moi, mourir avant d'avoir pu aller à Mount Holyoke. »

J'appuyai sur l'accélérateur et la voiture bringuebalante prit de la vitesse.

« Pas la peine de retourner le couteau dans la plaie. À tous les coups, je vais me retrouver à Georgia State. »

Peut-être était-ce le relâchement de la tension après la crevaison, mais je me sentais abattue. Je voulais voyager, quitter Atlanta. Je n'avais jamais songé au Massachusetts, et voilà que soudain je n'avais pas de désir plus impérieux. J'avais presque six mille dollars d'économies. Ça faisait beaucoup d'heures à cinq dollars au Renard Rose. Et je rêvais de tout claquer en blazers en tweed et en sandwichs au homard. Je voulais un avenir.

Le panneau annonçait que nous trouverions à la prochaine sortie de l'essence, de la nourriture et des chambres, mais il n'indiquait pas à quelle distance. Au retour, je réaliserais que pendant tout ce temps nous étions à un kilomètre à peine de la voie express. Mais un kilomètre, ça peut être très long pour deux filles noires en pleine nuit dans un trou paumé. La voiture faisait un boucan odieux sur la route déserte, comme le claquement de talons aiguilles dans un couloir vide.

« Pleure pas, Chaurisse, dit Dana. On ne sait pas ce qui peut arriver. »

21

Tout va bien, jeune fille ?

La minuscule station-service était vieillotte, pas aussi ringarde que la Petite Maison dans la prairie, mais assez datée pour nous rappeler qu'on n'était plus à Atlanta. Aucun panneau sur les pompes à essence trapues équipées de compteurs mécaniques n'indiquait qu'il fallait payer d'abord. Rien qu'à le voir, on pouvait être sûr que le magasin ne vendait que du chewing-gum, du Coca et de l'huile pour moteur. Je me garai dans un coin, près d'une cabine téléphonique.

Lorsque la voiture s'arrêta, les lumières du petit parking devinrent un peu plus vives, comme si on s'approchait d'une maison particulière et que quelqu'un avait allumé les projecteurs. L'employée, une Blanche qui devait avoir l'âge de ma mère, passa la tête par la porte. Sa tignasse auburn permanentée à mort prouvait si besoin était qu'il aurait fallu interdire aux gens de s'appliquer eux-mêmes des traitements chimiques sur le crâne.

« Elle ne va pas pouvoir nous aider à changer la roue, dit Dana.

— Non. Et la jante est tordue, maintenant. On va se faire remorquer.

— Remorquer où ? s'écria-t-elle.

— À Atlanta. On peut faire une croix sur la fête. »

Son visage retrouva son expression farouche.

« C'est qu'un pneu. On va trouver quelqu'un pour nous aider et on pourra repartir.

— La jante est complètement déformée. On a roulé dessus pendant au moins trois kilomètres, dis-je lentement, comme si je m'adressais à une enfant.

— Non, Chaurisse, répondit-elle encore plus lentement. On va à la fête. Tu m'as invitée à une fête. Je vais demander de l'aide à l'intérieur. C'est une station-service. Il doit bien y avoir quelqu'un capable de changer une roue. »

Elle partit en trottinant vers le petit magasin, laissant la portière ouverte.

Il ne faisait pas assez chaud pour nos bustiers assortis, constatai-je lorsque je sortis à mon tour de la voiture. Je me dirigeai vers la cabine. Elle avait un côté Superman qui donnait à l'endroit un aspect factice de décor de cinéma.

« Je voudrais passer un appel en PCV, dis-je à l'opérateur. De la part de Chaurisse. »

Quelques instants plus tard, la voix de mon père résonnait dans le combiné.

« Qu'est-ce qu'il y a, trésor ? Tu vas bien ?

— Moi oui, mais pas la Lincoln.

— Tu as eu un accident ?

— Non. On a crevé. »

Je l'entendis dire « Elle va bien » à ma mère.

« J'ai gardé le contrôle de la voiture. Je n'ai pas donné d'à-coup avec le volant et j'ai pu m'arrêter un peu plus loin.

— Bravo, ma grande. Tu es où ?

— Sur l'I-75. On a pris la sortie 12. On est à une station Chevron.

— Tu n'es pas seule ?

— Je suis avec une copine.

— Bouge pas. On arrive. Ton amie et toi, enfermez-vous dans la voiture. Mieux vaut éviter les ennuis avec les bouseux racistes du coin.

— D'accord, papa. »

Je vis Dana sortir du magasin en se pavanant, escortée d'un Blanc fluet. Il était jeune, mais en âge d'acheter de l'alcool.

« Je te présente Mike. Il va nous changer la roue. »

Il sourit, révélant des dents étonnamment saines.

« Pour un tarif à négocier, bien sûr.

— Pas de problème, dit Dana. J'ai de quoi payer. »

Mike ressemblait aux garçons idéaux des romans sentimentaux pour adolescentes. Ses cheveux étaient plus noirs que ceux de Dana et ses yeux, du même bleu que la rayure de ses baskets.

« On t'a jamais dit que tu ressemblais à Robin Givens ? »

C'était à Dana qu'il s'adressait.

« Si, parfois. Tu veux voir ce pneu ? »

À présent, c'était moi qu'il regardait. Machinalement, je touchai mes faux cheveux. C'est bizarre comme on peut se décomposer sous les yeux d'un homme. Consciente de tous mes défauts – du renflement de mes clavicules aux cicatrices d'acné dissimulées sous le correcteur de teint –, je réajustai encore les épingles qui tenaient ma queue-de-cheval en place.

« Je me demandais si tu ressemblais à quelqu'un de célèbre.

— Te fatigue pas, non.

— Ouais, sans doute pas, dit-il tristement.

— Mike », appela Dana.

Il s'approcha du pneu crevé et siffla à travers ses dents blanches.

« Eh bé, vous avez du bol de pas avoir fini dans le décor.

— J'ai pas donné d'à-coup sur le volant. »

Il ne m'adressa même pas un regard.

« Tu peux faire quelque chose ? »

Elle s'accroupit à côté de lui et il posa la main sur ses reins, là où la peau était nue entre son jean et le bustier qui remontait.

« Pas sûr, dit-il, caressant l'aile de sa main libre. Belle bagnole. Entre une Lincoln et une Cadillac, j'hésiterais pas. Elle est à qui ?

— À mon père.

— Il est chauffeur, compléta Dana, me foudroyant du regard. Elle lui appartient pas.

— J'avais pigé, dit Mike.

— Alors, tu peux nous aider ?

— Peut-être. Si vous avez un cric.

— Chaurisse, on a un cric ? me demanda-t-elle d'une voix sucrée, battant des cils comme si j'étais moi aussi un mec débile.

— Encore une fois, on a tordu la jante. Mon père arrive.

— Quoi ?

— Mon père vient nous chercher.

— Hein ? Pourquoi tu l'as appelé ? Je t'ai dit que j'allais demander de l'aide. Tu pouvais pas attendre dix minutes ? »

Dana, qui se frappait les cuisses devant moi, n'avait plus rien d'une fille d'argent, elle avait l'air d'une folle.

Mike se redressa, faisant craquer ses genoux.

« Bon, puisque vous avez trouvé une solution…

— Non ! S'il te plaît. Change la roue. Je peux payer. »

Elle se hissa sur la pointe des pieds, s'étirant pour glisser les doigts dans la poche avant de son jean trop serré. Elle en extirpa un billet ratatiné, se servant de son majeur et de son index comme d'une pince. Elle le déplia et agita le rectangle de papier froissé.

« Tu veux pas gagner vingt dollars ? »

Mike regarda l'argent, puis Dana. Avec son maquillage qui réfléchissait la lumière du parking, elle avait l'air d'une citrouille d'Halloween éclairée de l'intérieur.

« Vingt dollars.

— Je peux rien faire si ta frangine me donne pas un cric.

— C'est pas ma frangine.

— Écoute, je veux pas me mêler de vos affaires. J'y peux rien si tu me dis un truc et après le contraire.

— Dana, calme-toi, intervins-je. On va attendre dans la voiture.

— Je ne peux pas. Pour vingt dollars, est-ce que tu me ramènerais à Atlanta ? demanda-t-elle à Mike.

— Ah ça non, ma belle. Je vais pas à Atlanta en pleine nuit. Je suis pas un trouillard, mais ma vie vaut plus que vingt dollars. »

Il repartit en direction de la station-service. Si de face Mike semblait tout droit sorti d'un magazine pour midinettes, quand je le regardais s'éloigner dans son Levi's, j'avais envie de chanter *Jack and Diane*, de John Cougar.

Dana courut s'enfermer dans la cabine pour téléphoner. Elle parlait avec la main devant la bouche, comme si elle craignait que je ne lise sur ses lèvres à travers la vitre. Je savais que c'était impossible, pourtant, je crus entendre mon nom et celui de Raleigh. En revanche, je n'avais aucun doute sur son « Dépêche-toi », parce qu'elle le cria. Elle raccrocha le combiné délicatement, avant de prendre deux grandes inspirations qui gonflèrent sa poitrine. Elle m'adressa un sourire, mais le reste de son visage exprimait le même désir de meurtre que celui du forçat au bord de la route.

« Je veux aller à cette fête. J'ai demandé à ma mère de venir me chercher et de m'emmener là-bas.

— Je croyais qu'elle n'avait pas de voiture.

— Ma tante Willie Mae en a une. Elles viennent ensemble.

— Comme tu veux. Ça nous empêche pas d'attendre dans la Lincoln. »

L'horloge du tableau de bord affichait 21 h 15. Sans cette crevaison, nous serions déjà arrivées à destination, vêtues de nos bustiers assortis. Deux filles qui avaient l'habitude d'aller à des fêtes, deux filles avec de beaux cheveux. Marcus devait être en train d'offrir du punch violet à tout le monde, sauf à Ruth Nicole Elizabeth qui devait siroter son Cherry Coke. Exactement comme au réveillon de Noël l'an dernier, les lumières bleues clignotantes en moins. Jamal serait assis dans un coin, l'air d'avoir envie d'être ailleurs, un gobelet à la main. Il me saluerait en le penchant légèrement dans ma direction et dirait à quelqu'un qu'il me considérait comme sa petite sœur. Et moi je lui adresserais un sourire patient. Je répondrais « non merci » quand il me proposerait du punch et j'étudierais son visage pendant qu'il boirait, jusqu'à ce que ses yeux s'alourdissent.

À Noël, le père de Ruth Nicole Elizabeth avait attendu exactement quarante-cinq minutes dans sa Volvo, puis il avait donné trois coups de klaxon. Marcus l'avait raccompagnée, sous le regard des autres filles postées aux fenêtres. Il lui avait tenu la portière et son bracelet d'or à mailles plates avait lancé un dernier éclat avant qu'elle s'engouffre dans la voiture. Il avait serré la main de M. Grant, puis il avait fait demi-tour et déclaré que la fête pouvait commencer. Jamal avait bu jusqu'à ce qu'il oublie que j'étais sa petite sœur. « Tu prends toujours la pilule ? » Oui, oui, oui !

Une heure à patienter dans une voiture, c'est long, même si c'est une Lincoln confortable. J'avais mis le chauffage, mais on ne tarda pas à étouffer. J'ouvris la fenêtre. Aussitôt, une armada d'insectes caparaçonnés envahit l'habitacle, courant sur nos épaules nues.

« C'est horrible, dit Dana. C'est la cata.

— Arrête, t'exagères. L'an prochain, tu seras dans le Massachusetts et t'iras à de vraies fêtes étudiantes, tandis que moi, je serai toujours coincée ici à shampouiner.

— S'il te plaît, appelle ton père et dis-lui que c'est pas la peine de venir. Ma mère est déjà en route. Elle nous ramènera toutes les deux.

— Non, il veut voir dans quel état est la voiture. »

Elle ouvrit la portière et sortit sur le parking goudronné. Il était tard, presque 22 heures. La femme permanentée rangeait avant de fermer.

« Allez, papa, murmurai-je. Allez, Raleigh. »

Dana retourna dans le magasin et je la vis parler à la vendeuse en faisant de grands gestes. C'était totalement disproportionné. Peut-être qu'elle se droguait. Elle me faisait penser à un flipper : énergie, lumières et collisions. Elle ressortit avec une clé argentée attachée à un bloc en bois. Elle fonça vers la cabine et décrocha le combiné pour le reposer presque aussitôt.

Elle frappa à ma fenêtre.

« Je vais aux toilettes. Si ton père arrive, partez sans moi. Ma mère ne va pas tarder.

— Il sera pas là avant quinze ou vingt minutes. T'as tout le temps.

— OK. Et si ma mère arrive avant, dis-lui où je suis.

— Comment je la reconnaîtrai ?
— Tu ne pourras pas te tromper. »

D'après l'horloge du tableau de bord, Dana était aux toilettes depuis vingt-deux minutes lorsque la limousine apparut. Papa et Raleigh étaient en train de tailler les haies dans le jardin quand j'avais appelé et ils avaient sauté dans la voiture avec leurs tee-shirts tachés de sueur et leurs bermudas trop grands. Ils sentaient le tabac et la sève.

« Madame », dit oncle Raleigh en ouvrant ma portière.

Je descendis, jetant un coup d'œil à mon père qui inspectait la jante abîmée comme s'il hésitait à lui faire du bouche-à-bouche.

« Chaurisse, James m'a dit que t'étais avec une copine. Elle est où ?

— Elle a pété les plombs. Je ne sais pas ce qu'elle a.

— Elle s'appelle comment, déjà ?

— Dana. »

Il fit un petit « o » avec ses lèvres et plissa les yeux.

« Et elle ressemble à quoi ? »

Rétrospectivement, ça paraît évident, bien sûr, mais sur le moment je trouvai ça juste un peu bizarre.

« Peau foncée, cheveux longs. Elle s'est enfermée dans les toilettes.

— Bon, je vais donner un coup de main à James avec la roue. »

Il alla s'accroupir à côté de mon père et je les vis murmurer entre eux comme des comploteurs. Je les laissai là dans leur tenue de grands gamins pour me diriger vers les toilettes.

« Dana ? Dana, ça va ?

— Ma mère est arrivée ?

— Non, mais mon père et mon oncle sont là. Viens.

— Je peux pas.

— Qu'est-ce que t'as ?

— Partez, s'il te plaît. Ma mère sera là d'une minute à l'autre. S'il te plaît, Chaurisse, débrouille-toi pour qu'ils s'en aillent. »

Je l'entendais pleurer à travers la porte, de gros sanglots comme ceux de ma mère à l'enterrement de Mlle Bunny. À l'église, elle avait dû s'allonger sur un banc, tapant des pieds si fort qu'elle avait perdu une chaussure. On n'avait pas pu la retrouver, si bien que ma mère s'était retrouvée au cimetière en collant, tandis qu'on descendait le cercueil en terre.

Je rejoignis à petites foulées mon père et Raleigh qui fumaient des Kool, appuyés au capot de la Lincoln boiteuse.

« C-c-comment ça se passe là-bas ?

— Papa, ça ne va pas du tout. Elle pleure. Elle dit des trucs complètement dingues.

— D-d-dingues ? Dingues comment ? Qu'est-ce qu'elle a dit ?

— Tranquille, Jim-Bo.

— Elle veut qu'on y aille sans elle. Soi-disant que sa mère va arriver. Elle veut attendre dans les toilettes.

— Sa mère ? Elle a dit qu'elle avait appelé sa mère ?

— Tranquille, Jim-Bo », répéta Raleigh.

L'employée ouvrit la porte et je fis un geste pour la rassurer.

Mon père traversa le parking et frappa délicatement, une habitude qu'il avait acquise après m'avoir surprise dans mon bain quand j'avais douze ans. Pendant des semaines après cet épisode, il avait frappé sur tout ce qui ressemblait à une porte. Une fois, je l'avais même vu toquer au placard avant de prendre une bouteille d'eau gazeuse.

« Dana. C'est James Witherspoon, le papa de Chaurisse. Tout va bien, jeune fille ?

— Oui, monsieur, dit-elle d'une voix docile d'enfant qui vient d'être corrigé.

— Chaurisse prétend que tu attends ta m-mère. C'est la vérité ? »

Il n'y eut pas de réponse.

« Dana. Ta mère est en route ? Vrai ou faux ? »

Rien. Cette fois, mon père frappa comme un policier.

« Dana, ta mère est en route ? Vrai ou faux ? »

Il cogna plus fort.

« Vrai ou faux, Dana ? Vrai ou faux ? »

Son poing martelait la porte à présent.

« James, lui cause pas comme ça », intervint oncle Raleigh.

Mon père frappa une dernière fois.

« Papa, arrête avant que les Blancs appellent la police. »

Pendant tout ce temps, les toilettes étaient restées aussi muettes qu'une tombe.

« Dana, dis-je. Tu veux que j'attende ta mère avec toi ?

— Non, Chaurisse, intervint Raleigh, me prenant gentiment par le bras. Tu rentres avec nous.

— Mais on ne peut pas la laisser là. Elle est peut-être malade. Elle est peut-être morte.

— Elle n'est pas morte, dit Raleigh. Elle est effrayée, c'est tout.

— Pourquoi tu prends le parti de papa ?

— On doit se dépêcher, allez, viens, Chaurisse.

— Tu ne peux pas rester », ajouta mon père.

Il se dirigea vers la limousine sans vérifier si on le suivait.

Raleigh avait posé une main prudente sur mon bras. Je me dégageai et collai mon visage près de l'interstice entre la porte et le montant, où flottait une odeur de toilettes : urine et blocs désinfectants.

« Qu'est-ce qui se passe ? S'il te plaît, sors.

— Elle n'a rien, dit Raleigh, me serrant le bras plus fort cette fois. Elle est perturbée, c'est tout. »

Il me tira vers la limousine, mais je me fis toute molle, n'essayant même pas de tenir ma tête droite sur mon cou.

« S'il te plaît, m'oblige pas à te traîner. C'est déjà assez compliqué comme ça. »

L'asphalte raclait la pointe de la semelle en caoutchouc de mes baskets étoilées. Mon père était au volant ; la voiture démarra avec un ronflement musical de moteur bien réglé. Raleigh ouvrit la portière.

« Allez, monte, Chaurisse. Fais pas d'histoires.

— Non. On ne peut pas la laisser là.

— Sa mère arrive. Fais-moi confiance, dit Raleigh, planté comme un chauffeur à côté de la portière. S'il te plaît.

— Écarte-toi, Raleigh, intervint mon père, sortant de la limousine. Chaurisse, monte dans cette fichue voiture. Je n'ai pas le temps de jouer avec toi. Allez ! »

Il mit une main sur mon épaule et l'autre sur le sommet de mon crâne, me poussant à l'intérieur.

« Ne discute pas. »

Il n'avait jamais levé la main sur moi et ce jour-là ne fit pas exception à la règle. Cependant, je sentis la fureur passer à travers sa paume. Je m'assis docilement à l'arrière.

« Ne pleure pas, supplia mon oncle. On t'aime. Tous les trois. Moi, ton père, Laverne. On t'aime plus que n'importe qui au monde.

— Raleigh, monte dans cette putain de bagnole. »

Il fit rapidement le tour de la voiture pour prendre place à l'avant.

Mon père appuya doucement sur l'accélérateur. Les limousines sont censées donner l'impression de flotter ; c'est ça, le luxe : ne pas remarquer qu'on roule. Je tirai sur la poignée et me laissai aller de tout mon poids contre la portière. Il dut s'écouler à peine quelques secondes entre le déclic et ma chute, mais j'eus le temps d'avoir un pincement de regret. Lorsque mon corps heurta le bitume, je me sentis ridicule. La surface inégale rabota mes épaules nues. J'étais tombée de trente ou quarante centimètres au maximum, mais j'avais l'impression de m'être jetée du pont de la Chattahoochee. Ma vie ne défila pas devant mes yeux, uniquement les événements des deux dernières heures. Ils repassèrent comme la bande d'un téléscripteur qui allait trop vite pour que je la lise, en dépit de mes efforts.

22

Une égratignure

À notre retour, ma mère nous attendait dans l'encadrement de la porte, son large corps occupant tout l'espace. Avec sa robe de chambre bleue serrée à la taille et ses bras grands ouverts, elle avait un côté Jésus, style « laissez venir à moi les petits enfants ».

« Qu'est-ce qui s'est passé ? demanda-t-elle à mon père. Qu'est-ce qu'elle a à l'épaule ?

— Elle est tombée de la voiture. Elle s'appuyait contre la portière et elle est tombée. C'est pas méchant. Juste une égratignure.

— Ma chérie, qu'est-ce qui s'est passé ?

— Je sais pas.

— Comment ça, tu sais pas ? »

Je dépassais ma mère de cinq ou six centimètres et en plus je portais des baskets à semelles épaisses. Elle m'enlaça et je dus plier les genoux pour être à sa hauteur. Elle sentait le défrisant et la pêche. Ses bras me serrèrent plus fort, appuyant sur mon épaule blessée.

Que s'était-il passé au juste ? Si on s'en tenait aux faits élémentaires, j'étais tombée et je m'étais éraflée. La limousine avait pilé et Raleigh avait sauté de la voiture. Mon père n'avait pas coupé le moteur. Il était resté au volant, laissant mon oncle s'agenouiller auprès de moi.

Mais c'était oublier l'essentiel. J'avais tenté de m'échapper. J'avais atterri sur le parking, différente et désorientée. J'y avais laissé du sang, et de la peau aussi, même si elle était sans doute invisible sur le bitume noir.

« Ça va ? Tu t'es cogné la tête ? »

Je dis non et tâtai mon épaule ; je sentis quelque chose d'humide. Le moteur tournait toujours et mon père ne bougeait pas.

« Pourquoi vous voulez laisser Dana toute seule ?

— On ne la laisse pas seule. Elle a dit que sa mère était en route.

— Il se passe quelque chose.

— Chaurisse.

— Vrai ou faux, Raleigh ? »

Je m'allongeai par terre. Le sol rugueux brûlait mon épaule meurtrie, mais j'avais le sentiment que c'était la seule chose à faire. S'étendre sur le goudron sale, mettre mon corps entre savoir et ne pas savoir.

Oncle Raleigh avait vieilli. Son visage était plus flasque et les poils tenaces qu'il devait raser deux fois par jour se parsemaient de blanc.

« Qu'est-ce qui se passe ?

— Rien qui te concerne.

— Comment ça se fait que tu n'as jamais eu d'enfants ? Comment ça se fait que tu n'as pas de femme ? Dis-moi. Je ne t'en voudrai pas, promis. J'ai juste besoin de savoir.

— Arrête, Chaurisse. Lève-toi, qu'on te ramène à la maison et qu'on soigne cette épaule. Ta mère va devoir retirer les gravillons à la pince à épiler. »

Mon père klaxonna deux fois.

« La traite pas comme ça, Jim-Bo, marmonna Raleigh. Allez viens, Dana.

— Je m'appelle Chaurisse. Dana, c'est ma copine enfermée dans les toilettes que papa et toi voulez abandonner ici. S'il te plaît, oncle Raleigh, dis-moi ce qui se passe. »

Il me tira pour me relever.

« Chaurisse, on a tous renoncé à beaucoup pour toi. La moindre des choses, ce serait de nous faire confiance. Est-ce que tu peux essayer ? »

Il était d'une patience infinie, vraiment. Sa voix n'aurait pas été plus calme s'il m'avait demandé de lui passer un tournevis plat. C'était son visage qui le trahissait : aussi crispé que s'il négociait avec un preneur d'otages. Mon père klaxonna encore et Raleigh frappa le capot du poing. Il tourna la tête vers moi et me tendit sa main. Je ne pouvais pas refuser de monter dans la voiture. C'était vrai. Il ne m'avait jamais rien demandé.

Je regardai son visage doux et patient.

« D'accord.

— On t'aime, Chaurisse. C'est pour toi qu'on a fait tout ça. »

Il sentait la transpiration et autre chose. La peur, réaliserais-je plus tard.

« S'il te plaît, laisse-nous faire, tu veux bien ? »

Mon père laissa la main sur le klaxon.

« Raleigh. Il faut qu'on y aille.

— T'énerve pas, Jim-Bo. »

Il ouvrit la portière et m'aida à monter, comme si j'étais une cliente riche. Il claqua la portière et s'assura qu'elle était bien fermée.

« Papa.

— Je ne veux pas parler ici. On discutera à la maison. Laisse-moi me concentrer sur la route. »

Mais, au moment où il s'apprêtait à partir, une petite voiture, une Ford Escort à boîte manuelle, tourna brutalement sur le parking. Elle se mit en travers de notre passage. Une femme sauta de la voiture, elle avait la peau sombre, lisse et noire comme Cicely Tyson, avec de longs cheveux retenus par un bandeau orné de strass.

« Merde, dit mon père.

— Tranquille », fit Raleigh.

La femme s'approcha du côté conducteur.

« Où est-ce qu'elle est ?

— Enfermée dans les toilettes, répondit mon oncle.

— Qu'est-ce que vous lui avez fait ?

— Rien. Elle y était déjà à notre arrivée.

— C'est à M. Witherspoon que je m'adressais. Dites-moi que vous n'alliez pas la laisser seule ici. »

Elle se pencha vers la fenêtre entrouverte et avança la main comme pour gifler mon père, mais la fente n'était pas assez large.

« Inutile de s'énerver. Elle nous a dit qu'elle avait appelé sa mère et on a pensé qu'elle serait là d'un instant à l'autre.

— Est-ce que vous vous êtes seulement assurés qu'elle n'avait rien ? Je n'aurais pas cru ça de toi, Raleigh. Ça me déçoit. »

Elle me regarda enfin. C'était la femme que j'avais vue avec mon oncle dans le parc. Elle semblait différente ce soir. Son visage était déformé par la colère. Elle m'adressa un sourire plus froid encore que celui du forçat sur la route.

« Je m'appelle Gwendolyn. Je suis la maman de Dana. Est-ce que quelqu'un va me dire ce qui s'est passé ? Est-ce qu'on va me dire ce que vous avez fait à ma fille ?

— Je n'ai rien fait, protestai-je.

— Pourquoi est-ce que tu portes son bustier ?

— Elle me l'a donné.

— Gwendolyn, stop. J'aimerais qu'on laisse ma fille en dehors de cette histoire.

— Ça, c'est la meilleure. C'est la meilleure de l'année. »

Mon père klaxonna.

« Va chercher Dana. Et j'aimerais bien que Willie Mae pousse sa voiture pour me laisser passer. »

Elle frappa la vitre à la hauteur du visage de mon père, laissant une trace graisseuse. Raleigh ouvrit la portière. Aussitôt, mon père et la femme réagirent d'une seule voix.

« Non, Raleigh. »

Voyant qu'elle faisait le tour de la voiture, mon père vérifia que les portières étaient verrouillées. Elle tapota à ma vitre d'un élégant cliquetis d'ongles. Mon père alluma la radio et Beethoven envahit la voiture, le son si fort qu'on avait l'impression d'avoir les tympans transpercés par un concert de lapins à l'agonie. La bouche peinte de Gwendolyn bougeait, mais je n'entendais rien. Elle flanqua un coup de pied dans la portière avant de se diriger vers les toilettes.

Mon père appuya sur l'avertisseur. La conductrice de l'Escort ne broncha pas. Son visage était dans l'ombre et je ne distinguais que le bandana bleu qu'elle portait sur la tête. Il klaxonna encore et elle lui répondit. Pour une petite voiture, elle avait du coffre.

Gwen parlementait devant les toilettes, mais on était trop loin pour entendre ce qu'elle disait. La porte s'ouvrit de quelques centimètres, puis plus largement. La femme disparut à l'intérieur. Elles devaient être comme des sardines dans cet espace minuscule. Qu'est-ce qu'elles pouvaient bien se raconter ?

Mon père était sorti et il était en train de se disputer avec la conductrice. Raleigh était assis à l'avant, très raide. Il coupa Beethoven.

« Oncle Raleigh, cette femme, c'est ta copine, non ?

— C'est quelqu'un qui m'est très cher, Dana. C'est tout ce que je peux dire.

— Arrête de m'appeler Dana. Moi, c'est Chaurisse.

— Excuse-moi, Chaurisse. Mais je dois me concentrer sur ce qui se passe. C'est très grave. »

Sa voix était rauque et je crus qu'il allait pleurer.

La porte des toilettes se rouvrit enfin. Dana s'appuyait contre sa mère, comme une rescapée d'un tremblement de terre. En passant, elle regarda le short de mon père et ses yeux s'arrêtèrent sur son bermuda. Alors, elle dit un truc très bizarre.

« C'est la première fois que je vois ses jambes. »

23

Tara

Une semaine après cet incident, mes parents envoyèrent deux cents invitations dans des enveloppes en papier épais pour la fête d'anniversaire du Renard Rose. La liste avait été établie à partir de leurs fichiers clients respectifs et il y avait pas mal de doublons. Ma mère m'en donna trois pour mes amis, mais seule Dana m'intéressait et elle avait disparu de la circulation. Je n'avais pas son numéro de téléphone. Je savais seulement qu'elle vivait à Continental Colony, un grand ensemble dans le sud-ouest de la ville. Une fois, elle avait mentionné que sa mère était « à l'étage », ce qui signifiait qu'elles habitaient dans l'une des rangées de maisons mitoyennes, ce qui ne m'avançait pas beaucoup plus, car elles étaient nombreuses et se ressemblaient toutes. J'avais l'impression que ma mère aimait bien Dana et se faisait même du souci pour elle. Mais quand je lui demandai de m'y conduire pour chercher une boîte aux lettres au nom de Yarboro, elle ne me laissa pas terminer.

« James et Raleigh m'ont dit qu'elle était clairement droguée l'autre soir. Et sa mère aussi. J'ai tout de suite senti qu'il y avait quelque chose qui ne tournait pas rond chez cette gamine. Je regrette seulement de ne pas avoir mesuré la gravité de la situation.

— Mais Dana et sa mère connaissaient papa et Raleigh. Tu ne trouves pas ça bizarre ? »

Elle soupira et prit sa voix de mère.

« Laisse tomber, ma chérie. Je pense que Raleigh a eu une histoire avec la mère il y a longtemps. Dana espérait peut-être qu'il serait un père pour elle. Il y a tellement d'enfants, des enfants noirs en particulier, qui rêvent d'avoir un papa. Tu ne connais pas ta chance.

— Il n'y avait pas que ça. C'était vraiment bizarre.

— Chaurisse, s'il te plaît, essaie de te sortir cette histoire de la tête. Je sais que ton amie te manque. Mais cette fille a des problèmes émotionnels. Mieux vaut garder tes distances. »

« Des problèmes émotionnels » : c'était l'expression favorite de ma mère quelle que soit la gravité de la situation. Le petit voisin qui avait grimpé au sommet du noyer dans son costume d'anniversaire : problèmes émotionnels. Quand Monroe Bills avait tué son ex-femme alors qu'elle sortait de chez Mary Mack, elle avait dit : « Comment ça se fait que personne ne se soit rendu compte qu'il avait de gros problèmes émotionnels ? »

« Pourquoi est-ce que tu refuses de m'écouter ? Dana n'a pas de problèmes émotionnels. Elle a des problèmes normaux.

— Je t'écoute, ma fille. C'est toi qui ne m'écoutes pas. »

Ce n'était pas le moment de se disputer. On était dans la Honda, en route pour Virginia-Highland, un quartier historique au nord-est d'Atlanta. Aujourd'hui, du sud-ouest, on peut faire presque tout le trajet par la voie rapide, mais ce jour-là on avait parcouru les vingt-cinq kilomètres en passant par le centre-ville. D'abord, ma mère roula vers l'est sur Martin Luther King Drive où se trouvait Alex's Barbecue, qui dans le temps proposait les meilleurs travers de porc du monde. Un ou deux kilomètres plus loin, il y avait l'église baptiste Friendship, où on allait parfois. Puis elle emprunta une série de sens uniques pour traverser le centre. Le toit doré du capitole se refléta dans ses lunettes de soleil. Elle continua vers l'est sur Ponce de Leon Avenue, dépassant IHOP, le fast-food préféré de mon père, et Fellini's qui vendait des pizzas à la part. Enfin, elle tourna à gauche sur North Highland Avenue, où les arbres semblaient tous fleurir en même temps dans les rues propres et claires.

Virginia-Highland est l'un des quartiers les plus anciens de la ville. Les maisons sont dotées de colonnes, comme à Druid Hills, mais elles sont plus chics, de style victorien, et les ruelles sont pavées. Si on était là, c'était parce que ma mère s'était mis en tête d'acheter une robe chez Antoinette's, un magasin qui était censé être une institution, même si personnellement je n'en avais jamais entendu parler.

Plus surprenant encore, je découvris que mes parents avaient des goûts similaires en matière vestimentaire. Qui eût cru que ma mère, qui habituellement n'avait d'extravagance que capillaire, rêvait en secret de Tara ? « Ton père et moi, on a vu ce film trois fois. C'était extraordinaire. »

Je n'avais jamais vu *Autant en emporte le vent*. En troisième, l'école avait prévu une sortie de classe au Turner Center, mais la séance avait finalement été annulée à la suite des protestations de plusieurs parents noirs. Je trouvais donc un peu bizarre que ma mère se fantasme en Scarlett.

Après s'être garée le long de St. Charles Avenue, ma mère se dévissa le cou pour lire une plaque puis décréta qu'il fallait prendre à droite.

« Vivien Leigh était sublime. Et cet accent. Du Sud, sans être plouc. Élégante jusqu'au bout des ongles. Ces robes, même celle qu'elle fait à partir d'un rideau, je m'en souviendrai jusqu'à la fin de mes jours. Et sa taille, si fine ! »

Je détournai les yeux. Non seulement j'étais gênée pour elle, mais je n'avais aucune envie de me laisser entraîner dans sa folie.

« Regarde, c'est là ! » m'écriai-je, indiquant un panneau peint au-dessus d'un auvent violet.

Il s'avéra que si on voulait acheter une robe de Blanche, il fallait aller dans une boutique de Blanches. Antoinette's, si l'on en croyait l'enseigne, habillait les jeunes mariées de Virginia-Highland depuis plus d'un siècle. À l'intérieur, nous fûmes accueillies par un parfum de pot-pourri au jasmin et un « Bonjour, mesdames, puis-je vous renseigner ? », prononcé d'une voix qui évoquait le thé glacé du Sud. La propriétaire de la voix était une fille blanche de mon âge. Elle était si maigre que sa robe sans manches bâillait sous les bras, révélant une combinaison turquoise. La chevalière de son amoureux qu'elle portait au cou était si grosse qu'elle aurait pu en faire un bracelet.

« Oui, dit ma mère, prenant sa voix professionnelle, ce qui signifiait surtout qu'elle veillait à bien prononcer toutes les syllabes. Je souhaite acheter une robe pour une grande occasion. Une robe à crinoline. J'aimerais l'acheter aujourd'hui.

— Je vois, dit la vendeuse, un instant déconcertée par le carré court châtain de ma mère, étrangement similaire au sien. C'est pour vous ou pour votre fille ?

— Pour moi.

— Ah, dit la vendeuse, mal à l'aise, son regard nous jaugeant. Je vous laisse regarder. Appelez-moi si vous avez besoin de quoi que ce soit. »

La boutique était petite, mais nous étions seules en ce dimanche après-midi. Si c'était vraiment une institution, pourquoi n'y avait-il personne ? Lisant dans mes pensées, la vendeuse ajouta : « La plupart des gens prennent rendez-vous, vous avez de la chance. »

De la chance, tout est relatif. Ma mère sortit deux ou trois robes, fronça les sourcils et tapota sa perruque. Un corset crème attira mon attention et je retournai l'étiquette pour voir le prix. Heureusement que mon père avait dit que tout était permis.

« Pardon, demandai-je à la jeune fille qui me regardait, le visage rouge brique. Vous faites jusqu'à quelle taille ? »

Elle se mordit la lèvre et tressaillit.

« Quarante-quatre ? »

Ma mère reposa les robes.

« C'est bon, Chaurisse, allons-y. »

Je me tournai vers la vendeuse. Il devait bien y avoir des Blanches avec des rondeurs. Et ces Blanches bien en chair devaient aller au bal du lycée, être présentées à la bonne société et se marier à Callanwolde.

« Où pourrait-on trouver le genre de robe qui nous intéresse dans notre taille ? »

Elle rougit de plus belle.

« Il y a un magasin par correspondance qui s'appelle La Femme oubliée…

— Ah non, pas question que j'achète ma robe dans un magasin qui s'appelle La Femme oubliée.

— Le nom est idiot, mais ils ont de très jolies choses. »

Je secouai la tête.

« Attendez, j'appelle ma mère. »

On devait avoir l'air déconcertées, car elle ajouta : « C'est une entreprise familiale », avant de disparaître dans l'arrière-boutique.

Assises sur un banc rembourré, on commençait à se demander ce qu'on faisait là. En face de nous se trouvait un miroir en triptyque et je nous vis avec les yeux de la vendeuse. On n'était pas à notre place ici : ma mère dans son survêtement du dimanche et moi dans le bustier arc-en-ciel de Dana. Elle prit une jarretière en dentelle sur une table de dessous affriolants.

« Tu crois que je pourrais étirer suffisamment ce truc pour me le passer autour de l'orteil ? »

Elle rit d'un air mi-triste, mi-furieux.

« Avant mon mariage, j'étais toute mince. Je n'étais pas une beauté, mais au moins j'étais agréable à regarder. »

Je ne pouvais même pas lui répondre qu'elle l'était toujours. Quand je nous voyais dans le miroir, c'était évident qu'on n'était ni l'une ni l'autre agréables à regarder. Trop grosses, le visage trop rond. J'étais guettée par un double menton et ma mère avait déjà franchi ce stade. Si, contrairement à moi, elle n'avait pas à se soucier des cicatrices d'acné, elle n'avait pas bénéficié des avantages de l'orthodontie. Je posai ma tête sur son épaule moelleuse et les cheveux de poupée de sa perruque me chatouillèrent les narines.

La vendeuse ressortit de la mystérieuse arrière-boutique, fraîche et radieuse.

« Il faut croire que c'est votre jour de chance. On a une robe sur mesure qui nous a été retournée. Il n'y a rien de plus triste que d'enregistrer un retour pour une robe de mariée. Mais tout est bien qui finit bien. Vous voulez la voir ? Elle a été élargie. »

Ma mère acquiesça sans enthousiasme. La chance, ce n'était pas notre style.

« Je pense qu'elle va vous plaire », dit-elle en ouvrant la housse en vinyle.

La robe était en effet assez belle pour nous faire croire que Dieu veillait réellement sur tout le monde, moineaux et femmes de couleur compris. Elle n'était pas d'un blanc pur, mais ce n'était pas non plus ce beige que portent les mariées quand elles veulent montrer qu'elles n'essaient pas de faire croire qu'elles sont vierges. La robe, plus *Songe d'une nuit d'été* qu'*Autant en emporte le vent*, était d'un crème somptueux, de la couleur de la chair pâle des amandes.

« Vous voulez l'essayer ? »

Même élargie, la robe était un peu juste pour ma mère. Ce soir-là, au Renard Rose, elle transforma l'épisode en sketch comique. « Il a fallu Chaurisse, une Blanche qui pesait quarante kilos toute mouillée et un pied-de-biche, mais on a réussi à me faire rentrer dedans. »

Elle s'était retrouvée les mains contre le mur de la cabine, comme si elle se faisait fouiller par les flics, tandis que je tirais sur les deux côtés de la robe, me servant de mes index pour aplatir les bourrelets rebelles, et que la vendeuse la coachait : « Videz vos poumons. Respirez doucement ! Doucement ! »

Elle avait prévu de perdre un kilo par semaine d'ici la soirée. En plus, elle porterait une gaine amincissante et un collant ventre-plat. Ni mon père ni Raleigh n'étaient censés voir la robe avant le grand jour.

« Maman, ce n'est pas une robe de mariée.

— Arrête d'être aussi négative. »

Au lycée, quand on organise une fête, le plus excitant, c'est de décider qui en sera et qui n'en sera pas. Pour ma mère, c'était le contraire : ce qui l'enchantait, c'était de pouvoir inviter tous les gens qu'elle connaissait. Depuis la réception des enveloppes, c'était le seul sujet de conversation au Renard Rose. Au dîner, mon père se félicitait. « T'as vu ça, trésor ? J'y avais pas pensé, mais toutes les invitées de ta mère vont devoir la payer pour se faire belles ! Cette soirée va s'autofinancer ! » C'était une période heureuse à la maison, même si je voyais bien que Raleigh avait l'air un peu maussade quand il croyait que personne ne le regardait. Papa et lui avaient cessé de travailler le mercredi soir. Alors on regardait *Capitaine Furillo* tous les quatre, se passant le saladier de pop-corn, sans beurre pour respecter le régime de ma mère. Seul Raleigh n'y touchait pas.

Ma mère était persuadée qu'il était déprimé parce que toutes les discussions à propos de la soirée lui rappelaient qu'il n'avait ni femme ni enfant. Il n'avait même pas de cavalière et clamait qu'il m'escorterait. Pour moi, il était encore secoué par la scène à la station-service. La mère de Dana l'avait insulté. « C'est toi qui es triste à cause de la disparition de Dana, rétorquait ma mère. Raleigh a ses propres problèmes. »

Trois semaines plus tard, elle avait perdu presque trois kilos. Pour fêter ça, elle me fit soulever un sac d'oignons. « Imagine que c'est le même poids de graisse en moins sur mon postérieur. » Ça n'avait pas été une partie de plaisir. Pendant deux jours, elle n'avait rien avalé, hormis de la citronnade sucrée au sirop d'érable, ce qui était passablement mauvais, d'autant plus qu'elle ajoutait une bonne pincée de piment de Cayenne. Une autre fois, elle n'avait mangé que du jambon de dinde enroulé dans des feuilles de salade au déjeuner, puis le soir elle se persuada qu'un peu de pizza surgelée n'avait jamais fait de mal à personne. Elle ne demanda pas à ses clientes de soupeser le sac d'oignons, mais elle passa un doigt, puis deux dans sa ceinture pour leur montrer les progrès accomplis.

« On veut voir la robe, décréta Mme Grant, la mère de Ruth Nicole Elizabeth, qui se faisait retoucher les racines.

— Je ne suis même pas à la moitié de mon objectif !

— Allez, passez-la. Nous savons que c'est un travail en cours. Nous sommes capables de nous servir de notre imagination. N'est-ce pas, mesdames ? »

Elle se mit à taper dans ses mains, hochant la tête vers les fauteuils numéro un et deux, réclamant leur soutien. Ma mère me regarda.

« Qu'est-ce que tu en dis, Chaurisse ?

— Vas-y. »

Elle sortit et le silence se fit. La télé fixée en hauteur comme dans une chambre d'hôpital était en panne. Il n'y avait donc rien pour nous distraire. Dans le fauteuil numéro un, la cliente était prête pour son défrisant. La femme du siège numéro deux attendait qu'on mette ses boucles en forme. Sous le séchoir, Mme Grant s'adressa à moi. « Est-ce que tu attends la remise des diplômes avec impatience ? » Ruth Nicole Elizabeth avait été admise à l'université Emory avec une bourse au mérite.

« Bien sûr, marmonnai-je, m'appliquant à ranger les bigoudis.

— Tu as des projets ?

— Sans doute Georgia State. »

Mme Grant parlait particulièrement fort parce qu'elle était sous le casque.

« Je sais que Laverne est très fière de toi.

— Oui. Je vais voir si elle n'a pas besoin d'aide. »

J'ouvris la porte et entrepris de gravir les marches de béton. Pas étonnant que ma mère soit toujours en haut. Sept cent cinquante dollars, ça faisait cher pour une robe qui causait autant de problèmes. Comme disait grand-ma Bunny : « Il faut souffrir pour être belle. » Enfin, ce n'était pas comme si ça ne faisait pas mal d'être moche et pas motivée. Je savais que Mme Grant m'avait interrogée sur mes projets par gentillesse. Je me retrouverais sans doute à Georgia State, mais on ne pouvait pas parler de projet. Je n'avais été acceptée dans aucune des Sœurs. Même la belle-sœur m'avait refusée.

Je songeai à ma flûte et à mon piccolo, bien au chaud dans leur étui garni de velours. J'avais perdu tout intérêt pour la musique avant même de réaliser que je n'étais pas douée. À quoi bon ? Il n'y a pas un seul flûtiste célèbre dans le monde entier. Tous les garçons qui jouent de la trompette rêvent d'être Miles Davis, mais la flûte, c'est un instrument qu'on choisit par défaut.

Guidée par le frou-frou de la crinoline, je traversai le salon, passai devant la cuisine et entrai dans la chambre de mes parents. Je trouvai ma mère se contorsionnant sous les porte-perruques pour atteindre la fermeture Éclair dans son dos. « Aide-moi », dit-elle, le visage luisant de sueur. Je remontai la minuscule tirette, emprisonnant son corps moelleux dans une gaine de soie et de baleines. J'eus une bouffée de tendresse et posai mes lèvres juste au-dessus de l'agrafe. « Je t'aime, maman », murmurai-je, tandis qu'elle s'approchait du miroir, soulevant ses seins pour les remettre en place dans le décolleté pigeonnant.

Les clientes étaient bon public. Suivant l'exemple de Mme Grant, qui semblait aimer taper dans ses mains, elles saluèrent l'entrée de ma mère par une salve d'applaudissements. On s'émerveilla devant les manches ouvragées, le corset brodé, les perles minuscules qui avaient dû être cousues à la main. Ma mère balaya les félicitations, s'excusant pour son embonpoint. Elle expliqua qu'elle comptait mettre la gaine de Mlle Bunny qui datait des années 1950. « Ça sera mon quelque chose de vieux[1] », dit-elle. Elle surprit son reflet dans le miroir et ajouta : « Enfin, c'est moi qui suis vieille. Je vais avoir quarante-trois ans cette année. » Tout le monde se récria, et personne ne lui fit remarquer que c'était une simple fête, pas un mariage.

---

1. Allusion à une comptine anglaise énumérant ce qu'une jeune mariée doit porter le jour de ses noces : « Quelque chose de vieux, quelque chose de neuf, quelque chose de bleu et une pièce d'argent dans sa chaussure. »

Je la suivais, portant sa traîne comme une demoiselle d'honneur. Je la lâchai et m'agenouillai pour leur montrer qu'on pouvait aussi la draper de manière à former une tournure, ce qui me valut à moi aussi les applaudissements de Mme Grant. Alors que j'étais par terre, occupée à faire correspondre les anneaux de satin et les petits boutons de perle, un carillon retentit, signalant l'entrée d'une cliente. Ma mère l'accueillit d'une voix grêle.

« Tiens, bonjour, Dana. »

Je poussai la robe de côté comme un lourd rideau et je découvris mon amie disparue, accompagnée de sa mère. Elles étaient toutes les deux habillées en institutrices : jupe droite et chemisier. Si je n'avais pas su qui elles étaient, j'aurais pu les prendre pour des missionnaires d'une quelconque religion austère.

« Dana !

— Dana ! répéta sa mère, moqueuse.

— Finis ce que tu as commencé », m'ordonna ma mère, avant que j'aie pu me relever.

En dépit des couches d'étoffe précieuse qui enveloppaient ma mère, je sentis son corps se raidir pour me protéger. Mes mains tremblaient, mais je restai à genoux et terminai de faire bouffer la tournure sous ses reins. Ma mère resta immobile pendant que je terminais. Dana et sa mère attendirent aussi. Rétrospectivement, je suppose que cette petite pause était un geste de courtoisie.

Ma mère fit deux pas en direction des nouvelles arrivantes, la main tendue.

« Madame Witherspoon. Vous devez être la maman de Dana ?

— Oui. Madame Gwendolyn Yarboro. »

Dana était vraiment la copie de sa mère, en plus jeune et en plus effrayée. Elle fuyait mon regard, les coins de sa bouche tremblant par intermittence. Elle se gratta la jambe avec le bout de sa chaussure, sans se soucier de filer son collant.

« Je souhaite vous parler, dit Gwendolyn à ma mère.

— Je suis à vous dans un instant. Je vais juste me changer », répondit-elle en se tenant le ventre, là où la robe la serrait le plus.

Une de ses mains remonta vers son décolleté pigeonnant.

« Votre mari est ici ?

— Il est au travail. Qu'est-ce que vous désirez ?

— Maman, on reviendra plus tard.

— On doit régler ça », répondit Gwendolyn.

Les clientes étaient clairement mal à l'aise. Mme Grant se déclara prête à partir, bien qu'elle eût toujours les cheveux mouillés. Ma mère refusa.

« Non, restez. Il ne se passe rien de spécial. »

Elle prit un séchoir et l'alluma, toujours dans sa robe de bal.

« Mlle Yarboro reviendra plus tard.

— Vous ne pouvez pas me renvoyer comme ça, déclara la mère de Dana, tendant la main vers le séchoir vrombissant. Éteignez ça et écoutez-moi.

— Hé ! protestai-je. Touchez pas à ma mère. »

Ma voix, faible à mes propres oreilles, révélait à quel point j'avais peur. Dans ses mains, le séchoir aurait aussi bien pu être un pistolet.

« Je suis une dame, moi aussi. Vous n'êtes pas la seule. Je ne vis peut-être pas dans une belle maison, mais je suis une dame. »

Ma mère regarda autour d'elle, cherchant en vain un endroit où s'asseoir. Tous les sièges étaient pris et leurs occupantes avaient les yeux braqués sur Gwendolyn, qui avait sorti une feuille de papier pliée en deux. Elle la tendit à ma mère comme s'il s'agissait d'une citation à comparaître. Je regardai Dana qui fixait avec détermination ses chaussures. Ce papier, quoi qu'il fût, ne me disait rien qui vaille. Ma mère refusa de le prendre.

« Sortez de mon salon de coiffure. Vous êtes chez moi. Vous n'avez rien à faire ici. Sortez ! »

Sous le séchoir, Mme Grant applaudit. Elle regarda les autres femmes pour les encourager à imiter son étrange manie. En vain. Nous étions toutes fascinées par le document plié.

« Sortez. Je ne veux pas savoir ce que vous avez à la main. Ce papier n'a rien à voir avec moi.

— Prenez-le. Prenez-le avant que je le lise à haute voix. »

La poitrine de ma mère se gonfla sous le décolleté. Elle ne savait pas quoi faire de ses mains. Elles s'ouvraient et se fermaient, palpitant comme des cœurs. Gwendolyn déplia la feuille. Elle la regarda, leva les yeux et prit une inspiration. Son regard fit le tour du salon, puis elle se toucha les cheveux. Elle passa sa langue sur ses lèvres et, malgré ses efforts pour garder un visage impassible, je surpris un frémissement de plaisir alors qu'elle s'apprêtait à lire. Manifestement, c'était un moment qu'elle attendait depuis longtemps. Je fis trois pas et m'emparai du document, après avoir manqué de trébucher sur les chevilles de Mme Grant.

« Bonne fille », dit cette dernière, comme si j'étais un chien.

C'était un polycopié ; il sentait encore les produits chimiques. J'avais devant les yeux un acte de mariage au nom de James Lee Witherspoon et Gwendolyn Beatrice Yarboro, enregistré dans l'Alabama, un an après ma naissance.

« C'est n'importe quoi », dis-je, m'adressant à Dana.

Elle se tenait au garde-à-vous ; Gwendolyn avait croisé les bras.

« J'aurais préféré ne pas avoir à vous l'apprendre de cette manière », dit-elle à ma mère.

La vérité est une chose étrange. Comme la pornographie, on la reconnaît quand on la voit. La fille d'argent était donc ma sœur. Quant à James, mon père, ce monsieur Tout-le-monde avec ses lunettes en cul de bouteille, c'était un vulgaire salaud. Et moi, dans tout ça ? J'étais la dernière des idiotes. J'avais invité Dana dans ma maison. Chaque fois que j'avais voulu la voir, elle m'avait obligée à la supplier. Et je m'étais exécutée. Chaque fois.

« Fais pas semblant d'être désolée, dis-je à Dana, sans pouvoir détacher les yeux du document que je tenais toujours.

— Ce n'est pas moi qui l'ai envoyée ici, rétorqua Gwendolyn. C'est votre histoire à toutes les deux. Mais ce qu'il y a sur ce papier, c'est entre ta mère et moi.

— Donne-moi ça, Chaurisse. »

Je passai la feuille à ma mère qui y jeta un coup d'œil avant d'en faire une boule et de la jeter par terre.

« Vous croyez que j'ai peur d'un bout de papier ? »

Gwendolyn semblait déstabilisée. Ce n'était pas le scénario prévu. Soutenant son grand sac à main en similicuir de la main gauche, elle entreprit d'y chercher quelque chose. Elle lança un regard paniqué à sa fille, puis posa un genou à terre pour mieux fouiller.

« J'ai autre chose à vous montrer.

— Ça ne m'intéresse pas, répliqua ma mère. Alors prenez votre pauvre sac et votre pauvre fille, et débarrassez-moi le plancher. »

À ces mots, Mme Grant écarta le casque du séchoir et se leva pour applaudir de plus belle. Le claquement sec de ses mains ne suffit pas à dissiper la tension.

« C'est quoi, votre problème ? lui lança Dana. C'est pas une émission de télé. C'est notre vie.

— Je l'avais dans ce sac ! s'emporta sa mère. Ce qui est caché paraîtra au grand jour. C'est la Bible qui le dit.

— N'essayez pas de m'embrouiller avec les Écritures ! »

Le pied nu de ma mère surgit de sous la robe crème, poussant le sac à main. Gwendolyn le récupéra et en vida le contenu sur le sol carrelé. Il y avait tout ce qu'on trouve habituellement dans un sac : rouge à lèvres, chewing-gum, lime et trousseau de clés. Plus original, un compas. Elle le secoua. « Je sais qu'elle est là-dedans. » Dana se baissa pour tout ramasser. Gwendolyn avait perdu son expression triomphante. Elle semblait désorientée, comme grand-ma Bunny quand elle prenait un médicament qui lui faisait oublier qui on était.

« Je l'ai, maman, dit Dana d'une voix douce.

— Donne, alors ! Pourquoi est-ce que tu m'obliges à me mettre à genoux devant ces gens ? »

Elle fit un geste du bras, désignant non seulement ma mère et moi, mais les clientes, et tout particulièrement Mme Grant qui était toujours debout, comme si elle assistait aux dernières secondes d'un match de basket.

« Maman, ne fais pas ça. S'il te plaît.

— On n'a pas le choix. Donne.

— S'il te plaît. Non.

— Dans ce cas, il ne fallait pas commencer.

— Partez, intervint Mme Grant. Ramassez vos affaires et partez. Vous n'avez rien à faire ici. Vous êtes chez elle. Vous n'avez pas le droit de venir chez elle.

— Taisez-vous, dit Dana. Fermez-la ! Vous ne nous connaissez pas. »

Mme Grant se redressa de toute sa hauteur. Elle était maigre, comme si toute sa vie elle ne s'était nourrie que de bouillon de poulet et de crackers.

« Je ne vous connais peut-être pas, mais je sais ce que vous êtes.

— Donne-moi ça, Dana, dit sa mère. Ces gens se contrefichent de toi. »

C'était faux, je ne me contrefichais pas d'elle, et encore moins de ma mère. « Ne lui donne pas », dis-je à Dana. Je ne voyais pas ce qui pouvait être pire que le document qu'elle m'avait montré, mais ce n'était pas parce que je ne pouvais pas l'imaginer que ce n'était pas possible. « Dana ! » Enfin, elle me regarda. J'espérais qu'elle verrait sur mon visage quelque chose méritant la compassion. Je ne lui avais jamais fait de mal. Au contraire, je m'étais arraché la peau de l'omoplate pour elle.

« Dana, regarde-moi », dit Gwendolyn.

Elle soupira et ouvrit son sac, le même faux Vuitton qu'elle avait le jour où on s'était rencontrées au SuperRx. Elle avait l'air épuisée. Je n'arrivais pas à croire que c'était seulement l'été dernier qu'on chapardait au drugstore. Très vite, on était devenues des amies intimes. Comme des sœurs, c'est l'expression consacrée.

Elle tendit son poing serré à sa mère et lui glissa quelque chose, s'efforçant de refermer les doigts de celle-ci sur ce qu'elle lui avait donné, pour retarder le moment où tout le monde verrait le bleu de l'aigue-marine et l'éclat du cristal. Pendant un instant, je cessai de respirer.

« Non ! s'écria ma mère.

— Mlle Bunny l'a laissée à Dana.

— Non. Elle n'aurait jamais fait une chose pareille. On l'a enterrée avec. »

Je secouai la tête, me souvenant du jour où nous l'avions préparée, de Raleigh qui avait pris une photo maladroitement. Je me rappelai la longue étreinte de mon père et la sensation de la broche en étoile contre ma joue.

« Non, répéta ma mère. Non.

— Demandez à Raleigh. Vous savez qu'il est incapable de mentir. »

Mme Grant s'approcha d'elles en agitant le doigt.

« Vous n'avez pas le droit de faire ça. »

J'étais assez près de Dana pour la toucher.

« Regarde-moi. Tu n'es pas ma sœur.

— Si.

— C'est quoi, ton nom de famille ? s'interposa Mme Grant.

— Il ne s'agit pas de nom. Il s'agit de sang, déclara Gwendolyn.

— Tiens, puisque vous en parlez, rappelez-moi le vôtre », rétorqua Mme Grant, glaciale.

Je n'oubliai pas un instant de quel côté j'étais, mais j'avais un peu de peine pour Dana et sa mère. Chaque que fois que Gwendolyn ouvrait la bouche pour parler, Mme Grant l'interrompait, lui réclamant son nom, comme si c'était un exorcisme. Boudinée dans sa robe de bal, la bouche grande ouverte, ma mère semblait chanter un opéra silencieux.

« Sortez ! » dis-je enfin.

Exténuée, et peut-être soulagée de pouvoir se retirer, Gwen se dirigea vers la porte. Dana fit un pas vers moi.

« Je peux la récupérer ?

— Quoi ?

— La broche de Mlle Bunny. C'est le seul souvenir que j'ai. »

Je refermai ma main sur le bijou, indifférente à l'épingle qui transperçait ma paume.

« Elle est à moi. »

Avant de sortir, Dana se retourna tristement et articula quelque chose que je ne compris pas. Toute ma vie, j'avais rêvé d'avoir une sœur. Combien de fois ma mère avait-elle dit qu'elle regrettait que je sois fille unique ? Voilà ce qui se passe, quand on désire quelque chose trop fort. La vie n'est qu'une vaste arnaque, toujours prête à te jouer un sale tour.

Mme Grant s'agenouilla près de ma mère, qui s'était effondrée dans sa robe à crinoline. Au lieu de la rejoindre, je ne pus m'empêcher de m'approcher de la porte vitrée pour regarder Dana et sa mère gravir la pente tant bien que mal sur leurs talons. J'aurais pu leur courir après et bousculer Gwendolyn pour venger l'honneur de ma mère. J'aurais pu exiger qu'elles me racontent tout, mais à cet instant je ne voulais pas en savoir plus.

24

Le plus pauvre des rats

Ma mère bannit mon père du 739 Lynhurst Drive avec seulement l'uniforme qu'il portait sur le dos. Elle ne le laissa même pas entrer dans la maison. Il ne protesta pas, ne supplia pas, ne réclama ni son pardon ni sa brosse à dents. Il s'éloigna d'un pas pressé, comme un livreur gêné qui aurait frappé à la mauvaise porte. « Ça ne s'est pas si mal passé », dit ma mère lorsque le ronronnement paisible du moteur s'éleva, puis elle éclata en sanglots et me demanda de lui apporter un Tylenol PM, du paracétamol associé à un sédatif léger. Elle s'essuyait le visage avec un torchon quand le téléphone fixé au mur sonna. « Réponds », me dit-elle. Les événements de l'après-midi nous avaient peut-être révélé que nous ne savions rien de notre propre vie, mais nous avions assez d'intuition pour deviner que c'était mon père au bout du fil.

« D-dis à ta maman que je comprends si elle veut pas me parler. Dis-lui que je suis chez Raleigh. Et dis-lui que je l'aime.

— Oui, monsieur. Je ferai passer le message.

— Chaurisse. Pourquoi est-ce que t-t'es si froide ? Je suis toujours ton papa. C'est entre ta maman et moi.

— C'est entre nous tous », répliquai-je, entortillant mes doigts dans le fil en tire-bouchon, songeant au nombre de personnes concernées.

Gwendolyn avait laissé dans notre boîte aux lettres une grosse enveloppe bourrée de documents, dont l'extrait de naissance de Dana. Une petite fille noire née quatre mois avant moi, dans l'hôpital où j'avais failli mourir. La signature de Raleigh à côté du mot *père*. (*Vous savez ce qu'il en est vraiment*, avait-on griffonné sur une carte attachée par un trombone.) Et que dire de Dana et moi ? Il n'existait aucun document établissant une parenté officielle entre nous et je n'étais pas du genre à penser que le sang suffisait à faire de nous des sœurs. Cependant, avoir partagé un père créait un lien qui s'enroulait autour de nos chevilles et ligotait nos poignets. C'était entre nous tous. Tous les six, nous étions solidement attachés les uns aux autres par toute une série de nœuds.

« Au revoir, papa », dis-je pour qu'il ne prétende pas que je lui avais raccroché au nez.

Cela dura deux semaines, presque trois. Ma mère refusait de répondre au téléphone, mais ne voulait pas non plus décrocher le combiné. Dans les années 1980, les appareils étaient équipés d'une sonnerie interne qui hurlait comme une sirène d'incendie jusqu'à ce que je décroche. « Passe-moi ta maman, disait mon père, d'une voix de garçon en pleine mue. Dis-lui que je suis chez Raleigh. Elle peut rappeler là-bas si elle ne me croit pas. »

Raleigh appelait parfois en éclaireur.

« Maman ne veut pas te parler non plus, lançai-je avant même de dire bonjour.

— Et toi, Chaurisse ? Tu n'as vraiment pas le cœur à parler à ton vieux Raleigh ? »

Je ne savais pas trop ce que désirait mon cœur. Je continuais d'aller au lycée tous les jours. J'obtenais des C à mes examens et je réalisais des arpèges passables à la flûte, aussi moyenne et invisible que je l'étais avant que Dana débarque comme un éléphant dans notre magasin de porcelaine. Pour la première fois depuis des années, j'étais heureuse que mon père m'ait encouragée à étudier à Northside, loin du quartier. Il fallait vingt-cinq minutes pour aller au lycée en voiture et quarante-cinq si je prenais les transports en commun. Dana, elle, était à Mays, au bout de la rue. Mme Grant avait sans doute parlé à Ruth Nicole Elizabeth et la rumeur avait dû se propager rapidement. Même si elle n'entendait pas les murmures, Dana devait avoir les nerfs aussi à vif que nous lorsqu'elle passait dans les couloirs de l'établissement. Au salon, on continuait de défriser, d'onduler et de coudre des extensions. Il était impossible de savoir avec certitude qui avait entendu quoi, alors nous faisions comme si personne ne savait rien, tout en étant persuadées que tout le monde savait tout.

Pendant les dix-sept jours et les dix-huit nuits que dura l'absence de mon père, ma mère dormit avec moi dans mon lit à baldaquin. Ce n'était pas mon idée, mais le deuxième soir elle frappa au montant de la porte, suppliante et éméchée. Je me poussai jusqu'à ce que mes fesses cognent le mur. Le lit s'affaissa un peu sous son poids. « Tu es réveillée, Chaurisse ? Je n'arrive pas à dormir. » Elle se blottit contre moi. Le corps de ma mère était chaud et moelleux. Il sentait le schnaps et l'huile qui imprégnait le foulard dont elle enveloppait ses cheveux.

« Tu es tout ce que j'ai, maintenant.

— Non. Tu as toujours Le Renard Rose.

— Peut-être. Si je divorce, tout sera partagé entre nous. Il pourra racheter ma part. Raleigh et lui, tous les deux. Et ils pourront installer cette femme et sa fille à notre place.

— Papa et Raleigh ne feraient jamais ça.

— On ne sait pas de quoi ils sont capables, Chaurisse. Tu n'as pas compris ? Tout le monde est capable de tout. »

Je n'imaginais pas mon père et mon oncle chasser ma mère de chez elle, fermer Le Renard Rose et l'obliger à louer un fauteuil dans un autre salon de coiffure. En même temps, deux semaines auparavant je n'aurais jamais cru qu'ils puissent avoir une seconde famille, dîner deux fois le mercredi. Quand je ne tenais pas la bride à mon esprit, je voyais mon père vêtu seulement de ses lunettes, sous un couvre-lit en chenille, besognant la jolie maman de Dana, dont les cheveux s'étalaient sur une taie d'oreiller en satin.

Je laissai à ma mère dix jours pour faire son deuil, partant du principe que les gens qui perdent un proche prennent généralement une semaine de congé. Pendant cette période, je la consolai chaque fois qu'elle gémissait devant de vieux albums photos. Je m'agenouillai à côté d'elle lorsqu'elle retourna le tiroir de mon père, envoyant sur le tapis de la monnaie, des pochettes d'allumettes, des préservatifs et même un petit bocal contenant mes dents de lait. Quand elle perdit l'appétit, l'estomac irrité, je n'essayai pas de la forcer à manger ce que j'avais préparé. Quand elle le retrouva, je ne l'empêchai pas de manger à la petite cuillère le pot de glaçage crémeux. J'estimais que c'était son droit. Le dixième soir, toutefois, j'entrai dans la phase *ça fait mal mais c'est pour ton bien*. Au premier reniflement, je m'armai de courage et je dis : « Pourquoi tu es triste ? Tu devrais être en colère, furieuse. À ta place, je serais dans la cuisine, en train de faire chauffer une casserole de gruau. »

Les bras de ma mère se resserrèrent autour de moi sous le drap.

« C'est pas drôle. »

Je plaisantais, et pourtant j'étais sérieuse. Je pensais que mon père devait payer pour ce qu'il avait fait.

« Même s'il me chassait de cette maison, je ne me conduirais pas comme Mary.

— Au moins, elle est célèbre. Tout le monde sait ce qu'elle a fait. Et de toute façon, on ne va pas nous chasser de cette maison.

— Admettons que je demande le divorce et qu'on tombe sur un juge compréhensif qui nous laisse la maison. Tu sais que James ira vivre avec elles. Quand j'étais petite, on disait : "Y a que le plus pauvre des rats qu'a pas au moins un nid de rechange." »

Ma mère, qui ne me laissait qu'une place étroite dans mon propre lit, formulait à haute voix les peurs qui la hantaient. Est-ce que Mlle Bunny savait depuis le début ? Je répondis que c'était sans doute papa qui avait donné la broche à Gwendolyn. Heureusement que grand-ma Bunny n'était plus là pour voir ça, soupira-t-elle. Oui, admis-je, c'était sans doute une bonne chose. D'une voix endormie, elle ajouta qu'on pouvait passer le diplôme de coiffeuse en un an si on étudiait à plein temps. Dana et sa mère pourraient donc reprendre Le Renard Rose d'ici l'an prochain. « Dana n'a aucune envie d'être coiffeuse. Elle veut aller à Mount Holyoke. Elle veut être médecin. » Ma mère se retourna et se colla contre mon dos, m'emprisonnant dans son étreinte. « C'est ton père qui va payer ses études. Il nous restera plus rien. » Elle poussa un petit soupir, m'indiquant que l'alcool et le Tylenol commençaient à faire leur effet. Le réveil lumineux sur ma table de chevet affichait 2 h 13.

« Bonne nuit, maman.

— Chaurisse ?

— Oui ?

— Tu penses qu'il a fait ça parce que j'étais pas assez jolie ? J'avais même pas quinze ans quand on s'est mariés. Cette Gwen, elle doit savoir faire des choses dont j'ai jamais entendu parler. Je suis sûre qu'elle lit *Cosmo*. Tu as vu comme elle se pomponne ? Elle ressemble à Lena Horne, en plus noire. »

Pendant que ma mère prétendait au titre de Madame Cœur brisé, je réfléchissais à ce qui s'était passé, me demandant à quel carrefour j'avais choisi la mauvaise route. En ce qui concernait mes parents, j'étais vraiment le plus pauvre des rats. Ce n'était pas comme si j'en avais eu une paire de rechange, au cas où ça tournerait mal. Ma mère et Raleigh avaient eu de la chance. Lorsque leurs parents biologiques n'avaient pas assuré, ils avaient trouvé refuge auprès de grand-ma Bunny. Moi, je n'avais que James et Laverne.

Ma mère pesait aussi lourd qu'un sac de sable ; je ne sentais plus mon bras coincé sous elle. Ces dix jours avaient été interminables.

« Maman, dis-je, fléchissant mon bras engourdi. Arrête de geindre. Secoue-toi. Prends un balai. Fous du sucre dans son réservoir d'essence. Fais n'importe quoi, mais fais quelque chose. »

Ma mère alluma la lampe de chevet, écarta les draps et se leva. Elle agita le doigt sous mon nez, faisant trembler la peau sous son bras.

« T'as pas honte de te retourner contre moi, Bunny Chaurisse ?

— C'est pas ce que je voulais dire. J'aimerais juste que tu sois plus… »

Le mot auquel je pensais était *noire*. Le désespoir larmoyant de ma mère me faisait penser aux Blanches dans les films, qui s'effondraient au moindre problème.

« Je veux te voir te battre. S'il faut faire chauffer du gruau de maïs, c'est maintenant ou jamais. »

Ma mère mit les poings sur ses hanches.

« Laisse-moi t'expliquer une chose, ma fille. Quand Al Green est sorti de son bain, Mary a bien failli le tuer. On raconte qu'il a fallu lui prendre de la peau sur le dos pour la greffer sur ses coucougnettes. C'est ça que tu me demandes de faire à ton père ?

— Non. J'essayais juste de dire que tu devrais…

— Et les coucougnettes d'Al Green, c'est rien à côté de la suite. Pendant qu'il était en train de se rouler par terre, à poil et couvert de cloques, elle a sorti un pistolet de son sac, l'a collé contre sa propre poitrine et elle a tiré. Mary est morte sur lui. »

Les seins de ma mère se soulevaient sous sa chemise de nuit élimée.

« Alors ne parle pas de ce que tu ne connais pas. Ce n'est pas à cause du gruau qu'il a trouvé Dieu. C'est à cause du sang de Mary. »

Encore éblouie par la lumière de la lampe de chevet, je regardai ma mère sortir d'un pas lourd. Je passai encore une heure à me retourner dans mon lit, nous imaginant tous les quatre – moi, papa, Raleigh et maman –, chacun dans une chambre différente, chacun regardant un plafond différent. À 5 h 45, je trouvai ma mère à la table de la cuisine, en train d'éplucher une montagne de pommes de terre. Certaines avaient noirci à l'air, mais celle dans sa main était encore blanche et humide.

« Tu as dormi, maman ?

— Non. Je me suis dit que j'allais faire de la soupe de patates. Beaucoup, comme ça, on pourra en congeler.

— Maman, va t'allonger.

— Je ne veux pas dormir dans mon lit.

— Tu n'as qu'à dormir dans le mien.

— Tu m'as chassée, dit-elle en levant les yeux de sa tâche, les épluchures devant elles si épaisses qu'il ne restait qu'une minuscule pomme de terre entre ses mains.

— Mais non. Viens. Je m'allongerai avec toi. »

Je l'escortai jusqu'à ma chambre. J'écartai les couvertures et me glissai à côté d'elle. Cette fois, ce fut moi qui me collai contre son dos.

« Je n'ai pas fini mon histoire à propos de Mary. Elle avait laissé une lettre. On l'a trouvée quand on a emporté le corps. Elle disait : "Plus je te fais confiance, plus tu me déçois." »

Je savais déjà que je ne retrouverais pas ma mère, ou du moins pas telle que je l'avais connue. Une mère brisée, ça ne se répare pas. Il reste toujours des fêlures, des angles ébréchés, des amas de colle séchée. Même si, à force de soins, elle retrouve l'aspect d'avant, elle ne sera jamais plus solide qu'une assiette fendue. L'enlaçant, je fermai les yeux, mais je ne parvins pas à me détendre suffisamment pour oublier qui j'étais et ce qui nous était arrivé. À 7 h 30, les vieilles dames étaient là, prêtes pour leurs extensions et leurs couleurs. C'était un miracle qu'elle n'ait raté aucun rendez-vous jusque-là. Mon père avait peut-être largué une bombe sur nos vies, mais au cours de ces dix derniers jours tous les cheveux crépus du sud-ouest d'Atlanta avaient été dûment lissés. Je la laissai donc faire semblant de dormir et je descendis au salon. Je fis entrer les vieilles dames et leur expliquai que ma mère était malade ce matin. J'ouvris son lourd agenda, leur donnai un nouveau rendez-vous et appelai les autres clientes sur la page. Je mentionnai un virus et tout le monde glosa sur les ravages qu'il faisait en ce moment. Ensuite, je téléphonai au lycée en me faisant passer pour ma mère et j'expliquai que c'était moi qui étais malade. Je mis en cause le même virus et personne ne s'en étonna. Pour finir, je déclarai au répondeur de Witherspoon Sedans que je détestais mon père et ne voulais plus jamais le revoir.

Je me rendais compte que papa et oncle Raleigh n'étaient que des mecs, comme Jamal et Marcus : uniquement loyaux entre eux. Je croyais que devenir adulte, ça signifiait être l'épouse d'un homme et ne plus être à la merci du premier baratineur. Et voilà que je me retrouvais avec une demi-sœur, moi, l'enfant unique à qui on avait toujours répété qu'elle était un miracle. Le miracle de ma mère peut-être, mais seulement la seconde fille de mon père. Sa fille qui n'était pas d'argent. Laverne n'était pas la seule à avoir été trompée dans cette histoire.

Elle ne se leva que lorsqu'elle entendit le teuf-teuf de la petite Jeep du facteur. Chaque jour apportait son lot de nouvelles réponses pour la soirée d'anniversaire. Et elle continuait à ouvrir chaque petite enveloppe avec un coupe-papier en ivoire, comme s'il s'agissait d'une huître perlière. Puis elle divisait les cartes en deux piles sur sa coiffeuse. Une pour les oui, une pour les non. Deux jours plus tôt, je lui avais demandé ce qu'elle comptait faire à propos de la soirée et elle avait répondu que c'était le problème de mon père, pas le sien. Dans la cuisine, les relents d'amidon des pommes de terre me paraissaient étouffants. C'est fou comme une odeur qu'on n'avait pas remarquée jusque-là peut soudain devenir suffocante. Exactement comme un souvenir. Tandis que ma mère allait chercher le courrier, je me revis à la fête de la Science, dans ma veste en lapin. Et je me souvins de la fille qui portait le même blouson que moi, une fille d'argent à la peau noire et aux cheveux qui lui tombaient jusque dans le milieu du dos. Je l'avais vue devant le Civic Center puis aux toilettes. Je sentais encore l'odeur de l'eau bleue dans les W-C. C'était Dana. Bien sûr que c'était elle. Je me rappelais avoir pensé : « Cette fille me veut du mal. » Quel âge avais-je ? Treize ans à tout casser. J'étais ressortie en courant, comme si j'étais en danger de mort. Mon crâne fourmillait. Ma vessie était si pleine que j'avais dû défaire un bouton de mon pantalon. Lorsque j'étais enfin arrivée à la maison, il y avait quelques gouttes d'urine dans mon slip et je l'avais lavé dans le lavabo, en cachette de ma mère. Dana. Depuis quand était-elle là, à grignoter les bords de ma vie ? Le jour où j'avais vu Raleigh et Gwendolyn dans le parc, était-ce vraiment une coïncidence ? J'enfouis mon visage dans mes bras sur la table et respirai mon odeur, qui était aussi celle de Dana. Je ne pouvais pas y échapper, parce qu'elle sentait exactement comme moi, comme ma mère et mon père et cette maison. Anaïs Anaïs, White Shoulders, cigarettes au menthol. C'était l'air de notre vie, et celui de la leur aussi.

Ma mère revint enfin de la boîte aux lettres. « Qu'est-ce qu'il y a au courrier ? Encore des réponses ? Il va falloir prendre une décision à propos de la soirée. C'est dans trois semaines. Ça sera là très vite. » Elle ne répondit rien et je m'en voulus d'avoir évoqué la fête et son étrange obsession de savoir qui comptait venir à un anniversaire qui n'aurait pas lieu. Elle s'éventait avec une carte postale. « Quoi ? » demandai-je, m'efforçant de décrypter son expression, de deviner si ce qu'elle avait à la main était une bonne ou une mauvaise nouvelle. Je fis mine de la lui prendre, mais elle retira vivement sa main.

« J'en reviens pas. Il faut que tu voies ça. »

Elle fit claquer la carte sur la table comme si c'était un joker. Le bord s'imprégna de jus de pomme de terre.

Je la pris par un coin sec et l'examinai. Côté face, une cacahuète géante souriante qui ressemblait à Jimmy Carter. « Salut, ça roule ? » Je fronçai les sourcils et la retournai. C'était à ça que devait ressembler une demande de rançon : un message en lettres capitales, à la fois anonyme et menaçant.

La bigamie est un délit.
En prison, tu ne seras pas un entrepreneur,
tu ne seras qu'un Nègre.

« Eh ben », dis-je en passant les doigts sur la carte.

Le stylo avait tellement appuyé qu'on sentait les lettres sur les dents du président-cacahuète.

« C'est bien ou pas ? »

Ma mère me regarda comme si c'était moi qui avais perdu la tête.

« Bunny Chaurisse Witherspoon, tu es de quel côté ? Cette garce essaie de détruire notre famille. Tu vois bien qu'elle a adressé la carte à James et qu'elle l'a envoyée ici, dans cette maison. »

Elle hocha la tête avec ce qui ressemblait à de la satisfaction.

« Si elle lui écrit ici, c'est qu'il ne dort pas là-bas. »

Je jure devant Dieu qu'elle sourit pour la première fois en quinze jours.

« Mais, maman…

— Cette garce est jalouse et elle ne s'arrêtera pas avant d'avoir détruit tout ce pour quoi j'ai travaillé. C'est sérieux, maintenant.

— Maman, ça l'est depuis le début.

— Ne me parle pas sur ce ton. Je suis toujours ta mère. »

J'aurais dû tourner la tête, car elle me regarda et vit que ce n'était plus vrai. Pas comme ça l'était deux semaines plus tôt en tout cas.

« Maman, ce que papa a fait est illégal.

— Le détournement de mineur est illégal. »

Je poussai un petit jappement de chien battu. Aussitôt, elle se radoucit.

« Ma chérie, je ne dis pas ça pour être blessante. J'aurais pu faire arrêter Jamal Dixon. Tu avais quoi ? Quatorze ans ? Seulement, je savais que ce n'était pas comme ça qu'il fallait régler les choses. Oui, les hommes font parfois des choses illégales, mais quand il s'agit d'histoires privées, on règle ça en famille, on n'appelle pas la police. Cette femme l'a piégé. Et elle le sait. Elle a obligé ton père à l'épouser et maintenant elle veut le traîner en justice. Cette salope est malade.

— Maman ! m'écriai-je, renonçant à utiliser la voix dont on se sert avec les bébés et les alcooliques. Elle n'est peut-être pas la seule à être malade dans l'histoire. Papa est avec elle depuis près de vingt ans. Dana est leur fille. Tu ne penses pas qu'il devrait, je ne sais pas, expier ? »

Ce n'était pas le bon mot, trop biblique, mais sur le moment je ne trouvai pas mieux.

« Peut-être, mais en attendant, c'est moi qui expie, Chaurisse. »

Elle traîna la poubelle sur le lino jusqu'au coin de la table. Elle rassembla les épluchures avec ses avant-bras pour les faire tomber dans la poubelle, salissant les manches de son sweat-shirt.

« Toi et moi, on est les seules à n'avoir rien fait de mal. On vivait notre vie sans rien demander à personne, persuadées d'être une famille normale. On est les seules à avoir notre mot à dire.

— Qu'est-ce que tu veux, au juste ? »

Elle attacha le sac-poubelle avec un lien et s'assit sur la chaise de mon père.

« Je veux retrouver notre vie d'avant.

— Maman, on ne peut pas faire comme s'il ne s'était rien passé. »

La voyant reculer sa main, j'avançai ma bonne épaule pour parer une gifle qui ne vint pas. Elle se contenta de la mettre devant son visage, à la façon d'un miroir.

« Non, non, non, dit-elle, grondant sa main. Je ne laisserai pas cette pute faire de moi une barbare. Elle ne me prendra pas ma dignité. Je suis une épouse. Et je vais me conduire en épouse.

— Maman, assieds-toi. Tu veux ton Tylenol ? »

À présent, elle arpentait la cuisine, tenant toujours sa main droite par le poignet, comme si elle craignait de la libérer.

« Non. Tu m'as demandé ce que je voulais et je t'ai répondu.

— Je veux déménager dans le Massachusetts. »

Elle parut déconcertée, ce qui était compréhensible. C'était sorti tout seul. En réalité, ce que je voulais, c'était partir très loin de mes deux parents.

« Je veux que vous divorciez », ajoutai-je.

J'en avais assez. J'aurais dû être en train de préparer la remise des diplômes et de chercher une robe blanche à mettre sous ma toge. Je déclarai à ma mère que je ne défilerais pas le jour de la cérémonie et elle répondit : « Comme tu veux. » On était totalement dépassées. Elle avait besoin d'aide, d'aide professionnelle, ou au moins de quelqu'un qui la connaissait mieux que moi. Si j'avais su qui appeler, je l'aurais fait. À la télé, les femmes ont des copines sur qui elles peuvent compter. Le feuilleton préféré de ma mère s'appelait *The Golden Girls* et racontait la vie de quatre vieilles dames qui partageaient un appartement. Elles résolvaient ensemble leurs problèmes et se soutenaient dans l'adversité. Maintenant que grand-ma Bunny était morte et enterrée, elle n'avait plus que moi.

25

Téléfilm

La broche de Mlle Bunny trônait dans ma boîte à bijoux par ailleurs presque vide. C'était un coffret démodé, un de ces objets que ma mère avait achetés lorsqu'elle avait commencé à éprouver de la nostalgie pour son enfance écourtée. Les notes ténues de la *Lettre à Élise* s'égrenaient quand on soulevait le couvercle. Je tenais dans ma main la preuve que mon père menait deux vies parallèles. Tout le monde était complice, même ma grand-mère dans son cercueil.

Peut-on dire qu'on a tous un peu pété les plombs en mai 1987 ? Notre vie ressemblait à un film : pas un blockbuster qu'on va voir au ciné, mais un de ces téléfilms sur lesquels on tombe parfois en zappant tard dans la nuit. Depuis que nos existences avaient pris un caractère télévisuel, on se comportait tous comme des personnages. Mais qui aurait pu nous le reprocher ? La vie de tous les jours ne nous offrait aucun modèle adapté à notre nouvelle réalité.

En ce qui me concerne, j'endossai le rôle de la fille détective. Je soulevai la carte postale que nous avions reçue par les bords pour ne pas laisser mes empreintes dessus. En pleine journée, je filai discrètement une double dose de Tyrenol à ma mère et je profitai de sa somnolence pour décrocher ses clés de voiture dans l'entrée. Jetant des coups d'œil nerveux dans le rétroviseur, je roulai jusqu'à l'aéroport.

Raleigh était en train de lire un magazine dans la Lincoln bleue lorsque je tapai à la vitre. Il me sourit et je constatai qu'il avait vieilli de plusieurs années en quelques semaines.

« Chaurisse, dit-il en déverrouillant la voiture. Assieds-toi avec moi. »

J'ouvris la portière et me laissai tomber sur le siège familier.

« Salut, oncle Raleigh.

— T'es pas censée être au lycée ?

— Qu'est-ce que ça peut faire ? J'aurai mon diplôme de toute façon.

— Tu veux que je mette la clim ? »

Au-dessus de nous j'entendais le rugissement aigu des avions qui transperçaient le ciel. Et dans la voiture, la voix de crooner d'Al Green qui se plaignait de la solitude.

« Papa n'aurait pas pu nous mener en bateau toutes ces années sans toi.

— Je me doutais bien que tu finirais par arriver à cette conclusion.

— Ça ne répond pas à ma question.

— Tu ne m'en as pas posé. Tu veux savoir quoi ? »

Je me retrouvai comme une idiote. Que voulais-je savoir ? J'avais déjà l'impression d'en avoir trop appris.

« Papa est vraiment marié à cette femme ?

— Ils sont passés devant un juge, oui.

— Et t'étais là ? »

Il hocha la tête.

« T'as signé le papier, j'ai vu ton nom.

— J'ai fait ça, oui.

— Pourquoi tu l'as aidé ? »

Mon oncle changea de position pour que je puisse voir son visage.

« Je dirais plutôt que j'ai aidé Gwen. »

Son visage devint tout rouge.

« Tu peux pas savoir qui elle est vraiment tant que tu l'as pas vue en photo. Son charme, c'est rien qu'une diversion, un écran de fumée. Mais quand je réussis à la prendre en photo, toute sa vie est là, dans la manière qu'elle a de lever le menton. Même si la pellicule n'est pas terminée, je la développe sur-le-champ, je m'en fous.

— Et nous ? Tu passes ton temps à nous prendre en photo !

— Avec vous, on sait qu'il n'y a pas tromperie sur la marchandise. Quand tu étais petite fille, tu étais une petite fille, un point c'est tout. Même Laverne, en dépit de tout ce qu'elle a traversé, elle est authentique, sans artifice. Et c'est bien. C'est ce qui fait votre beauté. »

Je savais qu'il pensait me faire un compliment, mais ça me faisait l'effet d'une insulte. Comme quand on dit à une fille obèse qu'elle a « un joli visage ». Voyant que j'allais sortir, Raleigh me retint.

« Gwen n'a voulu faire de mal à personne. Tu dois me croire sur parole. C'est important, parce que je veux pas que tu croies que ton père a fait ça pour une traînée. Gwen n'est pas comme ça. À sa manière, c'est une dame. »

Je mis mes mains sur le tableau de bord et posai la tête dessus. Le monde était fou et chaque jour il le devenait un peu plus.

« C'est quoi, votre problème ? Papa a eu une fille avec cette femme et toi, tu parles d'elle comme si t'en étais amoureux. Qu'est-ce qu'elles ont de plus que nous ? Maman et moi, on peut être compliquées aussi. On peut être intéressantes.

— C'est pas un concours.

— Facile à dire pour toi. »

Il me faisait penser à Jamal. Les gentils garçons sont vraiment les rois pour briser le cœur des filles tout en leur donnant l'impression que c'est à eux qu'on fait du mal. Je descendis de la voiture et je plaquai mon visage sur la fente de sa vitre entrouverte.

« Une dernière question. C'est quoi, leur adresse exacte ? »

L'architecture de Continental Colony était censée évoquer l'Europe. Des chalets de ski peut-être : des bâtiments crème avec des volets noirs. Le sommet des habitations avait la forme d'un panneau stop. La leur, le numéro 2412, se trouvait au milieu d'une rangée de maisons mitoyennes identiques. Je me garai devant et vérifiai que la carte postale se trouvait bien dans mon sac. Les coins étaient abîmés à cause du jus de patate. Je me regardai dans le rétroviseur intérieur. Ma mère n'était pas en état de rajuster mes cheveux. J'avais mis un foulard violet en guise de bandeau pour dissimuler les endroits où la fixation était apparente. J'humectai mes doigts, lissai quelques frisottis et ouvris la portière.

Dans leur allée, les mauvaises herbes poussaient dans les fentes du béton. Ça me fit plaisir. Notre jardin à nous était bien entretenu. Les azalées étaient en fleur et papa avait récemment passé une nouvelle couche de blanc sur la boîte aux lettres. Je fis une pause sur le seuil, la main sur le heurtoir, réfléchissant à ce que j'allais dire. Je voulais savoir pourquoi Dana s'était immiscée dans nos vies. Voulait-elle me connaître ou me blesser ? Obéissait-elle à sa mère ? Qu'attendaient-elles de nous ? J'ignorais comment je pourrais leur soutirer ces informations. Si j'avais appris une chose au cours de ces dernières semaines, c'était que les gens ne disaient que ce qu'ils voulaient bien qu'on sache. Il ne suffisait pas de poser une question directe pour obtenir une réponse directe.

J'avais retiré ma main du heurtoir et je m'apprêtais à regagner la voiture lorsque la porte s'ouvrit. Je me retrouvai face à Gwendolyn en blouse blanche d'infirmière.

« Oui ? »

J'avais l'impression de voir Dana dans vingt ans. Elle n'était pas aussi apprêtée que le jour où elle avait débarqué au Renard Rose. Ses beaux cheveux étaient attachés en chignon et elle avait des rides autour de la bouche.

« C'est moi que tu voulais voir ?

— Non, je cherche Dana. »

Elle sourit.

« Dana est au lycée. Et si je peux me permettre, qu'est-ce que tu fais ici en pleine journée ? Il n'y a plus de surveillants ? »

Son attitude était difficile à interpréter. Elle semblait amusée, comme si j'étais une enfant qui avait fait un truc d'adulte, du style commander du homard dans un restaurant.

« Je m'occupe de ma mère.

— Tu ne crois pas qu'elle a assez de monde pour s'occuper d'elle ? »

Sur le même ton d'adulte amusée, elle m'invita à entrer.

Son salon semblait être entièrement dédié à Dana et au cristal Swarovski. Sur tous les meubles, des figurines de cristal étaient posées sur des sous-verre miroirs. Les murs étaient tapissés de photos de Dana. Il y avait des portraits scolaires rangés par ordre chronologique et d'autres qui semblaient l'œuvre d'oncle Raleigh. Elle m'indiqua le canapé. En dépit du plaid en chenille, je sentais les craquelures du cuir usé contre mes cuisses.

« Je peux t'offrir à boire ?

— Non.

— Non ? » répéta-t-elle sur un ton interrogateur, comme pour me rappeler les bonnes manières.

Je faillis me corriger et ajouter « Non merci, madame », mais je me repris.

« Non, je ne veux rien boire.

— Bien. Est-ce que ta mère t'a interdit de boire dans mes verres ? Elle a peur que je verse un philtre ou je ne sais quoi dedans ? Elle croit peut-être que c'est ce qui s'est passé, dit-elle dans un petit rire. Il fait chaud ici. Est-ce que j'allume le ventilateur ou est-ce qu'elle t'a aussi dit de te méfier de mon air ?

— Ma mère ne sait même pas que je suis ici. Et je préférerais que vous arrêtiez de parler d'elle.

— C'est fou comme vous vous ressemblez, avec ta sœur. Je n'avais pas idée que Dana passait son temps avec toi. Quelqu'un devrait écrire un livre sur la vie secrète des filles.

— Il faut dire que les vies secrètes, c'est votre rayon.

— La même insolence. Il n'y a pas de doute, Dana et toi, vous êtes vraiment sœurs. »

Chaque fois qu'elle prononçait le mot *sœur*, j'avais l'impression qu'elle me narguait. Je changeai de position sur le canapé.

« Est-ce que tu préfères t'asseoir là ? C'est le fauteuil de ton père.

— Non.

— Bon, qu'est-ce que tu veux alors ? Je m'apprêtais à partir au travail, mais je peux t'accorder quelques minutes.

— Ne dénoncez pas mon père à la police. »

Elle m'offrit un mince sourire.

« Pardon ? »

Je sortis la carte de mon sac. Je voulais garder un ton calme, une discussion entre femmes.

« Pourquoi avoir envoyé ça à ma mère ? Vous ne pensez pas qu'elle a assez souffert ? »

Gwendolyn la prit, la tenant à bout de bras comme si elle avait peur de tacher son uniforme blanc.

« Ma petite, même si ce que dit cette carte n'est pas faux, ce n'est pas moi qui l'ai envoyée. »

Elle la retourna et regarda la cacahuète souriante de l'autre côté.

« Jimmy Carter, sérieusement ?

— Vous mentez. Dana et vous êtes des menteuses. »

Son humeur s'assombrit soudain et elle se pencha en avant.

« Je ne te permets pas de dire du mal de ma fille. Tu n'imagines pas tout ce qu'elle a fait pour toi. Elle et moi avons toujours vécu en fonction de toi, pour que rien ne perturbe ta précieuse petite vie. Personne dans cette maison ne t'a jamais menti.

— Vous n'êtes pas si innocente que ça !

— Toi non plus. Tout ce que tu as, tu l'as eu aux dépens de ma fille. Ton ignorance ne suffit pas à faire de toi une innocente. »

Je me levai et elle m'imita. Nous avions l'air prêtes à nous embrasser ou à nous battre.

« Laissez ma mère tranquille. Et mon père aussi.

— Écoute-moi, petite. Et rassieds-toi. Tu es venue ici parce que tu voulais savoir quelque chose, alors laisse-moi t'expliquer. »

Je me rassis parce qu'elle avait raison. Est-ce que le but n'était pas de découvrir la vérité ?

« Premièrement, ce que tu me demandes n'est pas raisonnable. J'existe, Dana existe. Tu ne peux pas nous demander de faire comme si ce n'était pas le cas. Deuxièmement, quand je suis venue au Renard Rose, je n'ai pas demandé à Laverne de quitter son mari. Je ne t'ai pas demandé de vivre sans ton père. Je suis juste venue au salon et je me suis montrée. Toi, tu n'as fait que ça toute ta vie, te montrer à moi. Je suis sidérée par ton arrogance, Chaurisse. Je me suis toujours bien comportée avec toi, alors la moindre des choses, ce serait d'avoir un peu de respect. »

Gwen croisa ses jambes gainées de blanc et fit rebondir sa chaussure.

« Ne pleure pas. »

Je ne pleurais pas. Je tâtai quand même mon visage pour m'en assurer. Elle parlait avec grandiloquence, comme si on nous écoutait. Je regardai autour de moi, mais il n'y avait personne à part les photos de Dana.

« Maintenant, je veux te demander quelque chose, reprit Gwen. D'accord ? On est entre personnes civilisées ici.

— Je ne vous dirai rien.

— Oh, je sais déjà tout. C'est toi qui as besoin d'apprendre des choses. Je veux te demander une petite faveur. J'aimerais que tu rendes à Dana la broche de sa grand-mère. C'est tout ce qu'elle a.

— Sûrement pas.

— Et pourquoi ? Tu as déjà tout. Ma Dana n'a jamais eu que tes miettes. Pourquoi est-ce que tu ne peux pas partager cette petite chose ?

— Désolée, dis-je en me levant, me sentant un peu orgueilleuse. Elle est à moi. Mlle Bunny était ma grand-mère. Mon père a volé cette broche sur sa robe quand elle était dans le cercueil.

— Ne sois pas égoïste. Ma fille n'a jamais rien demandé. Je n'ai jamais rien demandé. Tu vois cet uniforme ? Je travaille tous les jours. Je paie mes factures.

— C'est pas mon problème. »

Gwen se leva.

« Je t'ai demandé ça gentiment. J'ai essayé de te parler comme à une adulte. Mais tu me forces à te dire la vérité. Écoute bien, jeune fille. Quand tu rentreras chez toi, regarde l'acte de mariage. Regarde-le attentivement. Dana, ta sœur, celle que tu détestes tant, elle a changé la date au stylo-bille. Je n'ai pas épousé ton père un an après ta naissance. Tu avais trois jours quand on s'est mariés, tu étais encore à l'hôpital, encore en couveuse. Dana a changé la date parce qu'elle ne voulait pas heurter ta pauvre petite sensibilité. Alors, qu'est-ce que tu en dis ?

— C'est faux. »

Elle secoua la tête.

« Vous êtes une menteuse.

— Non. Il n'y a qu'un menteur. Et c'est ton père. »

Elle me raccompagna à la porte comme une invitée normale. De l'autre côté de la pièce, je reconnus soudain un portrait de ma mère préparant Mlle Bunny avant l'enterrement. J'étais interloquée de la voir là, au milieu des photos de famille. Gwen suivit mon regard puis se tourna vers mon visage ébahi.

« C'est un cadeau. »

Dans la mesure où c'était moi qui avais appelé mon père et lui avais dit de venir à la maison, j'aurais pu lui ouvrir. Et peut-être aurais-je été plus coopérative s'il avait sonné au lieu d'essayer d'entrer avec sa clé, comme s'il vivait toujours chez nous, comme si tout allait bien, comme si ma mère était sa seule épouse et moi, sa seule fille. La clé s'est insérée, mais ne tournait pas. De l'autre côté de la porte, j'attendais. Il a ressayé trois fois avant de réaliser que la serrure avait été changée. Ma mère s'en était occupée le premier jour. C'était avant de se transformer en épave larmoyante, quand elle chantait encore

I Will Survive. Avant de commencer à espérer le retour de mon père.

Lorsqu'il sonna, j'ouvris la porte en bois, puis je fis glisser le verrou de la porte vitrée, mais je ne tournai pas la clé. Il portait son uniforme de chauffeur, sa casquette coincée sous son bras. Si le costume avait été rouge, il aurait ressemblé au singe d'un joueur d'orgue de Barbarie.

« Ch-chaurisse. Merci de m'avoir appelé. Est-ce que ta maman va bien ?

— Comment est-ce qu'elle pourrait aller bien ?

— Aucun de nous ne va bien. Ça a été dur pour tout le monde.

— Papa, comment tu as pu nous faire ça ?

— Ouvre m-moi. »

Ma mère était endormie sur le canapé, assommée par le Tylenol. Elle ne risquait pas de se réveiller, malgré tout, je parlai à voix basse.

« Explique-moi.

— M'oblige pas à parler à travers la porte. »

Il était si proche de la vitre que je distinguais ses lèvres gercées. Je reculai d'un petit pas ; ce n'était pas grand-chose, mais il le vit.

« Alors c'est comme ça, Chaurisse ? Tu as peur de ton père ? Ta mère m'en veut, je comprends. J'ai péché contre elle. Regarde-moi, je suis tombé très bas. Mais toi, Chaurisse, je t'ai rien fait. Je suis toujours ton papa, et ça, rien pourra le changer.

— Si, tu m'as fait quelque chose.

— Quoi ? Qu'est-ce que je t'ai fait ? » demanda-t-il, l'air sincèrement étonné.

C'était difficile d'expliquer ce que je ressentais. Ce n'est pas comme si les filles étaient en droit d'attendre une relation exclusive avec leur père. Malgré tout, son lien avec Dana était une trahison.

« On ne te connaît pas.

— Tu me connais, Chaurisse. Comment est-ce que tu peux dire une chose pareille ? Est-ce que j'ai jamais été absent quand tu avais besoin de moi ? La moitié de tes copines n'ont même pas de père. Dis-moi si je mens. »

C'était vrai.

« Maintenant ouvre-moi, trésor. Me laisse pas dans la rue. Tu disais que ta maman voulait me parler.

— Non. C'est moi qui veux que tu lui parles. Elle ne m'a pas demandé de t'appeler.

— Moi aussi, je veux lui parler. Depuis que j'ai seize ans, je parle à ta mère chaque jour de ma vie. Deux semaines loin d'elle et j'ai cru mourir.

— Et deux semaines loin de moi ? Tu me parlais tous les jours aussi.

— Trésor, ne dis pas ça. Bien sûr que tu me manques.

— Tu m'aimes ?

— B-bien sûr que je t'aime. Et ton oncle Raleigh t'aime aussi.

— Mais est-ce que tu m'aimes plus ?

— Plus que ta maman ? Tu ne peux pas me demander ça.

— Non, est-ce que tu m'aimes plus que Dana ? »

Cette fois, ce fut lui qui recula.

« À q-quoi bon poser ce genre de question ? »

Je ne voulais pas qu'il parte. Pas tout de suite. Je voulais savoir quand exactement il avait « accepté de prendre pour épouse » Gwendolyn Yarboro. L'avait-il réellement fait pendant que j'étais à l'hôpital, trop petite pour vivre, alimentée par des tubes ? J'avais jeté un coup d'œil au document dans le tiroir de ma mère, mais je n'en étais pas sûre. Si Gwen disait vrai, j'étais dans une impasse, car je ne pourrais jamais le dire à ma mère et je ne voulais pas faire partie des gens qui prétendaient l'aimer tout en lui mentant.

« Ouvre cette porte, Chaurisse. Ma patience est à bout. Quand tu traites les gens comme ça, ils ont le cœur qui s'endurcit. »

Cédant à la menace dans sa voix, je lui ouvris.

« Est-ce que tu m'aimes ?

— Bien sûr.

— Alors pourquoi tu t'es marié avec elle quand j'étais encore en couveuse ?

— Q-qui a dit ça ?

— Gwen.

— Je n'aurais jamais fait ça. Jamais. »

C'était facile de le croire sur parole, aussi facile que de poser un lourd fardeau, aussi facile que de se laisser tomber du haut d'un escalier, aussi facile que de fermer les yeux avant de s'endormir.

26

Épithalame

Elle le reprit. Est-ce que ça pouvait se finir autrement ? Bien sûr, j'avais des doutes à l'époque, mais j'étais trop jeune pour connaître la vie. Lorsque ma mère me demanda de la rejoindre à la table de la cuisine, elle était redevenue elle-même. Elle portait un survêtement vert avec des étoiles, et ses extensions ornées de rubans tombaient sur ses épaules en boucles optimistes. Pendant qu'elle parlait, je me concentrai sur ses dents tachées de rouge à lèvres.

« Ton père ne voulait pas que ça se passe comme ça. C'est un homme bien. Quand on s'est mariés, personne n'a eu besoin d'aller le chercher. Il y avait cent façons de mal se conduire et une seule chose bien à faire, et c'est ce qu'il a choisi. On était des enfants, Chaurisse. À ton âge, j'étais mariée depuis trois ans et j'avais enterré un bébé. Enfin, c'est pas tout à fait vrai. Il n'y a personne sous la pierre tombale au cimetière, à côté de ta grand-mère. Lorsque j'ai pu me lever, son petit corps avait déjà été incinéré. Il ne restait rien. Même pas ses cendres, rien. Il était si petit qu'il s'était juste volatilisé. J'étais plus jeune que toi aujourd'hui quand tout ça est arrivé, et ton papa, il n'était pas beaucoup plus vieux. Et c'était son bébé aussi qui était parti en fumée.

« Après ça, personne ne m'a demandé de partir. Quoi qu'il ait pu se passer dans cette maison aujourd'hui, je ne peux pas l'oublier. Ton père m'a épousée parce que j'étais enceinte de lui et quand je me suis retrouvée sans bébé, il m'a gardée. Ça fait partie de notre histoire. C'est réel, et ça, rien ne pourra jamais le changer. Ma colère, ma douleur, tout ce que tu veux : cet acte de générosité pèsera toujours plus lourd que le reste.

— Et moi ? demandai-je, avec le sentiment que le simple fait de poser la question était mesquin.

— Quoi toi, ma chérie ?

— Qu'est-ce qu'on fait de ce que je veux, moi ?

— Il ne s'agit pas que de toi. On est une famille. Il s'agit de sauver notre famille. Est-ce que ce n'est pas ce que tout le monde veut ? »

Elle me sourit.

« C'est la troisième fois que le monde essaie de faire de moi une orpheline. La première fois, c'était quand je suis tombée enceinte et que ma mère m'a chassée. Mlle Bunny m'a recueillie. Après ça, ton frère est mort, mais tu es arrivée et tu as sauvé mon mariage. C'est la troisième fois. Dieu ne veut pas qu'on soit seules. Tu le vois bien, non ? »

Je croisai mes bras sur la table et posai la tête dessus. Je respirais ma propre odeur. La vie était devenue un jeu télévisé, avec des questions pièges, des devinettes et des paris.

« Je ne sais pas ce que je vois.

— Il faut juste avoir confiance. Avoir confiance et croire. »

Épilogue

Dana Lynn Yarboro

Ma fille Flora me ressemble et je le regrette. Pas que j'aie un problème avec mon physique, mais j'aurais aimé lui donner un visage rien qu'à elle. De bien des manières, on ne choisit pas ce qu'on transmet à sa fille : on lui donne ce qu'on a.

Flora a quatre ans. Elle est née en 1996, l'année où Atlanta a accueilli les Jeux olympiques et où le monde entier est venu dans notre grand village. J'étais en salle d'accouchement pendant la cérémonie d'ouverture, mais j'ai entendu le feu d'artifice tandis que mes os s'écartaient pour laisser passer une nouvelle vie. À côté de moi, ma mère répétait mon nom. Le père de Flora était présent, lui aussi. Nous ne sommes pas un couple, mais il n'est marié à personne d'autre, donc je suppose que c'est un progrès. Même si elle ne porte pas son nom, il vient la chercher de temps en temps le dimanche et il l'aime en public.

Elle et moi habitons une maison de ville dans Cascade Road, en face du parc John A. White. On ne peut pas dire que c'est très différent de Continental Colony, mais c'est chez moi. Je rembourse mon emprunt chaque mois et ça fait du bien, même sans garage fermé. Ça fait aussi du bien d'envoyer ma fille à la maternelle où j'ai vu Chaurisse pour la première fois, il y a des années. Ma fille est intelligente. Tout le monde l'adore à l'école.

C'est l'an 2000. Au lycée, Ronalda et moi étions persuadées que le nouveau millénaire marquerait la fin du monde. C'était en partie à cause du chiffre rond, 2000, et en partie parce que je n'imaginais pas vivre au-delà de trente et un ans. Pourtant, je suis toujours là. Je n'ai plus mes cheveux d'adolescente, je les coupe ras et les premiers fils d'argent sont apparus. Je ne vieillis pas aussi bien que ma mère, mais elle y consacre beaucoup plus d'énergie que moi.

Ce mercredi-là, l'école de Flora laissait sortir les enfants plus tôt parce que c'était la veille de Thanksgiving. Je suis arrivée en avance – je ne veux pas qu'elle s'inquiète et se demande où je suis, jamais. Elle et moi nous dirigions vers la voiture, lorsque j'ai remarqué une Lincoln bleue garée à côté de moi. J'ai serré la main de ma fille plus fort, m'efforçant d'ignorer le chatouillis dans ma gorge. Ma mère et moi disons souvent pour plaisanter qu'il devrait y avoir un nom pour la maladie qui nous affecte : la peur irrationnelle des Lincoln Town Car.

À mon approche, la portière s'est ouverte et Chaurisse Witherspoon est apparue, vêtue d'un uniforme taillé pour un homme. Ça faisait douze ans, mais j'aurais reconnu ma sœur n'importe où. Elle ressemblait à sa mère, de son épaisse silhouette à sa moumoute ridicule.

« Salut, Dana. »

J'aurais dû être surprise, mais j'avais toujours su qu'on se reverrait.

« Salut, Chaurisse. Qu'est-ce qui se passe ?

— Je voulais te voir. Je suis passée en voiture l'autre jour et j'ai vu ta fille jouer dans la cour. C'est ton portrait craché. »

Flora a souri, car elle aime bien qu'on parle d'elle.

« Elle s'appelle comment ?

— Flora », a gazouillé ma fille.

Le petit parking pullulait de parents et d'enfants. Les petits brandissaient tous des découpages en carton de leurs mains, coloriés pour ressembler à une dinde. J'ai salué quelques mamans. J'espérais que j'avais l'air normale, bien intégrée, heureuse. Je me suis appuyée contre ma voiture.

« Alors, qu'est-ce qu'il y a ? Quelqu'un est en train de mourir ? » ai-je demandé, faussement désinvolte.

Je voulais vraiment savoir. Après toutes ces années, ma mère continuait d'étudier la rubrique nécrologique chaque dimanche. Si James Witherspoon passe de vie à trépas, elle sera au premier rang, dans sa robe noire de veuve.

« Non, tout va bien. J'ai juste vu ta fille et je voulais dire bonjour, prendre des nouvelles.

— Je vais bien. Et toi ? »

Elle a soupiré et s'est appuyée contre le capot à côté de moi. Tout en parlant, nous regardions les voitures défiler dans Cascade Road.

« Ça va.

— Et tes parents ?

— Toujours ensemble.

— Tu m'en diras tant. »

Elle a changé d'appui et pris une grande inspiration.

« Tu l'as revu ? »

J'aurais pu lui éclater de rire au nez. Après toutes ces années, elle n'arrivait pas à croire qu'elles avaient gagné.

Je n'avais pas revu mon père depuis le jour de 1987 où Laverne et lui avaient organisé une grande fête pour le renouvellement de leurs vœux de mariage au Hilton. J'y étais allée seule et j'avais passé une partie de la soirée à faire des allers et retours entre le rez-de-chaussée et le vingt-troisième étage dans l'ascenseur vitré. Regardant les lumières de la ville, je m'étais demandé si James avait d'autres enfants comme moi. Je n'étais pas là pour voir mon père ni pour semer la zizanie, mais parce que j'espérais croiser Chaurisse. Je voulais lui demander si on pouvait être sœurs. Nous n'étions pas responsables de ce que nos parents s'étaient fait.

Ils avaient appelé ça une « cérémonie de réengagement » et la fête se tenait dans la salle Magnolia, où Ruth Nicole Elizabeth avait fêté ses seize ans. Chaque fois que l'ascenseur arrivait au vingt-troisième étage, je restais là, trop effrayée pour sortir. La soirée battait son plein derrière une double porte ornée de guirlandes en papier. J'imaginais Mme Grant applaudissant silencieusement de ses mains gantées de soie, tandis que Chaurisse se pavanait dans l'allée avec un bouquet d'arums. Derrière elle, il y avait Raleigh, et Laverne dans sa robe de mariée. J'imaginais Raleigh se penchant pour l'embrasser avant de la confier à James.

Ma mère était alitée et je ne voulais pas la laisser seule trop longtemps, mais je m'accordai une heure supplémentaire. Au sous-sol, j'arpentai les allées du parking souterrain jusqu'à trouver la Lincoln. Assise sur le capot, j'entendais le moteur cliqueter sous moi comme une bombe à retardement.

Mon père apparut à 20 h 15. Il fallait qu'il fume. Je n'étais peut-être pas sa fille légitime, mais je le connaissais assez pour anticiper ses faiblesses.

« Salut, James.

— Tu ne peux pas rester ici.

— Je sais.

— Alors q-qu'est-ce que tu fais là ? »

Je lui dis la vérité : je n'en savais rien. Je pense que je voulais qu'il me prenne dans ses bras et me dise que j'étais toujours sa fille, que les liens du sang signifiaient quelque chose. Oui, il pouvait abandonner ma mère, mais moi, est-ce qu'il pouvait m'abandonner ? Ma mère pouvait rencontrer un autre homme. Je ne pourrais jamais remplacer mon père.

« Tu ne m'aimes pas ? demandai-je.

— Ce n'est pas une question d'amour. Tu dois rentrer chez toi, maintenant. J'ai fait m-m-mon choix, comme toi tu as fait le tien quand tu as décidé d'aller voir Ch-chaurisse. Tu as failli détruire ma vie.

— Qu'est-ce que tu croyais ? »

Pensait-il réellement que j'allais passer ma vie cachée dans un coin comme une photo cochonne ?

« Je suis ta fille.

— Tout le monde le sait, maintenant. C'est ce que tu voulais. Tu l'as eu. »

Aujourd'hui encore, je suis gênée quand j'y repense. Je me suis battue avec lui. Je me suis jetée sur mon père et je me suis battue comme une fille, agitant les bras et hurlant. Ma voix résonnait entre les murs de béton, mais personne n'est intervenu. Personne n'est venu m'aider, même quand il m'a repoussée aussi brutalement que si j'étais un homme. Je ne suis pas tombée. Je ne me suis pas effondrée. Et je suis fière de ce petit moment de dignité.

« C'est votre faute, a-t-il dit. Toi et Gwen, vous avez fait de moi un animal. »

« Non, ai-je répondu à ma sœur. Je ne l'ai pas revu.

— Tu ne mens pas ?

— On ne ment qu'à ceux qu'on aime. »

Chaurisse est partie. Flora et moi sommes montées dans la voiture. J'étais secouée, mais je ne l'ai pas montré. Elle a récité ses mots en *-on*, puis elle a chanté une chanson en français. J'agrippais le volant de toutes mes forces pour ne pas trembler. Je me répétais le nom de ma fille en boucle pour ne pas me briser en mille morceaux. Enfin, je me suis garée sur le parking d'une grande église. Je suis montée à l'arrière et j'ai détaché Flora de son siège enfant. Je me suis agenouillée à côté d'elle et je l'ai serrée dans mes bras, comme ma mère autrefois, comme je m'étais promis de ne jamais serrer mon enfant. Je m'étais juré que je ne serais pas une mère désespérée, que je respecterais toujours les limites entre Flora et moi. Mais, ce jour-là, j'ai broyé sa menotte et je lui ai demandé plus d'une fois : « Est-ce que tu aimes maman ? Est-ce que tu m'aimes, ma chérie ? »

J'ai fini par me ressaisir. J'ai rattaché ma fille et je suis rentrée à la maison.

On dit souvent que ce qui ne nous tue pas nous rend plus fort. C'est faux. Ce qui ne nous tue pas ne nous tue pas. C'est tout. Parfois, il faut juste espérer que ça suffise.

Remerciements

D'abord, je tiens à remercier la « Team T », qui a lu cette histoire avant qu'elle devienne un livre, lorsqu'elle me faisait encore peur : Sarah Schulman, Nichelle Tramble, Allison Clark, Joy Castro, Renee Simms, Bryn Chancellor, Alesia Parker et Virginia Fowler. Ma sœur Maxine Kennedy compte plus que tout pour moi.

Le prix de la United States Artists Foundation financé par la famille Collins m'a redonné espoir à un moment où j'étais prête à renoncer. La résidence Jenny McKean Moore à l'université George-Washington m'a permis d'écrire et de collaborer avec les meilleurs auteurs de Washington pendant toute une année. L'université Rutgers-Newark, la MacDowell Colony, Yaddo, le Blue Mountain Center et le Virginia Center for the Arts m'ont apporté un généreux soutien. Je remercie également Dianne Marie Pinderhughes, qui m'a toujours reçue quand je rentrais à Atlanta.

Je salue également mes champions : Rigoberto, Natasha, Kiyana Sakena, Jafari, Nichelle, Jeree, Lauren, Jaci, Alice, Jim, Evie, Anne, Deborah, Jayne Anne, Cozbi, Dolen, Aisha, et oncle Ricky, qui m'ont retenue quand j'étais prête à m'envoler. June MacDonald Aldridge m'a enseigné l'élégance et Pearl Cleage, la vérité.

Je veux également exprimer toute ma gratitude à celle que j'appelle ma bonne fée, Judy Blume. Jane Dystel et Miriam Goderich sont les meilleures agentes du monde. Algonquin Books et moi nous faisions les yeux doux depuis dix ans. Merci à Elisabeth Scharlatt de m'avoir ouvert la porte. Mon éditrice Andra Miller tient à ce roman autant que moi et sa lecture attentive se ressent à chaque page.

Composition et mise en pages
Nord Compo à Villeneuve-d'Ascq

MIXTE
Papier
FSC FSC® C003309

L'éditeur de cet ouvrage s'engage dans une démarche de certification FSC® qui contribue à la préservation des forêts pour les générations futures.

Pour en savoir plus :
www.editis.com/engagement-rse/

CET OUVRAGE
A ÉTÉ ACHEVÉ D'IMPRIMER
SUR ROTO-PAGE
PAR L'IMPRIMERIE FLOCH
À MAYENNE EN AOÛT 2020

N° d'impression : 96619
Dépôt légal : septembre 2020
Imprimé en France